9787533952860

U0716646

傉陇

著

千山叠影 中

浙江出版联合集团

浙江文艺出版社

第二十二章　鲛帕误　　　　113

第二十一章　金陵图　　　　096

第二十章　　侍病床　　　　074

第十九章　　救危局　　　　055

第十八章　　唇上痕　　　　041

第十七章　　往日事　　　　020

第十六章　　抗魔琴　　　　001

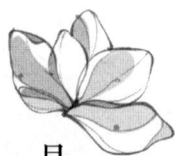

目 录

第三十章	第二十九章	第二十八章	第二十七章	第二十六章	第二十五章	第二十四章	第二十三章
诛巨恶	舍身恩	群雄斗	万梅庄	溯源头	林夫人	金如归	明心迹
238	221	205	190	177	164	143	128

这琴声音调并不高亢，穿透力却极强，不过瞬息工夫，已如疾风一般，传遍整座宅邸。

且那音调明明弹的是再寻常不过的《平沙落雁》，却似有金戈铁马，音律的起承转合之间仿佛蕴含着滔天巨浪，竟有摧枯拉朽之势。

等平煜和秦勇察觉不对，胸中气息已被那琴声引得烦乱至极，五脏六腑中真气四处窜动，根本无法归拢在一处。

二人担心傅兰芽处有变，本就忧心不已，加之琴声催动，每几个纵跃，就不得不停下来喘息片刻，以求尽力平复气息，免得被那琴声伤及根本。

这宅邸本不算大，可二人却同时觉得，前路似有一堵看不见的墙在阻拦，致使从外院到内院的一段路前所未有地漫长。

等二人好不容易撑臂翻过内院的院墙，忽听夜空中又传来一阵笛声，这笛声高扬轻快，曲调明丽活泼，跟那幽怨缠绵的琴声极不相容。

怪异的是，这笛声一出，二人身上那种被沉沉巨石压住的滞重感竟缓解了少许，行动变得轻快起来。

忽听身后传来衣袂拂动声，有人紧跟在平煜和秦勇后面进了内院。

"这笛声什么来路？"李攸的声音传来，有些发闷，显然在竭力运用内力抵抗那魔音，"没想到咱们这边竟也有善操音律之人。"

"是敝派的余长老。"秦勇面色有些苍白，微喘着道，"余长老精于此道，善用内力糅合音律，勉强能对抗南星派的掌门人一二。"

又对平煜道："平大人，看样子，南星派的掌门人林之诚亲自出马了。这人不但擅长奇门五行术，于音律也颇有研究，二十多年前一场武林大会，曾用一首《武陵散》毁了八卦门掌门的武功修为，万不可小觑。"

平煜比秦勇和李攸更焦心十倍。亏得余长老的笛声横空出世，才没有被那琴声引得内力受损。一时对秦勇的话无暇理会，眼见傅兰芽的院落已在前方，停下脚步，迅速一扫左右，待看清身旁物事，便提气一跃，一脚踏上路旁一株松树。

只听树叶簌簌作响，转眼工夫，平煜便已敏捷地顺着树干跃上树顶。

他虽因怕傅兰芽已被掳走，心里前所未有地慌乱，但他这几年在生死边缘游走过无数回，知道一味冒进只会让自己陷入被动境地，真到了近前，反倒不敢贸贸然闯入。

立于树梢上，凝神一看，就见原本守在院外的陈尔升和李珉都面露痛苦之色，紧紧捂住耳朵，陈尔升武功修为稍差些，嘴角已溢出一缕鲜血。

只因二人离那琴声最近，最先受到波及，若没有余长老的笛声抗衡，早已脉络受损，落得个走火入魔的下场。二人却仍死死守在院外，不肯临阵逃脱。

平煜心中一热，唰的一声拔出绣春刀，双臂一展，如同大鹏一般飞纵而下。

李珉早已觉得浑身血脉如同滚水般逆流窜动，好不难受，眼见身影一闪，定睛一看，顿时心头一松，喊道："平大哥！"刚一开口，便觉胸口剧痛，嗓间甜腥涌起，喷出一口鲜血。

平煜喝道："你二人不堪抵挡这琴声，一味强撑只会损及内力，先速速退下。"

再听院墙外已传来打斗声，想是他之前布置在府外的二十名护卫已经发现南星派的人马，双方交起手来。

他正要奔入院中，一抬眼，见院墙上人影掠过，已有人突出重围闯入院中。

他脸色一阴，忙急奔两步，追随那人而去。

眼见那人已奔到房门前，平煜眼中杀机闪过，猛地停步，从怀中掏出三枚透骨钉，扬臂一甩。

那人正要抬脚踢破房门，忽觉身后杀气一盛，有什么锐利至极的东西正朝自己袭来，暗道不好，忙一低头，狼狈地就地一滚，可到底晚了一步，只觉左胸剧痛，那利器已然没入后背。

那东西上抹了麻药，他想挣扎着起来，身子却如木头般再也不听使唤。

平煜急奔到房前，抬脚踹开房门，踩过那人的身体，进到房中。

刚一进门，便见什么东西朝自己掷来，他忙侧身一躲，与此同时，出于本能横刀一甩，将那东西挥得老远。只觉那东西力道甚小，毫无杀伤力可言。抬眼一看，就见傅兰芽正极力镇定地立在房中，胸膛还微微喘着，果不出所料，刚才那茶碗正是她掷来的。

他顾不上废话，走到近前，一把拽过她的手便往外走。

傅兰芽没想到自己险些误伤平煜，一时间有些尴尬，可情况危急，无暇啰咳计较，忙拉住林嬷嬷，尽量跟上平煜的步伐，低声道："平大人，可是南星派的人来了？"

平煜此时全部内力都用来抵抗那越来越高亢的琴声，只觉气息已紊乱到无法调顺，根本不敢开口，唯恐一说话，便会心脉受损。见她主仆二人气息平稳，心知那琴声对无内力之人并无影响，略放了心，一言不发，只顾带着她二人往外走。

傅兰芽却已瞧出端倪，察觉平煜握着自己的手前所未有地冰冷，面色更是苍白，一颗心不由得高高提了起来。想要问他发生了何事，但见他似乎极为艰难的模样，又不得不按下。

跟着他走到院中，听那琴声越发清晰，音律格外古怪，心里陡然明白过来。她虽不懂武功，却极通音律，只觉那琴声的节拍似是被奏琴人有意拆开，硬生生在每一个起承转合间插入了一把钢刀，听似柔和沉缓，实则肃杀无比，不由得想起父亲说过二十年前在云南镇压夷民时，曾见有奇人异士用一把古琴当作武器，琴声滔滔，蕴藏了金戈铁马，能杀人于无形，一人足可抵挡数十人。

眼见平煜鬓边不断有豆大汗珠沁出，她心念一动，忙松开林嬷嬷的手，伸手到袖中，咬牙一撕，扯下亵衣袖口上的两块布条，又伸手拉了拉平煜的衣襟。

平煜心里正如万只蚂蚁在啮咬，要多难过就有多难过，察觉傅兰芽拉扯自己衣襟，更觉烦躁，但知道傅兰芽不会无缘无故如此，只好停步，一脸不耐烦地看向傅兰芽。

傅兰芽却走到他跟前，踮起脚尖，将两块淡粉色的物事塞入他耳中，动作轻柔，且因离得近，气息拂在他下颏上，让他心里如注入一股清凉的泉水，烦躁之意顿时平复了不少。

他没想到她这么快便辨别出问题出在琴声上，虽然脸色依然沉静如水，胸膛里却暖融融的，任由她替自己塞好耳朵。只觉她身上如兰气息幽幽钻入鼻尖，说不出地撩人心弦，若是没有旁事相扰，竟恨不得她一直贴着自己才好。

可惜她一摆弄好，便离开两步，目露忧色看着自己。他默默看了她一眼，拉着她继续往前走。

他不忍告诉她，这琴声既可直抵人心，又怎会是两块薄薄的耳塞便能抵御的？且越是内力强的人，越容易受扰。

二人刚走两步，便见秦勇也已通知完秦门中人，奔至院中。

见到傅兰芽，秦勇亦不敢开口，只对她做出个安抚的眼神，又看向平煜，指指院外，比了个手势。见平煜会意，便拔出腰间长剑，跃上墙头，循着那琴声的源头而去。

可没等她走出多远，院外又有人拥入，双方短兵相接，很快便厮杀起来。

平煜知道秦勇武功不凡，一两个南星派的人并不在话下，暂不需援手，便拉着傅兰芽直往院外走去。

这时李攸也已赶到院外，眼见弟弟及陈尔升面如死灰地靠在墙外，面色不由得一变。

他天生神力，上来便揪住李珉和陈尔升的衣领，一边一个，将两人甩出去老远。

陈尔升和李珉顿时跌得眼冒金星，强撑着爬起，仍欲过来相助。

李攸横了李珉一眼，破口大骂道："臭小子，你是想丢命还是想变残？想活活气死祖母吗？连媳妇都没娶，还不快滚远点！"

李珉这时也已觉得身上爽快些，明白只要离那琴声远些，胸口便似乎没那么难受，于是不敢再逞强，只拭了拭嘴角，看着二哥奔进院中的背影，嘟囔道："你不是也没娶媳妇吗？"

耳边琴声依旧未停。李珉歇了片刻，只觉胸口那种压榨般的痛感再次涌来，忙将衣襟扯落一块，匆匆塞到耳里。

再一瞥陈尔升，他也正将里头亵衣撕下两条，一丝不苟地叠成整齐的耳塞形状，极其沉稳地塞入耳中。

李珉看得直翻白眼。

一转头，就见秦门及形意庄的人已从院外赶来，当先一人正是余长老。他手持一管横笛，进到院中后，便跃至院墙上，将那笛子继续放于唇边吹奏起来。

从李珉的角度看去，余长老的脸隐隐透着青色，似是吹奏得极其吃力。

那琴声却丝毫不受干扰，平稳音律中似又更添层次和波澜，直如夜间奔涌不息的海浪般，将滚滚涟漪推进众人耳里。

琴声与笛声对抗片刻，琴声愈加浑厚开阔，笛声却越来越式微，最后已低到几不可闻。

二人的内力高下立判。

少了笛声干扰，无论是在院内的平煜，还是在院外的李佽等人，俱无法再心定，尤其是秦门及形意庄中几个武功稍差些的，连行走都变得异常困难。

形势急转直下，原本还可以抵挡一二的暗卫，全都被琴声困住了手脚。

未几，便见院墙上出现了不少身着暗蓝色衣裳的男子，多数已年逾四十，个个手中持着南星派最常用的武器玉埙，立稳后，齐齐将玉埙放于唇边，和着之前那琴声，呜呜咽咽吹奏起来。

众人只觉那埙声和琴声汇作一股巨浪，沉沉压顶而来，而原本立在墙上奏笛的余长老更是身形晃动，眼看便要从墙上跌落。

平煜刚好扯着傅兰芽主仆从院墙下走过，见状，心中一惊。照那琴声的威力来看，若无人与之相对抗，情况只会越来越糟糕。

念头闪过，便松开傅兰芽，跃上墙头，将余长老扶住，随后将笛子接到手中，胡乱调理一番紊乱的气息，运力吹奏。

曲调响起，却是一首极其质朴无华的《水龙吟》。

他酷爱兵法武功，于音律上平平，不过是自小耳濡目染，粗通些常见乐曲而已。

初始吹奏时，只觉对方的每一个音节落到耳中，都如针刺一般，心弦都随之一颤，完全无法集中精神。

加之并不精通笛子，更加乱了音调。吹了一晌后，原以为对方会乘势追击，却没想到，每当不按照曲谱走时，对方内力便似有一瞬间的凝滞。

平煜惯于见缝插针，如此数回，忽然醍醐灌顶。看来这南星派的林之诚掌门是个极为吹毛求疵之人，自己精通音律，也乐于旁人用音律与他对抗，却不能容忍曲调紊乱。

他心中冷笑，索性故意运用内力将笛声吹得极亮，且有意频频出错，偏要扰乱那人心神。

一晌之后，那琴声果然也跟着乱了起来，少了几分凛冽之意。

余人只觉身上的重压随之一轻，忙调匀内息，纷纷跃上墙头，朝那群南星派弟子杀去。

李由俭担忧秦勇，当下从怀中掏出酒瓶，喝了一大口武陵酒，随后将酒瓶一扔，点了形意庄的人马，循着那琴声去增援秦勇。

秦晏殊将长袍下摆系于腰间，拔剑出鞘，沉声对留在原地的秦门中人道："柳副掌门，你轻功最佳，领一半人马循着琴声找寻那人的藏身之处。若发现踪迹，就算不能将其擒住，也要扰得他不能继续弹琴。"

说完，从怀中掏出一个药瓶，从中倒出一粒雪莲丸，递予柳副掌门。

柳副掌门忙二话不说将药丸服下。

秦晏殊又看了一眼不远处的傅兰芽，对剩下等人道："余人随我一道去保护傅小姐。"

说完，大步走到傅兰芽身边，一拱手，正色道："傅小姐，原本以为南星派的人在城中施展不开奇门之术，万万没想到失踪了二十年的南星派掌门人竟出现在竹城。此人极难对付，估计很快便会闯入府中。留在原地凶险无比，我们秦门在竹城另有别院，府中设有机关，固若金汤。傅小姐不如趁乱随我出府，到别院中暂避一二，等我们将南星派掌门人擒住，再说其他。"

平煜立在墙头，将秦晏殊的话一字不落听见，险些气炸，音调都乱了几分。

傅兰芽担忧地看着平煜，沉默不语。

正在此时，那琴声忽然停住，四周笼罩的肃杀之意顿时消散，再响起时，已换了一首曲子，琴声铮铮，古意毕露，却是一首曲高和寡的《高山流水》。

平煜虽仍竖着耳朵听傅兰芽这边的动静，听那琴声怪异，不得不打足精神应对。

初始时，仍用原来的法子，可片刻过后，却发现这曲调仿佛抹了清油一般，滑不溜秋，根本找不到半点破绽。

他只觉胸膛气息如沸水般翻滚起来，既难耐又诡异，不敢有丝毫松懈，硬着头皮继续找寻曲调中的罅隙，且有意越吹越乱。

可对方却似已完全沉浸在自己的世界中，再也不受外界干扰。

此消彼长，原本被二十余名暗卫拖在府外的南星派弟子终于得以突出重围，冲入府中。

加上原本立在墙头吹埙的南星派弟子，府中顿时刀光剑影，呼喊打斗声响作一团，混乱不堪。

秦晏殊见傅兰芽并无跟随自己离去之意，不免有些焦躁，耐着性子低哄道："傅小姐，你救过我的性命，你且信我一回，我绝不会害你。眼下你先跟我出府，等过了今晚再说。"

话未说完，只听耳旁衣袂作响，一转头，却见平煜已从墙上一跃而下。

平煜一立稳，便将那管笛子丢回秦晏殊的怀中，强自压着紊乱的气息，冷眼看着他道："这是你秦门之物，余长老不敌，正该你这掌门人顶上。"

秦晏殊出于本能接住那笛子，听平煜气息不稳，显然已受了轻伤，且这话说得冠冕堂皇，一时竟不知如何接话。

平煜说完，便一把将傅兰芽主仆拽到自己身后，正色看着秦晏殊道："记得吹些粗浅的曲子，吹得越糟越好，最好能把林之诚气得自乱阵脚才好。对了，秦掌门刚才所说那宅邸在何处？我这就将罪眷送去，安置好之后，再来跟你们一道对付南星派。"

傅兰芽抬眼打量一番平煜侧脸，见他脸色虽差，气息倒还算平稳，略放了心。又听平煜话里含着机锋，微微一怔，不忍看秦晏殊，免得他太过难堪。

她并不知道平煜内心真正所想，只当他在试探秦晏殊是敌是友，这才故意说出此话。

秦晏殊万没想到平煜如此奸诈，转眼工夫便丢了个包袱过来，瞪着平煜，半晌未憋出话来。

他自然知道，若拒不告诉平煜那宅邸在何处，无异于在众人面前表明他保护傅兰芽还是其次，最首要的还是想跟傅兰芽待在一处。

这龌龊心思让旁人知晓也就罢了，偏还当着傅兰芽的面，叫他情何以堪。

可若将护送傅兰芽去别院的机会白白拱手相让，光想想就觉得不甘心。

见平煜不怀好意地看着自己，他越发觉得此人可憎，可眼见南星派的人已从四面八方拥来，咬了咬牙，不得不对身旁白长老道："白长老，带他们走一趟。"

白长老面露难色地看一眼秦晏殊，见他此刻心绪不佳，不敢多话，忙道："是。"

说完，对平煜道："平大人，事不宜迟，为防傅小姐被掳走，请速随我等出府。"

平煜几不可闻地"嗯"了一声，将目光从秦晏殊脸上收回，转过头，对傅兰芽道："在此处站着别动，我先去部署一二。"

不等傅兰芽回应，便走开两步，屈指成环，呼哨一声。过不多久，便见散在四面八方的锦衣卫如数聚拢到他面前。

众人面色都极为难看，或多或少都挂了彩，有几个仍与南星派缠斗，暂且脱不开身。

此时秦晏殊笛声已奏起，他在音律方面显然比平煜差了许多，刚一吹响，那原本固若金汤的琴声竟仿佛被泼入了一盆泥浆，顿时混浊不堪。在场诸人听了一晌，都觉身上重担稍有缓解。

平煜匆匆扫一眼聚在跟前的众锦衣卫，未见王世钊，心知他此时多半早已躲到一旁，就等着双方两败俱伤，他好坐收渔翁之利。他心中嗤笑一声，道："你们一会儿随我去秦门别院，到那后，我回返府中对付南星派，你们继续留在别院保护罪眷，记得随机应变。"

傅兰芽依着林嬷嬷而立，听见此话，眨眨眼睛，抬头看一眼已跃到墙头奏笛的秦晏殊。看来，平煜依然不信任秦门，哪怕借用了秦门的庇护之所，他自己却不肯沾光，且还留下这么多人看着她们主仆，为的就是怕秦门突然倒戈。

可眼下已没有比这更两全其美的法子了，哪怕父亲和哥哥在此处，恐怕也会这么做，不由感服地看一眼平煜。

平煜又对白长老道："白长老，我们从正门处走，那处南星派的人最少，只有十余个。劳你带着我属下先去打掩护，等我将罪眷送出府，再在路口会合。"

白长老应了，领着秦门中人及锦衣卫去大门口安排。

平煜做好部署，四处找寻李攸的身影，好不容易找到，见他在院墙上呼来喝去，正打得热火朝天，不觉面色一松。

平煜不敢再耽误，遮遮掩掩带着傅兰芽主仆便往府外走，忽听大门口有人喝道："不好，傅小姐逃了，快去追！"

平煜心知白长老等人已经成功调虎离山，忙拉着傅兰芽主仆奔出府外，推她二人上车，自己也跃上马车，亲自持了缰绳，驾马而去。

片刻之后，李珉等人也从府中出来，跃上马车。

一路上空空荡荡，毫无阻拦，等行到路口，就听马蹄声嘚嘚响起，白长老等人已从另一条路过来。

一行人会作一处，风驰电掣般朝浓浓夜色中奔去。

竹城城门。

一行车队刚交了通牒，顺利入了城。

当头那人是个二十出头的锦衣公子，面目清俊，神情却有些阴恻恻的。

正缓缓而行，听身旁马车中传来一声女子的轻咳，忙勒住缰绳，翻身下马，掀帘上了车。

车上甚宽大，且亮着灯，邓安宜到榻前坐下，细细打量邓文莹的脸色。

"怎么了？可是身子又不舒服了？"

邓文莹嘟了嘟嘴："那雾里的寒气好生厉害，我服了好几剂汤药才见好。二哥，我不会留下什么病根吧。"

"胡说。"邓安宜犹豫了片刻，抬手抚上她的额头，柔声道，"二哥给你吃的药最能补中益气，过两日也就好了。"

邓文莹将右手放在腮边枕着，眼睛看着邓安宜的衣角道："二哥，昨日我听你跟邓荣议事，那位曾跟傅兰芽定过亲的陆子谦真来了湖南？"

邓安宜脸色一变，斥道："你怎么回事？怎能偷听二哥说话？"

邓文莹微赧，避重就轻道："那驿站的客房隔音不好，我路过时正好听到一句半句，又不是故意的。"

说完，见邓安宜沉着脸不接话，撒娇道："二哥别生气嘛。你也知道，我素来守规矩，绝无偷听之意，真是无意中听到的。"

邓安宜见她脸色红扑扑的，领口微松，露出里头一截白皙的脖颈，不由心中一跳，佯作不悦道："下回万不可再如此。"

邓文莹忙应了，还要说话，忽听马车外有一个清澈的男子声音响起："请问，这是京中永安侯府的马车吗？"

邓安宜眉头一皱，起身下了马车。

车外很快便响起寒暄的声音。

邓文莹听二哥言语间十分热络，忍不住掀开布帘一角往外看。就见一名年轻瘦削的男子坐于马上，生得眉疏目朗，气度儒雅，只眉目间透着深深的疲惫。

他身后一行人，相貌气度却与他大不相同，个个目若寒星，气势凛然，且都佩着刀剑，倒有些江湖人士的做派。

正暗忖此人来历，就听二哥道："前几日才听说益成也来了湖南，不想在此处遇见。既遇上了，不如一道随行？"

她恍悟过来，难道此人竟是陆子谦不成？

深深看他一眼，心生一计，放下窗帘，又敲了敲车壁，示意车夫唤她的贴身丫鬟上来。

只听陆子谦道："难得子恒如此盛情，只是在下来此是为寻人，若同行，恐怕会耽误你等的路上工夫。"

邓安宜笑了笑，道："无妨，我等欲先去荆州给外祖母贺寿，再取道回京，时日颇宽裕，跟益成一道，并不耽误什么。对了，听说益成的内眷已然有喜，再过数月便要做父亲了，还未给你道喜。"

陆子谦陡然沉默下来，少顷，极为苦涩地一笑，正要说话，却见邓安宜身后下来一个婢女。

那婢女径直走到邓安宜身边，用不高不低的声音道："小姐想问二公子，听说傅小姐昨日到了竹城，此话可是真的？小姐说她曾在京城见过傅小姐一面，早有结交之意，又听说她这一路在锦衣卫手中吃了不少苦，颇为怜惜，也不知可有法子跟傅小姐见上一面，送些衣裳吃食，聊表心意。"

陆子谦先听到傅兰芽在竹城，眸子里掠过一抹喜色，可转眼又听到"吃苦"二字，面色一瞬间变得苍白之至。

沉默一响，陆子谦抬眼看向邓安宜，勉强笑道："子恒，我有急事在身，容我先行告退，改日再聚。"

邓安宜忙道："益成自管去忙，左右我还会在竹城再待两日，不知你届时会在城中何处落脚？明日咱们一道饮酒，可好？"

陆子谦道："现任竹城县令去年初刚上任，正是我父亲门生，闻得我来，已安排了落脚处。"

邓安宜忙笑道："那正好。"打听清楚那处宅邸的位置，便跟陆子谦告别，两队马车分道扬镳。

等陆子谦走远，邓安宜脸色一沉，一掀车帘上了马车，厉目看着邓文莹道："你到底想做什么？"

邓文莹被他吼得吓了一跳，呆了片刻，倔强地转过头，撇撇嘴道："二哥发这么大火做什么？我不过问问二哥，傅兰芽是不是也在竹城，这也问不得了？"

邓安宜脸色阴了阴，道："别以为二哥不知道你打的什么主意！你是见陆子谦来了，故意让他误会傅兰芽在平煜手里吃苦，好怂恿他去找平煜的麻烦？"

邓文莹眸光一动，不语。

"你以为平煜性情桀骜，眼里揉不得沙子，见陆子谦冒出来，就不会再在傅兰芽身上花心思了？"他越说越气，"别说陆子谦不定怀着什么目的而来，就算真去找平煜的麻烦，你别忘了，平煜一贯极有主见，认准的事情，断没有放手的道理，岂会因这点小事便摇摆不定？你怎不细想想，为何无论旁人如何说项，他就是不肯同意你和他的亲事？"

邓文莹被邓安宜戳中痛处，哽咽中带愤恨，回头瞪向邓安宜道："我早说了，我再不会在平煜身上浪费心思。刚才不过是无心之举，怎么就叫二哥说得这么不堪？"

邓安宜了然地看着她，缓缓道："这话你跟二哥说过多少回了，你放下了吗？"

见邓文莹眼圈越发红了起来，语气稍缓："你可知道你今天惹了多大的麻烦？刚才陆子谦带来的那帮人，个个都是一等一的高手，若陆子谦跟平煜联手，我们还怎么从傅兰芽身上抢到我们想要的东西？你别忘了，这东西最能滋养女子容貌，若夺回去给大姐服用，大姐的中宫之位必定固若金汤。等大姐彻底笼络住皇上，咱们永安侯府又何须再将王令一个区区宦官放在眼里？"

邓文莹听他言辞朗朗，不疑有他，脸上露出愧色，低声道："哥哥教训得是，是妹妹鲁莽了。"

邓安宜极爱看她这副乖乖受教的模样，嘴角不自觉地勾了勾，见她抬头，忙又收敛笑意，正色道："二哥说的道理你都明白，下回万不可再如此了！"

邓文莹怅然叹了口气，瞟一眼邓安宜，嘟嘴道："知道了。"

陆子谦急于打听傅兰芽的下落，一跟邓安宜告别，掉转马头便往竹城县衙而去。

行了一路，夜色越发深沉，城中行人寥寥无几。

再一转弯，眼看前头便是县衙。

身后那群武林人士中，有名中年男子尤为英武不凡，一抖缰绳，追上陆子谦，跟他并驾而驱，口中道："陆公子，我虽五年前当上了现今的武林盟主，但二十年前夷疆之事，因发生时日太过遥远，知道得委实有限。不过，最近不少消隐已久的门派都已重出江湖，此事太过蹊跷，就算不为还令尊这个人情，我等也会南下。"

陆子谦忙拱手道："洪帮主一路辛苦了。我也是无意中知道那段往事，不忍——"

忽听一阵突兀的古琴声传来，陆子谦不懂武功，听到这琴声，皱住眉头，却并不知何意。

洪帮主和其他武林人士却齐齐色变，一勒缰绳道："南星派！"

白长老带路，领着众人直奔别院而去。

刚奔到一半，众秦门弟子中，忽然有个叫彭大的坐骑前蹄一扭，似乎被什么绊到，险些摔倒。

彭大忙高亢地吁了一声，紧住缰绳，俯下身安抚那马儿，等那马稍稍安定下来，狐疑地看向地面。

经此变故，众人行程受阻，不得不停在原地。

傅兰芽在车上听得动静，掀开窗帘往外看，刚好看到彭大正讪讪地看向白长老，道："长老，弟子也不知道这畜生为何会突然发疯。"

白长老重重叹口气，轻斥道："下回稳重点。这等紧要关头，怎能出差错？"

又对另一名跟彭大并驾齐驱的叫程亮的男子道："程亮，你骑术精湛，下回多关照关照彭大。"

程亮目光闪烁，道："是，白长老。"

说罢，对彭大道："走吧，再耽误下去，叫南星派的人追上来了。"

平煜静静看了程亮一眼，沉吟片刻，眼见众人再次出发，刚要抖动缰绳，忽闻一道哨子般的厉响，猛地抬头一看，便见破空射来数支利箭，瞬息之间，便已噗噗插上拉车之马的马腹。

只听一阵凄厉的咝咝声，那匹马前蹄高高掀起，不堪忍受这剧痛，开始狂奔乱踏起来。

傅兰芽坐在车内，还未反应过来，身子便猛地往后一仰，刚要拽住林嬷嬷，又重重往前一扑，摔倒在地上。

电光石火间，车帘掀开，夜风滚入，有人将她拦腰抱了起来。

"平大人。"她紧紧抱着他的肩膀，仓皇仰头，却只能看到他的下颌。

平煜一手紧搂傅兰芽，另一手却顺势一捞，在马车震荡得四分五裂的那一瞬间，将林嬷嬷从车里扔出，丢到一旁正纵马随行的陈尔升怀里。

林嬷嬷只觉一阵天旋地转，原以为定会被摔得粉身碎骨，没想到却被人接住。她死死抱住马的脖颈，生恐被甩将下去。

白长老听身后琴声若隐若现，连忙勒马回头，急声道："不好，平大人，南星派的人追来了。你先护着傅小姐暂避一二，我等去引他们到旁处去。"

平煜早已拉着傅兰芽跃上高墙，对李珉和陈尔升使了个眼色，等二人会意，便对白长老道："估计他们一时半会儿还追不上。我先带罪眷离开此处，烦请白长老殿后。从这条街过去，往右转三个路口便是县衙，稍后我们在县衙旁的巷子里碰头。"

白长老忙朗声应了。

傅兰芽仓皇看一眼林嬷嬷，不及说话，便被平煜拉得跌跌撞撞，勉力才能跟上他的步伐。也不知平煜是不是身后长了眼睛，每回她脚下一滑，眼看要从墙上摔下去，便被他一扯胳膊，固住身形。

她走了一路，虽担心林嬷嬷，更多的是起了疑心：刚才在府外时，明明已将南星派的人引开，怎会这么快就追上来？莫不是这帮人中有人故意透露消息？

忍不住回头看向仍留在巷中的秦门中人，仓皇间，刚好对上留在巷中的秦门中人若有所思的眸子，越发笃定。

她眸光一冷，撇过头，看向平煜的背影，心知他多半也已看出不妥，所以才不肯再跟秦门中人待在一处。只可惜他现在忙于带着她逃命，多半无暇听她说话。

刚走了一小段路，平煜忽拉着她跳下院墙。她吓得紧闭双眼，原以为定会扭到脚或摔倒，谁知平煜却在她尚未落地之前，便一把搂住她的腰肢，顺势揽进了怀里。

傅兰芽只觉他胸膛格外温暖坚实，莫名地觉得一股热气从脚底蹿了上来，心都漏跳了两拍。等一站稳，忙红着脸往后退开一步，想从他怀里挣脱。

可平煜却一把拽着她，贴墙坐了下来。

傅兰芽先是不解，再一转念，便明白过来：平煜多半是故意说出个假地址，想引着那秦门奸细给南星派通风报信，自己则在此处守株待兔。

平煜好不容易停歇片刻，正要细细推敲方才之事，猛然想起傅兰芽刚才推自己的举动，似是嫌弃，只觉说不出的别扭。横她一眼，冷着脸想，以前搂她抱她时，怎不见她推开自己？越想越觉得刺得慌。

傅兰芽对上他的神色，不由一怔，没想到此人于逃命途中竟还有心思耍脾气。

本不欲理他，可想到他刚才一路着实辛苦，心中一软，轻声道："平大人。"

平煜爱搭不理地"嗯"了一声。

傅兰芽细辨一番他的脸色，见似乎比刚才略有好转，低声道："刚才平大人已猜到是谁做手脚了，是吗？"

平煜眸光微动，听她这话的意思，是已猜出秦门有内奸？

傅兰芽抱着膝盖坐着，想了一会儿，拿了一根树枝在地上比画起来："彭大惊马后，咱们耽误了行程，所以被南星派的人追上。若要怀疑，第一个怀疑的对象便是彭大，可在我看来，做手脚的却是他身旁那名叫程亮的男子。"

平煜听她句句都切中要害，瞥她一眼，暗忖：幸亏她是个手无缚鸡之力的闺阁女子，若是男子，不知手段有多厉害。

顺着她的侧脸往下看去，却不防见她因膝盖屈在胸前，身上衣裳被顶得松了一大块，里头一团白嫩清晰可见。

他只觉脑中轰地一响，忙移开视线，心如万马奔腾般剧烈跳动起来，再下一刻，忽然鼻端一热，有什么东西涌出。

傅兰芽听平煜毫无动静，忍不住转头一看，却见平煜头靠在墙上，手捂着鼻子，修长的手指缝中竟有鲜血溢出，神色好不狼狈。

她吓了一跳，只当平煜受了重伤，忙从袖中取出帕子，替平煜捂住，慌乱道："平大人，你怎么了？"

平煜只觉她身上幽兰般的气息扑面而来，且一只手扶着他肩膀，另一只手竟还盖在他手上，那双让人心烦意乱的漂亮眸子更是带着忧色盯着他。

他只觉下腹一热，艰难地闭上眼睛，鼻端那股热流越发汹涌起来。

傅兰芽见平煜连眼睛都闭上了，鼻血又流个不停，只当他已接近昏迷，越发急了起来。

"平大人。"她急于察看平煜的伤情，半跪在他身旁，倾身向前，拼命试图掰开平煜那只手。

平煜有苦难言，抵死也不肯松手。

傅兰芽明白过来，他仍有意识，只不过不肯配合罢了。她强压着焦躁，柔声哄劝道："平大人，让我看看好不好，你到底哪里难受？"

难受？平煜暗自咬牙，是，他都快难受死了。

她声音又轻又柔，说话时温热的气息拂在他手背上，撩得他汗毛都竖起，乃至整颗心都痒得缩成一团，与此同时，身上某处却不争气地起了变化。

傅兰芽却毫无所觉，见他不但双目紧闭，脸色涨红，且身上的肌肉格外绷紧，想起那次秦晏殊中毒时的场景，微微一惊，平煜莫不是遭了暗算？

想起书上所说，中毒之人瞳仁或有变化，便抬手去翻他的眼皮。

平煜本就整个人如同被架在火上烤，明知自己身子并无任何不适，却莫名贪恋这种被她关切呵护的感觉，起初只管闷不作声，忽觉她整个脸都逼近，再也挺不下去了，挣扎了片刻，一把将她的手从自己脸上拿开，闷声道："我无事。"

说话时，出于本能睁开眼，正对上她饱满得如同樱桃的红润双唇，离他极近，只要身子稍往前一探，便能吻住。

他只觉一团炽热的火堵在胸口，阵阵发烫，连忙使出吃奶的劲，拔钉子似的将自己的身子往后一靠，拉开自己和她的距离。

不料刚一动，鼻端又涌出一股热流。傅兰芽看得真切，心都停了一瞬，急忙用帕子替他捂住，焦急道："我小时也曾犯过鼻衄，但不会涌得这么多。平大人，你当真没有不适？会不会中了南星派的暗算，我身上正好带着我母亲——"

平煜身子不敢动弹，只要稍一垂眸，便能看见自己身体的某处变化，羞耻又难耐，一时无法，竟恨不得南星派能凭空出现才好，也免得被傅兰芽发现端倪。

见傅兰芽的帕子又贴上来，夺到手中，胡乱擦拭一把，打算借着夜色遮掩起身，好走开两步。

谁知傅兰芽正擦得格外专注，不防被平煜抢了手帕，身子一歪，慌乱中撑到平煜的腿上。平煜仿佛被烫着了似的一把将她从身上捞起来，猛地固住她双肩。

傅兰芽满心疑惑，定定地看着他。月光下，他挺直的鼻梁上映着淡淡的光，眸子前所未有地漆黑迫人，似有一个旋涡，能将人吸进去。

耳畔一片寂静，静得只能听见对方的心跳。

一晌之后，傅兰芽心头如有一缕明月光倾泻进来，隐约明白过来几分。

眼见他握着自己肩膀的掌心越来越烫，她心一阵乱跳，明知此时该起身离开，可对上他分外专注的目光，整个人如同被施了定身术般，竟忘了挣扎。

不知不觉间，他离她越来越近，气息拂在她的唇瓣上，让她呼吸变得艰难滚烫，只觉这感觉前所未有地陌生，又带着沉沉压顶之势。慌乱之下，到底挣扎了起来，匆忙撇过头，低声道："平大人。"

他的唇离她的唇已不到半寸，眸色更如幽井一般黑得不像话，这声音却如同平地一声雷，彻底将他从沉迷中唤醒。

他悚然一惊，等回过神，简直无地自容，仓皇松开她，根本不敢看她的神色，起了身，快步朝一旁走去。几步之后，又尴尬地停在原地。

傅兰芽亦不敢抬头看他，羞涩还是其次，更多的是惊讶和疑惑。

正不知如何是好，忽听墙外有人低声唤道："平大人？"听声音，正是李珉。

平煜心中正火烧火燎，闻言如蒙大赦，忙咳了一声。

少顷，李珉的身影在墙头出现，见到平煜，从墙上一跃而下。

立稳后，他先是冲傅兰芽点点头，这才对平煜道："刚才我们到大人所说的县衙门口集合，果然过了不一会儿，南星派的人便追了过来。这一回，连白长老也起了疑心。好不容易甩开南星派的追踪，白长老不肯继续前行了，只说当务之急是要将奸细揪出。"

平煜听完，脸色又恢复往日沉静，道："这个白长老难怪能做到秦门的长老之职，果然有些手腕。"

李珉笑了笑道："我和陈尔升见白长老终于怀疑到自己人身上，便将那个程亮擒住，对白长老说出刚才他用石子暗算彭大的坐骑之事。起初那个程亮死不承认，被我和陈尔升招呼几下后，这才乖乖招了。白长老气得不行，当场便令人将他捆了，只说等请示秦掌门之后，再行发落。"

平煜看一眼李珉，不错，总算有点长进，不但领会他的意思，还能这么快时间内便找出内奸，只是手段仍稚嫩了些。

"白长老既然已起了疑心，你们又何必出这个头？"他挑挑眉道。

李珉被平煜问住，愣了一下，挠头讪讪道："是，我和陈尔升操之过急了。"

平煜看着他，沉声道："秦门已在江湖中屹立百年，门规极严。白长老武艺高强，又是秦门的老前辈，想来自有雷霆手腕揪出内奸。咱们只需静观其变，何须多此一举？下次再遇到这等事，记住不必再多事，只管旁敲侧击便是了。"

李珉忙将脸色正了一正，认真道："平大哥说的是，我都记下了。刚才我已跟秦门的人报了另一处假地址，若这回再没有南星派的人尾随，我们便在城里那处城隍庙旁的小巷集合可好？"

平煜见他安排得有纹有路，眸子里浮现一抹笑意，点头道："好。就在城隍庙旁集合。"

李珉见平煜话里有赞许之意，备受鼓舞，忍不住笑嘻嘻地看一眼他身后的傅兰芽，冲她点点头，随后跃上院墙，转眼便消失在夜色中。

傅兰芽匆忙回以一笑。

她这时早已恢复镇定，将刚才李珉和平煜的话听得一字不落，心中极想过去跟平煜讨论几句，可一想到刚才的事，身子一僵，又难为情地立在原地。

平煜更比傅兰芽尴尬万分，且一想到她刚才挣扎的举动，就觉羞耻至极，简直立不住，恨不得立刻在傅兰芽面前消失才好。

也不知过了多久，终于听见外头传来李珉的哨声，显然已去而复返，正招呼他们前去会合。

平煜僵着不动的身子这才有了反应，抬头看了看院墙，挣扎了一会儿，到底走到傅兰芽身边，想抱着她上去。

可一想到刚才的情景，怎么也无法像从前那般将她搂到怀里，只觉自己在傅兰芽面前，是无论如何都洗刷不了觊觎她的嫌疑了。

傅兰芽见平煜到了身旁，只管杵着不说话，脸上似有羞恼之意，跟他对着僵了片刻，听外面李珉又呼哨几声，显是在催促，隐含嗔意地看他一眼，干巴巴催促道："平大人。"

平煜见她脸上虽没有笑意，听口吻却还算柔和，摆明了在给他台阶下。他心头一松，犹豫了片刻，揽住她的腰肢，一手攀墙，提气飞纵上去。

傅兰芽出于本能紧紧搂着他的腰身，心却始终跳得厉害，再也无法像从前那般毫无波澜。

一路飞檐走壁，到了李珉所在之处。落地后，平煜先将傅兰芽松开，等她立稳后，两人装作若无其事，一前一后往前走。

一转弯，却见前方不只有锦衣卫，白长老等人也在。

林嬷嬷一见傅兰芽，便手脚并用地从马上爬下来，迈着碎步快步迎过来，哽咽道："小姐。"

傅兰芽揽住林嬷嬷，看她一眼，见她无恙，略松口气。

白长老脸上含着愧意，一见平煜，便下马一礼，恳切道："平大人，我们秦门驭下不严，这才出了叛徒，险些连累平大人及众位大人。刚才在下已将那人的行径派人告知秦掌门，等今夜事毕，掌门人便会用帮规严厉处置。"

平煜看一眼他身旁那匹马，果然上面绑着一人，手脚均被缚住，却依然活着，看得出白长老打算留着活口用来迷惑南星派，越发认可他的所作所为，笑道："白长老当真雷厉风行，难怪都说秦门英雄人物辈出。不过，既然南星派的手能伸到秦门中，可见手腕委实了得。事不宜迟，我们先送罪眷去内院，再速去对付林之诚。"

白长老本就挂忧秦勇及秦晏殊，听得此话，自然极力附和，一声令下，预备出发。

刚才傅兰芽主仆乘坐的马车已然震裂，李珉情急之下，找来一辆小得多的简陋马车。

林嬷嬷扶了傅兰芽正要上车，忽然巷尾传来一阵急促的马蹄声。

众人如临大敌，纷纷拔出武器，朝来处看去。

过不一会儿，就见夜雾中出现十来名男子。

白长老认出一行人中一名四五十岁的中年男子，又惊又喜道："洪帮主！"忙率领秦门一众人等下马，恭恭敬敬地朝那人迎去。

除了洪帮主，另有一人，二十出头，眉目俊雅，满面风霜。

见到傅兰芽，那人呼吸都滞了片刻，等回过神，忙下了马，大步朝傅兰芽行来。

还未走近，平煜陡然想起什么，面色一阴，对李珉和陈尔升使了个眼色。

两人立即翻身从马上下来，低喝道："来者何人？速速止步。"

陆子谦诧异地看二人一眼，不得不停步。

傅兰芽原先未认出那人是谁，等那人走近，面色一淡，旋即撇过头，便扶着林嬷嬷的手上车。

陆子谦面色黯了黯，知道若错失这个机会，恐怕以后连句话都跟她说不上，再顾不得什么了，唤道："兰芽，我背信弃义，无颜见你，可是我——"

他话未说完，傅兰芽便沉着脸看一眼林嬷嬷。

林嬷嬷会意，漠然地对陆子谦行了个礼，客客气气道："陆公子，既然说到信义之事，烦请陆公子改改称呼，我家姑娘的闺名可不是随便什么不相干的人都能叫的。"

第十七章 往日事

陆子谦听得此话，直如一盆冷水兜头泼下，脸色都灰败了几分。

他因着跟傅兰芽的亲事，对傅家的人和事再熟悉不过了，知道这位林嬷嬷是傅家的老人，极得傅兰芽的倚重。

刚才那话若从别人嘴里说出来也就罢了，偏偏是林嬷嬷……

犹记得前年，有一回，他跟随父亲去傅家送节礼，路过花园时，听得墙内有人说话，声音轻柔婉转，说不出地悦耳。心知是她，胸中一热，有意停下细听，身旁的傅延庆却提醒似的轻咳一声。

他转头，正好对上傅延庆似笑非笑的眸子，心中一惊，想起父亲及傅伯伯就在一旁，忙收敛心神往前走。

谁知刚一迈步，便见这位林嬷嬷从花园中走出来，身后领着一群丫鬟，手中捧着花瓶，里头一枝海棠，花瓣上沾了露水，开得正艳。

见着傅伯伯，林嬷嬷领了人上前行礼，笑吟吟道："小姐说昨夜那场雨来得正好，一夜之间，园子里的海棠全都开了，亲自剪了一枝，让人送到老爷的外书房去。"

傅伯伯脸上顿时绽出温煦的笑意，抚了抚须，故作严肃道："唔，知道了，送去吧。"

林嬷嬷含笑应了一声，起身，却抬眼朝他看来，打量他一番，脸上笑意更盛，转过身，朝另一条甬道上走了。

那目光里分明透着满意和嘉许，他虽微微回以一笑，心里却不大好意思。

直到在大门口跟傅伯伯和傅延庆告别后，他胸腔里仍涌动着一股暖流。

可刚才林嬷嬷一番话，却宛如钢刀一般，直直地插进他胸膛，将他最后的一丝希冀和侥幸都击个粉碎。

是啊，物是人非事事休，如今在她心里，不知将他视作怎样的卑劣小人，怎还能再指望她身边的人高看他一眼？

他嘴唇发白，苦涩地看着傅兰芽，不敢再唤她闺名，只艰难道："傅小姐，我此次南下，是诚心诚意想来帮你。一为咱们两家多年来的交情；二来，是为了傅伯伯和延庆。"

傅兰芽正自顾自扶着林嬷嬷的手上了车，听到最后一句话，掀帘的动作滞了一下。

陆子谦看得再真切不过，一时忘情，抬步欲追，可傅兰芽不过停留一瞬，身影很快便消失在马车前。

眼前两名锦衣卫寸步不让，他无奈之下，扬声欲说话，一道声音却蓦地在耳边响起："陆公子，请自重。"

这人声音并不大，口吻却远比身旁那两名锦衣卫有震慑力得多。他一凛，转头一看，却见说话之人是一名年轻男人，二十出头，高挑俊美，神情却极为阴冷，一双眸子更是如寒星一般，亮得迫人。

他以往跟平煜只打过一两回照面，连话都未说过，并未一眼认出他来，只是出于直觉，觉得此人看自己的目光极为不善，心里掠过一丝怪异之感。

对视片刻，见他隐隐有上位者的做派，恍悟过来，原来是锦衣卫指挥使平煜。不由想起来时路上，邓家小姐所说的那番话。

对那番话的真假，他本是持保留意见，可想起西平侯府曾在傅冰手底下吃过大亏，到底信了三分。

这么想着，看平煜的目光越发淡了下来，只想到此时傅兰芽仍在他手中，就算自己要帮她，也需得先过平煜这一关，于是退开两步，垂眸道："在下陆子谦，见过平大人。"

他如今任着翰林院修撰，于官职上，低了平煜几级，于情势上，又顾忌着傅兰芽的安危，无论语气还是态度上，都算得审慎。

平煜一晚上未消停，心里本就堵着各种情绪，没想到这陆子谦好端端又半路跑出来，更无好脸色。

虽然经过刚才之事，眼下他一点也不想面对傅兰芽，但听到陆子谦竟直呼她的闺名，可以想见两家以前何等热络，心里如同打翻了五味瓶，说不出的不舒服。

要不是刚才傅兰芽主仆对这陆子谦态度冷淡，他早用一万种冠冕堂皇的理由将这陆子谦远远支开，还能耐着性子听他说话？

可听陆子谦刚才所说，此人来湖南，是为了要帮傅兰芽，且身边还带了不少武林高手，显见得做了精心筹备，心中起疑：莫非他知道什么内情？狐疑地看着他，一时竟有些举棋不定。

两人正僵着，那边白长老等人已跟洪帮主几个叙旧完毕，正要两边引荐，谁知一转头，便见平煜冷眼看着陆子谦，浑身散发着寒意，氛围明显不对。

他只当有什么误会，忙恭恭敬敬引了洪帮主过来，笑道："平大人，这位是八卦门的洪掌门，也是如今的武林盟主。洪掌门此次南下，正是为了对付南星派。"

又对洪震霆道："这位是锦衣卫的指挥使平大人。"

洪震霆锐目打量一番平煜，诧异于他的年轻，一拱手，豪迈笑道："在下洪震霆，久仰平大人大名。"

平煜见是一名四十出头的中年男子，长眉凤目，英武不凡，顾不上再理会陆子谦，下了马，拱手道："原来是洪帮主，失敬失敬。"

说话时，想起秦勇说过二十多年林之诚曾在武林大会上，用一首《武陵散》毁了八卦门掌门的内力，不知那位掌门人跟眼前这位洪掌门人可是同一人，可听他说话声如洪钟，内力浑厚，全不像受过重伤的模样。

心里如此想着，怕南星派再次追来，惦记要将傅兰芽送回别院，便笑道："白长老，难得洪掌门远道而来，可眼下南星派仍蛰伏左右，当务之急，还需将罪眷先送回别院中，免得横生波折。"

洪震霆似有别的打算，一时未接话，白长老却不疑有他，忙道："自该如此。"

回头对众人道："速去别院。"

一行人纷纷上马，继续起程。

陆子谦也一踩马镫，翻身上马，被洪帮主等人拥在当中，一路往前行去。

眼见平煜始终随行在马车旁，联想他刚才看自己的眼神，越发觉得有什么地方不对劲。

刚行到一半，身后刮来一阵瑟瑟秋风，夹带着若隐若现的埙声。

诸人一惊，有人低呼道："南星派！"纷纷勒住缰绳，拔出腰间武器，全神待敌。

一眨眼工夫，那埙声便掺杂进一缕高亢的琴音，音律中仿佛蕴藏了无数密针，裹挟着风声，凌厉地朝众人射来。

众人只觉胸口如同被重石击中，顿时闷胀起来。

傅兰芽知那琴声厉害，想起之前给平煜做的耳塞，刚才一番逃命，不知是否掉落，忙掀帘往外看，见平煜脸色果然白了几分，耳边早已不见那东西。

再往旁一看，见李珉和陈尔升正往耳里塞东西，只当耳塞有用，顿时焦心不已，催促平煜道："平大人，那琴声厉害，何不将双耳堵住？"

平煜被那琴声搅动内力，五脏六腑都翻滚得厉害，正极力调匀紊乱的气息，听得傅兰芽如此一说，左右一顾，见李珉和陈尔升一边认真地塞东西，一边困惑地朝他看来，脸上闪过一丝尴尬之色。本不欲理会傅兰芽，经不住她再三催促，只好压着胸口的烦闷，没好气道："你先回车上，我这就塞上。"

傅兰芽不懂武功，陈尔升和李珉是傻小子，然而其余诸人，谁不知道这耳塞全无用处？

等傅兰芽放下窗帘，犹豫片刻，探手到怀里摸索一番，找出那东西，颇为羞耻地置于耳中。

所幸众人忙于迎战，没人顾得上诧异他们三人画蛇添足的举动。

只有陆子谦，因不懂武功，不受琴声所扰，静静地立在一旁，将二人举动看在眼里。

那埙声刹那间便已逼近，伴随而来的，是激烈的交战声。

再下一刻，便可见秦门及形意庄的人一路追随南星派，缠斗不休。人影交错中，依稀可分辨出秦晏殊和秦勇的身影。

还有一人，身形虽无法辨认，打斗时的呼喝声却颇为响亮，细听之下，虽不如之前来得中气十足，显见得未受重伤。

平煜和李珉辨认出李攸的声音，绷着的神经总算松弛了下来。

诸多声音里，独有那琴声忽远忽近，缥缈无踪，不知在何处。

洪震霆垂着双手，凝神听了一晌，脸色越发黑沉，忽然长啸一声，如流星般飞纵而出，迅疾无比，直奔不远处的一座城隍庙的庙顶。

另几位跟随洪震霆而来的男子，也纷纷跟在洪震霆身后，循那琴声而去。

平煜见洪震霆轻功奇高，满身杀意，越发肯定他跟林之诚之间有过节。待要再细看他们如何对付南星派，忽然眼前人影闪过，一名南星派弟子杀气腾腾，眼看要杀至傅兰芽的马车前。

平煜眉头一皱，从马鞍上一跃而起，手起刀落，将那人砍倒在马下。

未几，又有数名南星派弟子突出重围，杀到眼前。

平煜缠斗一晌，听那琴声似被什么所扰，陡然喑哑了几分，连胸口那股沉甸甸的感觉都好转了许多。

忽然，不知从何处传来一声呼哨声。南星派弟子听得这声音，彼此一对眼色，一边将埙放于唇边吹响，一边齐齐使出杀招，将秦门等人逼退一步，四散逃去。

秦门及形意庄等人早前被那琴声所扰，或多或少都受了内伤，站在原地喘息片刻，听琴声及埙声都渐渐远去，都无心恋战。

秦勇终于得以脱身，疲累地拭了拭头上的汗，四下里一看，见到平煜，忙走过来，喘着气道："平大人。"

见他并未受伤，略略放了心。一抬眼，却见他耳中塞着物事，凝神一看，见那东西料子轻软，颜色又是淡淡的粉色，一望而知是女子亵衣。

秦勇心里何等通透，顿时明白过来几分，面颊一热，忙慌乱移开视线，少顷，强笑道："平大人，我们速速先去别院，那处宅子设有机关，轻易闯不进去。一会儿不管南星派的人会不会去而复返，我们先歇息一晌再说。"

平煜早顺着秦勇的目光察觉不妥，忙将东西取下，咳嗽一声，镇定自若道："此话极是，烦请秦掌门带路。"

秦勇未料到平煜跟傅兰芽已如此亲密无间，心里突然有些空落落的，不敢再看平煜，忙转身大步走开，嘱咐秦门中人几句，上了马，一夹马腹，回头对李由俭及秦晏殊等人道："咱们速去别院。"

又是大半晚未得消停。

去往别院的路上，傅兰芽前所未有地疲累，靠在林嬷嬷怀里，想起方才跟平煜独处时的片段，心里仿佛有什么东西在轻轻搅动，怎么也静不下来。

自小到大，每逢心绪不宁的时候，她总会用旁的事来转移注意力。闭上双眼，想起方才陆子谦所说的话，立刻如抓到了一根救命稻草，忙屏除杂念，全神贯注去推敲其中深意。

陆子谦说他来湖南是为了寻她，此话应该不假。

但父亲和哥哥如今都在狱中，他又是凭着什么说出能帮助哥哥和父亲的话？

且陆家代代为官，未听说跟江湖门派有交集，陆子谦从何处找来这许多武林人士？

刚才白长老向平煜引荐的那位洪掌门，似乎来头不小，平煜听得对方名号时，都免不了对他另眼相看。后来南星派追来时，这位洪掌门一出手，那追随了一路的琴声便不复之前的威力，可见此人正有办法对付难缠的林之诚，说是一流高手也不为过。

这样的武林高手，为何会甘愿受陆子谦驱使？

思忖间，忽听马车后传来一声长啸声，车外白长老惊喜道："洪掌门！"似是那位洪掌门去而复返。

她越发疑惑。先前听秦晏殊所言，秦门的别院设置了重重机关，之所以带她前去，为的就是避开南星派的追捕，白长老何以会放心让洪掌门等人同行？就不怕那位洪掌门临阵倒戈，跟南星派一起来对付他们？

马车狭窄，秋风瑟瑟，她紧挨在林嬷嬷怀里，身上寒意渐起。默默想了一晌，只觉毫无头绪。

所幸竹城并不大，转了几条街道后，顺利到了那处别院。

陆子谦下了马，觉夜风寒凉，担心傅兰芽衣裳单薄，忍不住转头看向马车。

刚好傅兰芽扶着林嬷嬷下车，陆子谦才发现她身上穿着件豆绿色的秋裳，走动时，露出里头水碧色的裙裾，说不出地娉婷婉约，一如从前。

让他意想不到的是，她身上衣裳似是新做，且剪裁及衣料都算上佳，想起她如今处境，心头掠过一丝疑惑。正要细看，忽有人刚好走到傅兰芽身后，状似无意，将他的视线严严实实地遮住。

他怔了一下，顺着那挺直背影往上看，就见那人一手扶在绣春刀上，立在台阶上，正听白长老和另两名年轻男子说话，不是平煜是谁？

他心中那种怪异感更甚，正欲往宅子内走去，便见平煜身旁一名气宇轩昂的年轻男子敏锐地朝他瞥来，似有打量之意。

鹿门歌

25

因来时匆忙，陆子谦暂未得洪掌门引荐，不知此人便是秦门的掌门秦晏殊。见他目光除了好奇之外，还透着几分不屑，想起自家所行之事，一时五味杂陈，暗叹一口气，目不斜视地进了宅子。

秦勇见一行人总算顺利进了宅邸，神情微松，转过身，吩咐白长老等人启动机关，又对正打量四周的平煜道："这宅子是依照咱们秦门多年传习下来的老规矩布下的，外头设了不少刁钻的机关。南星派就算想闯入，一时半会儿也找不到法门，傅小姐今夜可放心在此安置。"

平煜点点头。南星派委实难对付，一会儿若林之诚再用那琴声前来滋扰，至少有宅邸外的机关做遮挡，无论如何都不可能波及傅兰芽。

他不用担心她被掳走，可以专心对付南星派，便笑道："有劳秦当家了。对了，刚才洪掌门似是有要事与我商议，能否请秦当家安排一处院落，既能让罪眷安歇，又能有空余的屋子让我等议事。"

秦勇知道他如此安排，无非是怕横生枝节，不肯让傅兰芽离开近旁，忙笑道："正该如此。这宅子里有处小院落，里头有几间颇为宽敞的厢房，我已请人领傅小姐前去。一会儿傅小姐在其中一间厢房歇息，我等则可在邻房议事。"说话时，莫名觉得嘴里微微有些发苦。

平煜笑着看她一眼，往前走道："如此甚好。只是这样一来，欠秦当家的人情越发多了。"

秦勇略微一怔，正色道："平大人何出此言？傅小姐曾经救过晏殊一命，只要她一日未脱离险境，我等便一日不会对傅小姐的安危置之不理。"

想起来时路上白长老跟她汇报的事项，边思量边道："傅小姐身上的疑团太多，我揣摩至今，都未能窥见全貌。也不知这回陆公子和洪掌门联袂前来，能否对解除她困境有些帮助。刚才听白长老说，陆公子说他此次来，不但为了帮傅小姐，也为了帮傅大人和傅公子，也不知此话是真是假。"

平煜笑容一淡，点点头，并不接话，往前走去。

秦勇见他脸上仿佛笼了一层阴霾，忆起平家跟傅家的恩怨，似有所悟。一时拿不定他此时心中所想，也跟着沉默下来，斟酌了片刻，正要说些旁的话，一抬头，瞥见平煜领口上似有几处暗红色的污渍，看着像血痕，待要细看，平煜却已朝前走了。

她回忆一番他说话时的语气，清澈沉稳，不见滞缓，应该不是受了重伤的模样，难道这血迹是沾了旁人的？

两人一前一后到了那处小院，傅兰芽主仆已在最里头那间东厢房安置下来，外头守着李珉和陈尔升。

隔壁厢房内，白长老及洪掌门、陆子谦等人正端坐在房中饮茶。

折腾了大半晚，众人早已饥肠辘辘，便有人吩咐做了些简单粥汤送到院中来。

李攸站在廊下，见平煜及秦勇进来，忙下了台阶，迎过来笑道："就等你们了。"

平煜见他脸色稍差，但行动敏捷，毫发无伤，奇怪地看他一眼道："你这几年到底练了什么古怪功夫？"

李攸嘿嘿一笑道："这你就得问我师父了，他老人家不是在里头吗？"

平煜一怔，这才想起李攸曾在洪震霆门下学过两年功夫。

正要进房，忽见一名下人从他身后走过，手上捧着一个托盘，上面是两碗热气腾腾的燕窝粥。等那人上了游廊，秦晏殊示意那人退下，亲自接过托盘，顺着游廊，走到东厢房门前。

平煜意识到秦晏殊要做什么，停在原地。

陈尔升及李珉不等秦晏殊走近，便客客气气道："秦掌门，请留步。"

秦晏殊憋着气道："我给傅小姐送些吃食。"

话音刚落，房门忽然打开，林嬷嬷探头往外看道："咦，秦掌门。"

秦晏殊心中一喜，便要说话，陈尔升却出其不意地从他手中接过托盘，一言不发送入房中。少顷，又出来，将门带上，看着秦晏殊，一板一眼道："罪眷已歇下，东西检视过，搁在桌上了。"

秦晏殊和李珉没想到陈尔升会突有此举，都愣在原地。过不一会儿，李珉眨眨眼，看着秦晏殊道："秦掌门，罪眷饮食不得由旁人插手，就算眼下在你秦门宅中，也须得经过我等检视，方能交到傅小姐手中。还请秦掌门莫要见怪。"

平煜心中冷哼一声，收回目光，大步进了邻房。

进到房中，白长老请平煜在上首洪掌门旁边坐下。

洪掌门抿了一口茶，一双精光四溢的眸子朝平煜看过来，开口道："平大人、秦当家、秦掌门、李少庄主，事态紧急，在下就不拐弯抹角了。此次我来，既是受陆公子所托，也是为本门二十多年前一桩悬案。"

洪掌门抬眸缓缓扫向屋中诸人，最后定格在白长老和柳副掌门身上。三人年纪相仿，都已到知天命之年。目光相撞间，白长老和柳副掌门陡然忆起一事。

"洪掌门莫不是说二十五年前的那场武林大会?"

洪掌门长叹一声,点点头道:"各位想必都知道,我八卦门就是在当年那场武林大会上跟南星派结下了梁子,争斗数载,两败俱伤。直到林之诚一双儿女夭亡,林之诚从此在江湖中销声匿迹,这才消停下来。"

平煜瞥一眼李攸,后者正心照不宣地朝他看来。就在昨日,两人还曾讨论过林之诚当年率领教众远赴夷疆之事,总觉其中太多不合常理之处,难以推敲。看来,要想追根溯源,果然还得从二十多年前说起。

"白长老和柳副掌门想必还记得,当年我大哥初任八卦门掌门,被中原四大门派推举,参加了二十五年前的武林大会,争夺武林盟主之位。"

白长老和柳副掌门面露憾色,怅然道:"是啊,当年的洪掌门内外兼修,又素有德望,本是实至名归的武林盟主人选,可惜——"

洪掌门恨声道:"可惜遇到了南星派的林之诚,此人性情孤僻冷傲,目无下尘,行起事来单凭自己喜恶,从不给人留余地。为了出风头,以一首《武陵散》将我大哥内力尽毁,只为博得个天下第一之名。事后,更是连句道歉都无,率领教众扬长而去。最可恨的是,我大哥虽被废了武功,但只要静养半年,就算不能再习武,至少能做个身子康健的普通人,谁知我等护送大哥回宛城,刚到蜀山,不巧遇到林之诚与一群扮作中原人的蒙古鞑子交战——"

鞑子?平煜听到这两个字,摩挲茶碗的动作一滞。

"不用我说,想必诸位也知道,本朝太祖皇帝素有尧舜之才,征战十余年,终得收复华夏,将元朝余孽驱赶出境。自那之后,元朝在中原再无立足之地,其后又分裂为几个部落,整日争战不休。当年我们在蜀山脚下遇到那群蒙古人,多半是被其他部落追杀,不得不出逃的北元贵族。他们扮作汉人,好在中原寻条活路。也不知何处露了破绽,被林之诚发现蒙古人的身份,二话不说便杀将起来。

"那群蒙古人虽武功路数怪异,却只有十余人,南星派本可用无数旁的法子将其一网打尽,林之诚却偏偏要试练自己用琴御敌的法子,在山谷间足足抚了十余首曲子,直到逼得那群蒙古人无处可逃,闭气而亡,方肯罢休。我等万没想到会跟林之诚狭路相逢,知道那琴声了得,本想护着大哥远远避开,奈何蜀道太过艰难,左右都是崇山峻岭,山谷间琴声回荡,根本避无可避,一响琴声下来,不但我门中不少弟子受了重伤,我大哥更是血脉逆流,自此成为废人。"

屋子里一时鸦雀无声。秦勇等人听得尤为专注。他们虽然都未亲历当年之事，却都听过八卦门跟南星派的恩怨纠葛，只知道当年的洪掌门自此武功尽废，卧床十余年，终在十年前病逝，然而谁也没想到，当年那桩事背后还有这番波折。

"洪掌门，"沉默许久，平煜忽道，"冒昧问一句，当年那群蒙古人中，可有人从林之诚手下逃脱？"

李攸被这话挑起某个念头，目光微亮，飞速扫平煜一眼。

洪震霆从回忆中惊醒，虽觉平煜此话问得突兀，仍思忖着摇头道："当日我心系大哥，无暇留意蜀山上的战况，只恍惚听见南星派弟子说似乎将那群蒙古人扫干净了，至于是否有漏网之鱼，我不得而知。"

平煜点点头，不再插话。

洪震霆又道："回宛城途中，我延医问药，倾其所有，四处找寻市面上能寻到的名贵药材，只盼能助我大哥接续经脉。然而我大哥连续两回遭那琴声催动肺腑，早已油尽灯枯，能保得性命已是万幸。回宛城后，我见大哥再无痊愈希望，整日僵卧在床，意志消沉，当年驰骋武林的豪杰被林之诚害得成为废人。我怎肯咽下这口气，等内伤稍好，便率领众门人去南星派寻林之诚的麻烦。谁知去了几回，不是被困于林之诚设下的阵法中，便是被林之诚御琴击退，别说一句道歉的话都未讨到，甚至连他的面都未见到。"

说话时，似是想起当日场面，眸中漾着恨意，声音越发冷硬。

白长老对事情的来龙去脉再清楚不过了，想起当年在武林大会上林之诚的丰姿，当真风度翩翩，兼之于武学上悟性奇高，不过二十五六岁，便已跻身一流高手行列。

林之诚刚在南星派脱颖而出时，少林寺方丈无忧曾道：此子乃难得一见的武学奇才，万不可小觑，然禀性狷狂，行事太过随性，日后若不是大善之人，便会沦为大恶之人。

不料一语成谶，数年之后，林之诚便因在武林大会上太过决绝，视规矩于无物，自此在江湖上坏了名声。

其实林之诚哪怕只要稍为循规蹈矩一点，如今多半已是江湖上豪杰人物，雄踞一方不在话下。记得当年不少名门正派的当家见林之诚人才出众，有意将女儿许配给他，林之诚却一个也未看上，最后出乎意料地娶了一位落魄秀才之女。据闻，林夫人模样标致，性情柔顺，婚后跟随林之诚鹣鲽情深，不过一年时光，便生下了一对龙凤儿，羡煞旁人。

可惜没过数年，那对龙凤儿便因病夭亡，林之诚退隐江湖，林夫人也不知所终。

洪震霆又道："我当时年轻气盛，屡次在林之诚手下吃苦头，加上兄长所受苦难全由林之诚一手造成，怎肯受此奇耻大辱？回到宛城，一方面派门下弟子日夜盯紧南星派，另一方面，则闭关潜心研习破那御琴术的法子。功夫不负苦心人，五年后，终将本派内功中最为晦涩难懂的心法悟透，自此融会贯通，再不复往昔。我见自己内力精进，不肯再白白蹉跎岁月，便点了精兵强将，前去寻林之诚讨说法。"

平煜恍悟地看一眼李攸，原来这位洪掌门曾花费数年时光专门研习应对林之诚的心法，难怪连只学了两年八卦拳的李攸都能在林之诚的琴声下支撑许久。

洪震霆想起往事，又道："这一回，我终于可与林之诚的御琴术一较高下，自是喜不自胜，在君山岛与林之诚斗了三日三夜。其间，岛上山庄不断有婢女来寻林之诚，似是有什么迫在眉睫的急事，林之诚却不予理会，一门心思要与我拆招。我苦练数年，好不容易胜利在望，自也没有中途作罢的道理。谁知第三日傍晚，林夫人突然抱着一对稚儿前来寻他。我二人本正斗得激烈，林之诚见那稚儿已气息全无，大惊失色，硬生生受了我一掌，不再与我缠斗。"

他面上闪过一丝愧色："当时林夫人来时，一副失魂落魄的模样，脸上却一滴眼泪都没有，似是因伤心欲绝，眼泪早已哭干。我在一旁远远看着，见小儿脸面紫涨，似是因高热引起了急惊风，若是再早个一个时辰，也许还有救，眼下却已回天乏术，不免心中一凉。林夫人哭闹一晌，见林之诚只顾将一双孩儿抱在怀中，整个人却如木头桩子似的，不语不动，似是终于明白孩儿已无药可救，她整个人顿时疯了似的，拼了命捶打林之诚，撕心裂肺地号哭，说他眼里只有武功，只有天下第一的名号！为了斗法，将整座岛封住，孩儿生病也不管不顾。如今孩子死了，他可满意了？林之诚面如金纸，任林夫人打骂。"

众人听了这番话，都震惊不已。秦勇等人虽知道林之诚一双儿女夭亡，却不知是因为延误了诊治方才殒命，一时心中五味杂陈，屋中气氛也滞重了起来。

洪震霆愧疚得坐不住，猛地起身，在屋中踱了两步，重重叹气道："我当时一门心思要替哥哥报仇，却万万没有想到，会因一场寻仇，连累到林家小儿。我见大祸已铸成，又愧又悔，不肯再在君山岛上逗留，连夜率领徒众离开。没过多久，便听说林之诚离开君山岛，率众去了云南。"

他摇头，神情带着几分遗憾："在那之前，林之诚曾是我最憎恶之人，我日夜都想着如何叫林之诚输在我手下，郑重向我大哥赔礼道歉。可真等到林之诚家破人亡，我却半点快意都没有。如今想来，当真是冤冤相报何时了。"说完，久久沉默。

陆子谦见洪震霆沉浸于往事中，怕他忘了正事，状似不经意地咳了一声。

洪震霆回过神，正了正脸色道："不瞒各位，我早年跟陆大学士有些渊源，欠他一份人情。一个月前，我收到陆公子来信，便点了门人，跟他一道来云南。不料在湖南境内跟诸位相遇，倒省了不少麻烦。"

李攸恍悟地点点头，怪不得他前几日在宝庆寻了八卦门的弟子，本想写信去宛城，请师父来湖南境内帮忙对付镇摩教和南星派，那同门却说师父早已出门，不知去了何方，原来是被陆子谦给请动了。

暗暗扫向平煜，知他心高气傲，虽欢迎师父前来相助，却不会愿意陆子谦参与其中，尤其今夜本来所有人都被林之诚弄得狼狈不堪，陆子谦领着师父一来，南星派便被击退，他心里不知会有多别扭，不由暗觉好笑。

洪震霆又道："一路上，陆公子和我都只知道有许多销声匿迹的江湖门派去了云南，却不知其中有南星派。如今既然林之诚也参与其中，联系前因后果，不难想到这些门派为何要来找那位傅小姐的麻烦。"

秦晏殊心系傅兰芽身上的种种谜团，忙一拱手，恭敬道："愿闻其详。"

"当年林之诚来云南时，我曾一路尾随，见他身边始终带着两个包袱，不知何意。"洪震霆说着，脸色变得有些古怪，"后来无意中才得知，包袱里似装着林之诚那一双孩儿的遗骨。我当时百思不得其解，不知林之诚带着遗骨，千里迢迢远赴云南，究竟为了什么。根据陆公子路上所言，我现下大致能猜到林之诚当年云南之行的目的。在我看来，无论二十年前，还是二十年后，林之诚似乎都只有一个意图，就是寻找契机复活他那一对夭亡的稚儿，也就是传闻中的起死回生术。"

"起死回生？"众人骇然相顾，"人死如灯灭，世上怎会有起死回生的法子？"

陆子谦暗暗摇头。

洪震霆却苦涩一笑，道："我知道此事太过匪夷所思，但刚才在竹城县衙门前，我跟陆公子已经推敲了个彻底。若没料错，傅小姐应该就是那个能启动起死回生术的'药引'。"

众人正听得入神，忽然窗外传来一声轻微的响动，几不可闻。

秦勇离得近，见众人并无转头看来的意思，悄悄起身，戒备地走到窗前，往外一看，就见傅兰芽耳朵贴在窗外墙壁上，正敛声屏息听着窗内动静。

她大惊失色，傅兰芽怎会在此处！

她第一反应便是宅子里的机关失了效，忙抬眼看向窗外，就见窗子外头是座花园，园中花木都在原处，可见机关并未出差错，不由越发错愕：这宅子里面都暗合三元积数之象，处处设了机关，傅兰芽究竟是怎么识破隔壁的暗门，继而绕到窗下的？

须知这两间房虽相邻，格局却大有不同。

他们所在这间房，只有后窗，而无前窗。

傅兰芽主仆所在那间房，却只有前窗，并无后窗，故李护卫和陈护卫守住前门，便可算得铜墙铁壁。

可隔壁房间虽无后窗，却有一扇暗门可通到花园中，在关键时候可作逃命之用。

因那扇暗门藏于房中阳遁，若非懂得奇门遁甲术的能人异士，根本无从勘破格局上的异数，顺利找到暗门。

没想到傅兰芽竟不声不响便从邻房绕了出来，且已不知在窗外听了多久了。

她满心惊疑地看着傅兰芽，一时忘了出声。

傅兰芽似是没想到自己已惊动了屋中人，也吓了一跳。她倒还算镇静，紧张地看着秦勇，似是拿捏不准她会做出何等反应。

秦勇明白傅兰芽之所以偷听，不过是想知道针对自己正在发生何事，想起她如今处境，心中一软，对她使了个眼色，示意她莫要惊慌。

傅兰芽会意，微松一口气，对秦勇感激地点点头。

李由俭素来最关注秦勇的一举一动，见她立在窗旁久久不出声，担心出了什么差错，忙从秦晏殊身旁起了身，走过来，压低嗓音道："阿柳姐，怎么了？"

秦勇若无其事地将剑插回剑鞘，在他近身之前，离开窗旁道："无事，风刮倒了树枝。"

说话时，已从方才的震惊中平静下来，正要走到椅旁坐下，忽见平煜狐疑地打量她，眸光深深。

她一时揣摩不透平煜发现傅兰芽后会做出何种反应，便若无其事地一笑。

平煜却不像李由俭那么好打发，眯了眯眼，转头望向窗口，便要起身一探究竟，洪震霆忽然开口道："林之诚去了夷疆之后，在江湖中消隐了踪迹。我因林之诚一双儿女之事，一直颇为关注林之诚的动态，虽不知当时夷疆发生了何事，却不相信他就此死在夷疆，曾派了门人四处去找寻。谁知一晃二十年过去，始终未打听到林之诚的下落。本以为林之诚恐怕再也不会在江湖上露面，没想到就在数月前，我门下弟子竟在京城打听到林之诚的踪迹，这才知道林之诚多年来一直藏匿在京城。据我门人打听得知，林之诚这些年似乎一直在京城寻人，不知何故，始终未有头绪。我听得林之诚有了消息，便想亲自去一趟京城，不料还未动身，林之诚却又失去了踪影。没想到，他竟回君山召集了旧部，率领门下弟子去了云南。"

秦勇原以为平煜会被洪震霆这番话吸引注意力，没想到平煜端了几上茶水一饮而尽，放下茶碗，往窗边走去。

秦勇见平煜已起了疑心，先还想替傅兰芽遮掩一二，可想到平煜的性子，若真一味拦阻，只会越发引来平煜的怀疑，且想起这一路上平煜跟傅兰芽之间流露的蛛丝马迹，心知他多半不会真为难傅兰芽，便稳稳当当坐在椅上，余光却留意窗旁的动静。

傅兰芽对平煜的举动一无所觉，仍全神贯注贴在窗边。

听到洪震霆说林之诚这二十年来一直在京城寻人，忽然想起上回听左护法说起镇摩教的右护法已失踪二十余年，而十年前，左护法也曾在京城出现过，林嬷嬷甚至透露，左护法还颇为诡异地跟父亲一同出入首饰楼。

联想到母亲身上的种种不合常理之处，她脑中冒出一个念头：难道说，他们要找的人竟是母亲吗？

正想得出神，突然窗口亮光一暗，头上笼下来一道阴影。

她知道这意味着什么，心中一跳，抬眼往上看去，正对上平煜乌沉沉的眸子。

她慌乱了片刻，很快便镇定下来，也不知平煜要如何发落自己，立在原地，静静地跟他对视着。

其实她一进这宅子，就知道秦晏殊所言不假，宅子里的确设立了不少机关。

进房后，她暗暗观摩屋内格局，知道这两间房必有暗门相通。等李珉和陈尔升将门关上后，便一边计算方位，一边在屋中推算八门排盘，未过多久，便顺利找到了暗门。

她急于知道洪掌门和陆子谦要说什么，好不容易找到暗门，怎能忍住，当即逼着林嬷嬷熄了灯，做出主仆二人已歇下的假象，自己则推开暗门，顺着暗道走到花园中，终于得以顺利听到房中的对话。

平煜想起秦勇说这宅子处处有机关，并不奇怪傅兰芽能摸到窗下。

但他只要一想到先前的事，胸口便仿佛有羞耻的火苗在燃烧，垂眸注目傅兰芽片刻，脸上维持着凛然之态，心里却已恨不得转身遁走。

良久，见傅兰芽并未有回到邻房的打算，一张脸已绷不下去，不耐地想：她既愿在此处偷听，便随她去吧，以她的性子，就算今晚未听到，往后恐怕也会寻机会从他嘴里套话。

便利落转身，从窗旁离开。

不管怎样，他眼下一点也不想跟傅兰芽碰面。

傅兰芽见平煜高抬贵手，总算肯放她一马，微嘘一口气。

平煜回到屋中，众人正静静看着陆子谦，似是在等陆子谦开口。

陆子谦起身一礼，对众人坦荡道："感谢诸位一路行侠仗义，当真是义薄云天，令陆某好生敬仰。然而这当中有几桩事因涉及朝廷，在下须得先跟平大人打个商量，再来跟诸位好好商议。"

秦勇见平煜并无接茬的意思，起身解围道："今夜已过去大半晚，尤其是洪掌门和陆公子一路风尘，想必也已疲劳至极，眼下既然多少理出了头绪，不如先各自回屋歇息。明日一早，咱们再继续。"

白长老及柳副掌门忙笑道："心急吃不了热豆腐，左右南星派攻打不进来，先歇一晚再理会。"

平煜静了片刻，也起身道："既如此，便明日再来商议。"

傅兰芽在外听得一清二楚，忙提了裙，悄悄退回了暗道，回到隔壁厢房。

秦勇因是主人，细细安排了众锦衣卫的下榻处后，才告辞而去。

平煜令林惟安和许赫替换了陈尔升及李珉，自己则回房歇息。立在房中，忍不住看向空荡荡的床。今夜一行人在秦门别院里，耳目众多，他不用再跟傅兰芽主仆睡在一间房了，可以尽情睡在床上，而不是莫名其妙地总卧在榻上或地上。

甚好！

他若无其事收回目光，到净房草草洗漱一番，正准备歇下，下人忽送来一套干净衣裳，笑道："当家的让给众位大人送来的。"

平煜见从鞋到袜都齐全，十分周到，本不欲收下，可忽然瞥见自己衣领上沾了几滴血迹，想起跟傅兰芽在一处时的情景，脑中轰然作响，脸上烧得厉害，只得接了。

傅兰芽回屋后，因短时间内掌握了太多线索，心绪沉浮，睡得并不踏实。

一觉过去，已到早上。

昨夜来时已是半夜，她无从窥得院中全貌，眼下便打算好好打量一番院中格局。

谁知刚一开门，就见下人手中捧着热气腾腾的早膳，秦晏殊立在一旁，正耐着性子跟陈尔升和李珉周旋。

见傅兰芽出来，秦晏殊低眉看着她道："傅小姐，昨晚太累，你用了早膳，不如再歇一会儿。"

傅兰芽笑着点点头道："多谢秦公子。"

微微仰头，正要越过他肩膀，细看院中的格局，瞥见平煜从邻房出来，分明已听到这边动静，却没有转头的打算，自顾自下了台阶，往院外走去。

让傅兰芽意外的是，平煜身上穿着件雪青色的长袍，颜色簇新，以往从未见过，不知从何处所得。想了一会儿，意识到是秦门中人安排的。

平煜走了一段路，听秦晏殊仍在跟傅兰芽搭话，脚步又突兀地停下，转身朝院中走来。

这一回，视秦晏殊如无物，径直走到傅兰芽面前，道："我有话要问你。"

傅兰芽不知他何意，见他带着不容置疑的语气，抿了抿嘴，静静地让开一旁，等他进来。

平煜扬扬眉，看向秦晏殊，用再寻常不过的语气道："秦掌门，吾等审问罪眷，不容不相干的人旁听，请回避。"

秦晏殊见平煜虽进了房，却还记得敞开房门，分明是怕有损傅兰芽的闺誉，虽憋了一肚子火，到底不再停留，转身走了。

傅兰芽跟在平煜身后进了房，等了半晌，见他背对自己立着，不见半点反应，只觉饿得头晕，不肯再陪他莫名其妙地罚站，走到桌旁，自顾自坐下道："平大人，我饿了，容我先用了膳再回话。"

平煜听得轻微的匙筷声从身后传来，这才动了动身子，走到桌旁，将绣春刀放下。

林嬷嬷正好从净房出来，见平煜在一旁看着小姐用膳，讶道："平大人，您用过早膳没，可要一道用早膳？"

平煜脸上尴尬之色闪过，却并没有一口回绝。

林嬷嬷揣摩一番平煜的神色，见他显然有在此处用膳的意思，便走到桌旁，盛了碗热气腾腾的粥放到平煜面前，殷勤道："平大人，用了早膳再问话吧。"

平煜见林嬷嬷已盛了粥，不好浪费粮食，便勉为其难地坐下。

两人头一回在一处用膳，一个正襟危坐，一个安静从容，屋子里却似乎涌动着一股看不见的暗流，让人耳热。

正默默无言地相对用着早膳，忽然院外有人进来，对李珉和陈尔升说了什么。

李珉尚未答言，陈尔升敲了敲门，极其认真道："平大人，李将军、秦当家他们还在等着您过去用早膳呢。"

平煜险些呛着。

陈尔升说完话，耐心等待平煜回应，浑然不觉周围的氛围因他这句话而变得有些古怪。

他只知道，为着商议昨晚之事，一大早，秦当家那边便已经递过话来，请平大人过去一道用早膳。

平大人当时也爽快应下了，怎么一转眼工夫，又在傅小姐处用起了膳？如今那边又派人来催促，他作为属下，自然有义务提醒平大人。

傅兰芽心中微讶，持箸的动作有一瞬间的停滞。

林嬷嬷眼观鼻鼻观心，拼命维持着脸部表情，唯恐一个不留神，就让平大人更加不自在。

主仆二人空前地默契，双双避免跟平煜目光相接。

只有李珉和陈尔升不知死活，仍立在门边困惑地望着平煜。

平煜好不容易才没呛出来，握稳粥碗，拿出跟三军对峙的气魄，不紧不慢地将那碗粥喝完，心里将陈尔升问候了上百遍。当时出京时，他带谁不好，怎么就把这家伙给带了出来？越想越觉得后悔。

一顿早膳用得说不出的累。

放下碗，林嬷嬷极有眼色地递过巾帕，平煜接过，胡乱擦了一把，起了身，拿起绣春刀便往外走。

也不知是忘了，还是临时又改了主意，再不提起刚才"有话要问"的那茬。

平煜走到门口，停了片刻，又回身走到屋内，一言不发地从怀中取出一样东西，丢于桌上。

"你不是懂阵法吗，无事时看看，路上遇到南星派时，不至于总等着旁人来救。"

说完，不等傅兰芽抬头看他，便往外走了。

傅兰芽低头一看，见是一本书，扉页上写着"天工开物"。她流露出古怪之色，这本书跟奇门五行有关系吗？

林嬷嬷自小服侍傅兰芽，耳濡目染，也跟着认得几个字，觉得这书名眼熟。想了一回，忆起从前小姐也曾在闺中翻阅过，难道平大人是怕小姐长日寂寞，特地给她带了书，好供小姐消遣？

她微微有些动容，万没想到平大人那样桀骜的一个人，竟能心细到这般地步。

只是以她这些日子的观察，按照平大人的习性，就算背地里为小姐煞费苦心，也从来不肯在小姐面前流露出来。东西送到小姐手里，也大抵会谎称是旁人所送，态度十分强硬，今日依然如此。

回头一望，见小姐已若无其事地坐下，连早膳也顾不上用，兴致勃勃地翻起书来。

再细一打量，发现小姐眉眼虽沉静，白皙的耳朵却染上了淡淡的粉红……

林嬷嬷心中亮堂不少，微有些错愕，又细看了傅兰芽好几眼，这才盛了小半碗傅兰芽爱吃的糖蒸酥酪，心事重重地放到小姐面前。

平煜一出来，便顺手将门关上，随后目露凶光地看向陈尔升。

陈尔升冷不防见平大人眼里似乎有什么锋利的东西直朝他射来，眨眨眼，还未说话，平大人已经越过他，大步走了。

因宅子里满布机关，院外早候了一名秦门弟子，一等平煜出来，便领着他往议事厅去。

平煜昨夜睡得不好，早上起来时，本是一肚子郁气，可经过刚才那一遭，想起傅兰芽用膳时的安静姿态，竟无端化解了不少。

蹙眉走到议事厅，秦勇等人已候着了。

平煜一进来，堂上便倏地一亮。江湖中人本甚少品鉴男子相貌，可白长老、柳副掌门等人却同时觉得，原来男子也有赏心悦目之容。

陆子谦昨夜就知道傅兰芽主仆跟平煜等人安置在同一个院落里，虽然知道傅兰芽身边危机四伏，平煜这么做无可指摘，仍不免郁郁，一边端坐饮茶，一边忍不住上下扫他一眼。

秦勇见平煜身上果然穿着昨夜送去的衣裳，忽然有些不敢看他，起了身，笑着引平煜入座。

李由俭也从座上起来，正要跟平煜寒暄，忽瞥见秦勇脸色有些微红，心里的疑惑直如破土春笋一般，莫名地不舒服。

等平煜入座后，秦勇仔细打量他，这才发现平煜虽然不见得比平日高兴，眉眼间却仿佛蕴藏了春风，比往常柔和许多。

正自疑惑，下人过来呈膳，只好按下。

哪知李攸见平煜来得晚，隐约猜到缘故，一个劲地添乱，添了无数点心，又盛了一大碗粥，笑嘻嘻令下人放于平煜面前。

平煜面不改色，硬生生又吃了一回。

撤下膳具，下人奉了茶，洪震霆面色凝重地对平煜道："平大人，刚才我与秦当家商议一回，除了林之诚以外，另有一件异事要说与你听。只是此事事关锦衣卫，也不知可有什么避讳之处。"

平煜微微一笑，道："锦衣卫之事平某可一力承担，洪掌门但说无妨。"

洪震霆赞平煜痛快，道："昨晚我等追袭林之诚，忽从半路杀出一群黑衣人，有阻拦我等追捕林之诚之意。我等先前以为是南星派的弟子，可从招式上来看，跟南星派显见得并非一路。林之诚对那帮人似乎颇为忌惮，原本打算跟我比画一二，一见那帮人冒出来，便施出轻功遁走。"

平煜双眸不易察觉地动了动，听这番描述，十之八九是东厂之人，蛰伏了这许久，总算出手了。

如此一来，前前后后都对上了。林之诚身上果然至少也有一块当年的宝贝，东厂好不容易诱得林之诚出马。怎肯让他落在旁人手里？

洪震霆又道："那行黑衣人中，旁人也就罢了，领头那人，轻功太过骇人，招式古拙，偏偏迅如疾鹰，说不出的怪异。打斗中硬吃一剑，事后不见血液涌出，行动也不见半点迟缓，着实少见，不像光明正大的武功，倒像邪魔外道。”

平煜下意识跟李攸对了个眼，难道是王世钊？

便听洪震霆道："因此人武功令人印象深刻，我惊讶之余，于清晨跟白长老等人提起。不料白长老却大吃一惊，告诉我说，他们近日盯着的那人习的正是这等邪术。"

秦勇神色凝重，看向平煜道："不知平大人可记得昨夜南星派前来进犯之前，我曾有急事要找你商议，可还没来得及细说，林之诚便来了，我等被琴声所扰，这才不得不搁下。其实，当时我正要跟平大人商议王同知所习邪术之事。"

平煜面色微变，道："你们对王同知修习的功法已有了定论？"

秦勇点点头，隐含不安道："我们为了试探王同知究竟练的是百年前曾失传的五毒术，还是夷疆普通的用蛇血来滋长功力的采纳大法，特地在他饮食中做了手脚，放了些去了味的雄黄。若王同知习的不过是普通的蛊法，不过三顿饮食，蛊法便会不攻自破，内力也会被打回原形。可几日过去，王同知内力丝毫不见减退，反倒日益精进，我等便知他多半习的是五毒术，心下不安，这才急忙去找平大人商议对策。要知道五毒术是极为邪门的邪术，源自蒙古，盛起于百年前的夷疆，习得此法者，不但可刀枪不入，且这邪术可催发练习者的劣根性，原本暴虐之人，练功之后，只会变得越发暴虐，而原本心术不正之人，会更加作恶多端。只是练这法门，需得内力达到一定程度，否则会有走火入魔之虞。王同知始练此功时，显然内力尚未足够，所以那晚我等夜宿双月湖畔时，王同知才会突然发作，险些走火入魔。也不知究竟何人教了他这法子，明知他可能承载不起，仍强行让其习练。"

平煜脸色阴沉起来。果然如他和李攸所料，王世钊那晚于客栈中被东蛟帮所伤之后，有人临时起意，强行给王世钊灌入此功。毕竟觊觎傅兰芽的人马已拥至云南，王令既要忌惮旁人夺走那几样物事，又要防备平煜，不得不将主意打在了王世钊身上。

王世钊虽然脑子不好使，但练了此术后，至少能成为王令手中一柄听话的利器。

看来那晚左护法所言不差，王世钊跟王令果然毫无血缘关系，否则，王令何以如此罔顾王世钊的死活。

他垂眸不动，脑中却细细回想左护法的原话："看来布日古德已将不少好本事传给你这假侄子。不过，也得看你有没有那个造化能克化得了这邪门功夫。"

他反复推敲，布日古德，布日古德……

忽然冒出个前所未有的想法，昨日听洪震霆说起，林之诚二十年前曾路遇扮作中原人的北元贵族，双方厮杀一场，那帮北元贵族全数被杀死在蜀山。

有没有可能就是那一回，林之诚从北元人口里知道这世上有起死回生之术？以他骄狂的性子，初始时，并不见得会相信这等无稽之谈，然而一对双生儿夭亡后，痛不欲生，想起当日之事，这才远赴夷疆，找寻复活孩子的契机？

而王令既然原名叫布日古德，不知跟当年那场厮杀有无关系？

秦勇道："照如今情形来看，王同知已渡过初劫，克化住了这门邪术，渐入佳境，融会贯通，往后断难对付。在找到破解他邪术的法子之前，我旁的不怕，就是见王同知似乎对傅小姐有垂涎之意，这邪术会催发心中邪念，就怕他——"

她挣扎了下，最后总算找到个还算体面的词，忧心忡忡道："就怕他伤害到傅小姐。"

话刚出口，平煜眉头一挑，看向秦勇。

　　"难道这邪术就没有法子能应对得了？"李攸抱着双臂看向秦勇，语气中既有不忿又有疑惑，"世间万物相生相克，就算五毒术再了得，势必也有与之相对的化解手段。而且我记得白长老曾提过，这邪术已失传多年，除了少数几个消息广杂的门派，少有江湖中人知晓这邪术的来历，可见当年定有法子能克制这邪术，否则好端端的，五毒术为何会失传？"

　　白长老下意识看一眼李攸，将将须，接话道："李将军说得不错，法子一定是有，但翻遍敝派这些年的卷宗，关于五毒术的记载只有只言片语，旁处或许有些散落的资料，但需得费工夫去打听，故此事恐怕无法一蹴而就。"

　　秦晏殊关心则乱，情急之下忍不住道："咱们既能在王世钊的饮食中做手脚，何不索性下毒？就算不能废其武功，总好过日日夜夜悬心。"

　　秦勇不满地蹙蹙眉头。东厂爪牙遍布天下，王世钊身为王令的侄子，一旦出了差错，东厂势必不会善罢甘休。弟弟说话浑无顾忌，此话若传扬出去，万一王世钊日后被人算计，就算不是死在秦门手中，也会惹来东厂的猜忌，滋生出无穷无尽的麻烦。

　　她下意识看向平煜，见他虽然脸上明显笼了层轻霜，却始终一言不发，不由得暗叹口气，弟弟跟平煜比起来，到底少了阅历，失之浮躁。

　　要知道这一路行来，不论平煜和王世钊之间如何暗潮汹涌，也不论平煜如何防备王世钊，平煜可从来不会平白落了把柄在旁人手里，可见论起城府和历练，平煜胜过弟弟不知多少。

她不由得想起西平侯府的往事，当年平煜正是因在宣府军营的火海中救了先皇，才让西平侯一家恢复爵位。

又听闻回京之后，先皇见平煜机智善谋，有意委以重任，先让其去五军营历练，一年后，为了让其名正言顺入职锦衣卫，特于当年恢复祖制，重新举行武举。平煜也当真争气，过五关斩六将，脱颖而出，一举夺魁。先皇龙心大悦，顺理成章钦点平煜进了锦衣卫。短短数月后，便让平煜取代平庸无能的原指挥使王大鹏，成为本朝最年轻的三品大员。

她不用想也知道，王令上台后，因平煜不肯归顺，多半没少在新皇面前给平煜使绊子，但据她近日细细打听得来的消息看，新皇虽不理正事，却最重孝道，因着平煜当年对先皇的救命之恩，一向对西平侯一家青眼有加。王令的确有意让王世钊取代平煜，然而叔侄二人却始终找不到平煜的纰漏。

由此可见，西平侯一家当年遭遇巨变未必不是件好事。照平煜如今的情形来看，若没有三年充军生涯的风吹雨打，焉能被打磨得如此出类拔萃？

洪震霆略略沉吟后道："诸位，王同知所练邪术究竟如何克制，我会派门人帮着秦门四处打听。若有能化解的法子，咱们何妨帮王同知改邪归正？只是，此事说来容易做来难，在未找到好法子之前，咱们只能多加戒备，谨防王同知突然发难。"

李攸听得暗暗好笑，师父将对付王世钊说成"帮其改邪归正"，给日后留了余地，当真外圆内方。又不免怅然，师父向来行事豪放不羁，可如今为着防备东厂，竟也不得不谨言慎行。心里如此想着，脸上不免沉郁了下来。

平煜瞥了瞥静坐不动的陆子谦，一本正经接话道："王同知素来勤勉，在云南境内时，又不幸遭歹徒暗算，为求伤口痊愈，不慎被夷人蛊惑，好端端的，却练起了邪术。此事若传扬出去，想必王公公也会觉得颜面无光。事不宜迟，我会即刻去信至京城，详细向皇上汇报此事。王公公处，也会提前跟他打个招呼。王同知误入歧途，我身为王同知的上级，对管教下属责无旁贷，万不得已时，也只能当断则断，总不能看着王同知走火入魔。"

说完，话锋一转道："如今林之诚不见踪影，我等与其在别院中无休无止地等待下去，不如早日上路。那林之诚既然存心要揽罪眷，定会一路尾随。"

又对洪震霆一拱手道:"洪掌门不远千里赶来除奸,对吾等来说,直如雪中送炭。在下有个不情之请,能否请洪掌门传授些粗浅的对付林之诚御琴术的内功心法?有心法傍身,吾等再遇到林之诚时,就算不能与其正面交锋,至少可避免被其琴声伤及肺腑。"

江湖门派最忌讳将心法外传,此话真说起来,略有些冒犯,但平煜料定洪震霆当初吃过林之诚的大亏,恨不得天下人都能轻轻松松破解林之诚的御琴术,将林之诚视为笑话,不但不会拒绝他的提议,多半还会乐得分享。

果然,洪震霆连眉毛都未皱一下,便痛快应道:"平大人言重了。我此次前来,一是受陆公子所托,守护傅小姐顺利进京;二是查出二十多年前江湖上究竟发生过何事,林之诚及东蛟帮为何会重出江湖。这几桩事连在一处,疑点重重,危机四伏,若坐视不理,说不定会引得江湖大乱。我身为武林盟主,对查清此事义不容辞。等一会儿议事完毕,平大人可召集属下,我会分三回将入门心法教与各位。诸位习练两日,等再遇到林之诚时,至少可抵挡两个时辰。"

平煜见目的达到,拱手致了谢,又扫向屋中诸人,道:"林之诚虽然武功少有人能敌,然而性情孤傲,宁肯孤军奋战,也不屑于跟旁人联手。南星派孤立无援,对我等来说,无疑是件天大的好事。只要能克制住林之诚的御琴术和十大阵法,林之诚必定手到擒来。如今有了洪掌门相助,御琴术已不足为虑,林之诚手中筹码便只剩下南星派的十阵图。

"上一回在宝庆来竹城途中,我已画好可能出现的阵法变化,各位想必都已看过。接下来这几日,我等不但要尽快熟悉洪掌门的心法,还需将阵法熟记于心。若能一举将林之诚拿下,当年夷疆究竟发生过何事,就不难得知了。"

他话一出口,众人忙应是。秦晏殊虽然不服气,却也不得不承认平煜的确有几分快刀斩乱麻的本事。这一路上,不知发生多少怪事,各路人马层出不穷,乍一想去,只觉如一团乱麻一般毫无头绪。他却能抽丝剥茧,化难为易。

洪震霆一指陆子谦,对平煜笑道:"可是巧了。陆公子也甚懂奇门五行术,来时路上,我还曾就南星派的十大阵法请教过陆公子,他虽不知那书是出自南星派,却一眼便指出那阵法的奥妙。后来我才知道,陆公子自小便深好此道，颇有造诣。若路上遇到南星派的阵法，陆公子也可援手一二。"

平煜静了一瞬。

陆子谦道："洪掌门过誉了，我也是小时跟至交一道读书时，无意中受了他的熏陶，这才迷上了此道。不瞒各位，南星派那本书我曾在那位好友家中见过，因觉书上阵法图委实画得精妙，曾跟好友一起反复翻阅，故洪掌门一跟我描述此阵法，我便想起那书上内容。"

平煜听得耳朵刺痛，猛地起身。

等众人讶异地朝他看来，又缓了脸色，道："事不宜迟，此时恐怕不是叙旧的时候。等一会儿用过午膳，我等便开始操练洪掌门的心法。我这便去交代属下。各位，容我先行告退。"

秦勇和李由俭等人忙跟着起身道："我等也需去召集门下弟子，不如就此散会。"

平煜率先出了议事厅，李攸因洪震霆仍在场，畏于师父之尊严，不敢跟着平煜一道离去。

秦勇和白长老落后平煜几步，看着平煜的背影，见他脚步有些虚浮，面色渐转凝重。

"当家的，平大人似是受了内伤。"白长老皱眉道，"莫不是那晚用笛声对抗林之诚时伤及了肺腑？"

秦勇面色微白，错愕道："当时平大人曾用笛声对抗过林之诚？白长老，我一直以为那晚奏笛的是您，却不想是平大人。"

白长老将当晚事情的来龙去脉说了，道："老朽和掌门奏笛之前，都服了雪莲丸，虽然当时觉得万般难耐，却只浮于表面，并未伤到内里。可平大人无雪莲丸帮着续气，难保不在林之诚的琴声下吃亏。"

秦勇心急如焚："这可如何是好？雪莲丸数量有限，当时我带众人去搜寻林之诚，曾给众人分发，一粒都未剩下。"

白长老想起一事，疑惑道："不对，当家的，当日在驿站下榻时，您不是曾给过平大人两粒吗？"

秦勇怔了一下，叹气摇头道："平大人虽得了雪莲丸，却一粒未服用，全给了傅小姐和那位老嬷嬷。"

白长老满脸讶色："当家的怎会知道？"

二人担忧平煜，说得专注，不料陆子谦从身边走过。

见到他二人，陆子谦勉强一笑，便匆匆往前去了。

秦勇心乱如麻，顾不得揣测陆子谦是否已将刚才的话听到耳里，只道："平大人素来要强，就算受了伤，也多半不肯让旁人知晓，但一味隐忍不发，免不了会大病一场。白长老，您这就拿了保宁丹的方子去城中药庄抓药，就算药效不如雪莲丸，服下后，也可克化瘀血，不至于落下病根。"

白长老略奇怪地看一眼秦勇，沉默了片刻，便下去安排。

陆子谦边走边回想刚才秦勇和白长老的对话，脑中嗡嗡响个不停，漫无目的走了一会儿，又怔怔地停下。

原来他先前的猜疑竟是真的，平煜果然对兰芽起了心思，那么昨夜他看到自己时的冷淡和打量也就可以解释了。

可平煜的心意，兰芽知道吗？

想了一回，讥讽地笑笑。平煜本就深恶傅伯伯，又那般精明强干，怎肯做亏本的买卖。若是兰芽对平煜毫无回应，想来以平煜的为人，绝不可能为她做到这个地步。

阳光笼住他大半个身子，微风拂过他衣袍。

虽是初秋，但因身处南国，风里并无寒意，可陆子谦只觉得周身阵阵发凉，一直凉到心底。

自从两家定了亲，他就日夜盼着娶傅兰芽，只要一想到她的一颦一笑，他就如同置身春日旷野中，高兴得恨不得跳起来大叫大喊。也因怀着这份渴求，当初才会意乱情迷，中了圈套，彻底葬送了跟她的亲事。

他一想到数月前发生的事，心底便痛得发麻。

当时王令在朝中日益得势，傅伯伯却逐渐陷入四面楚歌的境地。母亲见王令清算傅伯伯，生恐波及陆家，为了让自家迅速跟傅家划清界限，未跟父亲商量，便自作主张，和祖母合谋，让表妹扮作兰芽，引他上当。

那计谋筹划已久，几乎没有破绽。最重要的是，他万没想到亲生母亲会算计他。

事发后，他恨自己瞻前顾后，不够果决，在表妹哭着悬梁自尽时，在母亲在他面前以泪洗面时，他虽满心愤懑，到底屈从了这份可笑的算计，做了让步。

如今木已成舟，他再没脸面对傅兰芽，也知道她外柔内刚，决不肯再原谅他。哪怕他千里迢迢前来相救，哪怕他费尽绸缪、护她周全，她此生注定与他无缘。

种种道理，他再清楚不过，可真知道她可能心悦旁人，心底仍觉如同上刑一般，备受煎熬。

蒙了一晌，忽然前头传来一阵男子说话声，声音再熟悉不过。他猛地抬头，等看清来人，眸光一冷，到底迎了上去。

"平大人。"

平煜正跟许赫及林惟安说话，见到陆子谦，想起刚才他所说阵法书之事，心底的不痛快又涌了上来，并无停下脚步的打算。

陆子谦牵牵唇角，从容道："平大人，实不相瞒，本来我来，除了搭救兰芽之外，更是为了寻找救傅伯伯和延庆出狱的机会，可一见到平大人，我就知道此事断断无可能，不得不打消先前的念头。"

平煜虽然不欲理会他，但只听这一句，便明白他存了挑事的心思，心中冷笑，反倒不走了，对林惟安和许赫道："你们自去通知旁人，我稍后就来。"

等林许二人走了，这才转头，似笑非笑地对陆子谦道："陆公子，你从未跟我打过交道，恐怕还不清楚我的性子。你若直来直去，我反倒高看你几分，一味挑三拨四，当真叫人瞧不起。"

陆子谦见他一副天不怕地不怕的模样，分明油盐不进，想起那晚傅兰芽掀开窗帘殷殷叮嘱他的情景，心里越发如同被绞过一般，隐痛中竟还夹杂着涩意，脸色不变，却笑道："平大人何出此言？我倒不是为别的，只是想起我跟傅家兄妹毕竟有这么多年情谊，延庆'星斗其文，赤子其人'，实乃难得一见的伟才。兰芽更是被傅伯伯视为掌上明珠，一路娇养着长大，如今却陷入风雨飘零的境地，颇为不忍罢了。"

偏不说他跟傅兰芽的亲事，只拿情谊说事。

又道："当然，我也听说西平侯府流放宣府三年，不但平夫人吃足了苦头，连侯爷都因不慎被瓦剌俘虏，日夜做苦活，累坏了双膝，如今大部分辰光只能坐于椅上，每到冬日，便会膝痛发作，颇为难熬。想当年侯爷虽不如老侯爷那般威震四方，却也是马背上的常胜将军，到了晚年，反倒落得个行走不便的境地，当真可叹。想来平大人最重孝悌，哪怕我说破了天，平大人为着侯爷和侯爷夫人，也不肯再插手傅家之事。"

说罢，重重叹气。

平煜只觉陆子谦的话犹如一道迎面凌厉袭来的利器，瞬间将他这几日包裹起来的那层盔甲彻底击溃。

他自欺欺人的心思再也无所遁形，羞耻和愧疚感如同一片巨大的阴影当头罩下。周围的事物似乎感应到了他心底的煎熬，连风声都瞬间静止下来。

很长一段时间，他眼前只有陆子谦那双静若古潭的眸子。

良久之后，他极力忽略那种沉重的耻辱滋味，讥讽地扯扯嘴角："陆公子，倘若我没记错，傅冰案发时，令尊身为傅冰多年的知交故友，从未替傅冰上过请命的奏折。傅冰父子下到诏狱中后，一度染了风寒，陆家更是连件衣裳都未送过。不知陆公子此时又千里迢迢赶来云南，惺惺作态给谁看？你若真想救傅兰芽，不如将你知道的趁早说出来，好过在我面前阴阳怪气。"

陆子谦脸色蓦地变得苍白。

平煜嗤笑一声，不再理他，掉头便走，心里却一点儿也不觉痛快。他知道，自从他意识到自己对傅兰芽的心思，对父母的愧疚便如附骨之疽。只要他一日存着对傅兰芽的渴望，便一日无法摆脱那种背叛双亲和家族的羞耻滋味。

傅兰芽窝在房中看书，闻着那久违的墨香，心中一片清宁，一整日都乐在其中。

其间，听到院外人员走动，似不断有人进进出出，曾出门察看。

就见除了守在门前的李珉和陈尔升，剩下的锦衣卫都被许赫召至院外，像是在操练要事。

到了傍晚，连李珉和陈尔升也被召走，而取代他二人的林惟安和许赫则满身汗气，似是刚在外头练了许久的功夫。

她疑惑，笑吟吟地向许林二人打听，那两人却因早前平煜曾交代他们不许跟罪眷搭话，涨红了脸，无论她如何旁敲侧击，都不敢接话。

傅兰芽无法，只得回房。

坐到榻上，托腮望向院外，见花草葱茏，疏疏朗朗，极为赏心悦目；于结构上，又暗合九星排局，当真花了不少心思，不免对秦门在江湖上的煊赫重新有了认识。

发了一晌呆，听外院隐隐传来比画招式时的呼喝声，灵光一闪，想起昨夜那位能抵抗林之诚琴声的洪掌门，会不会李珉他们突然操练功夫，跟对付林之诚有关？

念头一起，忽然对前路生出极大信心。不论那些人为了什么要捉她去做药引，若是能在这帮江湖人士的相助下将林之诚一举擒住，何愁问不出真相？

昨日洪掌门吐露的东西太多，她整理推敲了许久，仍觉有许多地方不通。若是晚上能见平煜一面就好了，至少能跟他讨论几句。

她想了一回，重新坐到桌旁拿了平煜给她的书看，浑然不觉自己脸上笼着层轻纱般的笑意。

可惜直到深夜，她已将整本《天工开物》读完，仍未见平煜的身影。她有些失落，但很快便想起他们此时身处秦门的私宅中，周围耳目众多，加上平煜忙于对付南星派，事情繁杂，未必能想得起她。

虽然如此，她仍带着一丝希冀，直等到深夜，最后经不住林嬷嬷催促，这才起身去净房沐浴，上床躺下，想了回心事，未能抵挡睡意，睡了过去。

许是临睡前多喝了半碗秦门送来的枇杷清露，到半夜时，竟迷迷糊糊醒了。她睡眼惺忪，爬过林嬷嬷脚旁，摸索着往净房走去。

等从净房出来，没等她走到床旁，却听到榻前传来粗重的呼吸声。

她汗毛一竖，睡意顿时消散得一干二净，可静立片刻，意识到是平煜，悬着的心又迅速定了下来。

他的呼吸声为何会这般紊乱？她心头掠过一丝不安，等眼睛稍适应屋中的黑暗后，借着窗外洒进来的月光，往榻前走去。

月光甚是皎洁，越到窗旁，眼前事物便越发清晰可辨。傅兰芽凝目看清平煜的情形，暗吃一惊，忙俯下身，一边细看他，一边低唤道："平大人。"

就见平煜侧身躺着，眉头蹙着，满脸通红，呼吸尤为急促，分明是生了急病，高热难熬的状态。

她唤了两声，平煜不答。她心里焦虑顿起，犹豫了片刻，忍不住伸手去探他前额，果然烫得厉害。

没想到平煜竟会生病。她越发心急，起了身，在榻旁惶然四顾。该怎么办？谎称林嬷嬷生了急病，请李珉他们去拿药？

不行，事关她们主仆，李珉和陈尔升不能擅作主张，定会先去请示平煜，而他们一旦发现平煜不在房中，三人共宿一房的事难免会传扬出去。

她忧心如焚，怔了一会儿，想起茶水或有退热之效，忙摸索着走到桌旁，斟了一碗茶，端到榻旁，预备扶起平煜，给他喂茶。

平煜人虽烧得迷迷糊糊，却已被傅兰芽的动静弄醒。

其实早在昨日跟林之诚交手后，他便知道自己受了内伤，这两日运气调息时，总觉得血脉不畅，然而眼下太多急事要操持，他根本未得片刻工夫调理。

早上在见过陆子谦之后，白长老送来了治内伤的保宁丹，他诧异一瞬，最后道了谢，服下。

白长老又叮嘱，保宁丸虽能最快时间内打通淤滞的血脉，却因药性刚烈，服药期间不宜忧心动怒，否则难免会催发体内热性，重者甚或会高热一场。

接下来一整日他都忙于安排上路事宜，一刻都未得闲。

等他回院，夜色已深，一进来，便忍不住将目光投向东厢房。见到房间里流露出的灯光，想起跟她一道用膳时心里充盈起来的那份隐秘的快乐，只觉那暖黄光晕里仿佛生出了看不见的钩子，牵引他往前走。

他到底是有自制力的，只挣扎了片刻，便打叠起冷硬心肠回了房，可等到沐浴完，又一个没忍住，打开门走到廊下，打发走了许赫和林惟安。

眼见他二人回房，想起陆子谦的话，顿时又后悔起来。他明知陆子谦怀了别样心肠，可那番话仍如一道重鞭，重重抽打到他脸上，火辣辣地疼。

他羞愧难当，回到房中，上了床躺下，心里的煎熬如同海浪一般，层层叠叠，无休无止，须得拿出全部意志力，才能将身子钉死在床上，不至于失却自控，跑到她房中去。

到了后半夜，他在煎熬中入睡。睡着后，身子失却了最后一股抵抗力，终于不敌保宁丹那霸道的药性，发起热来。

他身上冷得厉害，呼吸却滚烫，头仿佛被什么极为刚硬的东西给箍住，压榨般地绞痛。

他以往经历过许多次病痛，本不将这等小病放在眼里，可不知为何，一想到她就在邻房，竟觉得自己病得很重，万分无助，很需要人照顾。

他在床上昏昏沉沉地翻来覆去，越到后头，越渴望去她身边。到最后，他终于晃晃悠悠起了身，一路出了房，到她窗下，爬窗进去。

若继续一个人躺在邻房，多半病死了也无人知晓。而且刚才已经将守在她房外的人支开，无人守护，万一秦门中有人打坏主意可如何是好？所以他爬窗爬得很是理直气壮。

奇怪的是，一躺到榻上，听到两夜未听见的轻缓呼吸声，他便觉得身上的难受减轻了许多，一闭眼，很快便睡了过去。

可药性一旦起了头，不会因为主人心情见好便罢休，不过半个时辰之后，便在他体内越发肆虐了起来。到最后，他意识模糊，浑身滚烫，喉咙也干痛得仿佛吞下了沙砾。

因着常年的习惯，傅兰芽一往榻边走，他便惊醒了过来，可眼皮仿佛有千斤重，一试图睁开眼，太阳穴便被牵扯出整片跳跃的剧痛。

后来傅兰芽轻柔地抚他额头，他恍惚间只觉得身上仿佛拂过清凉的微风，原本绷紧的肌肉刹那间放松了不少。

可等到她过来给他喂茶时，他却又躁动起来，只觉每动弹一下，身上如同散架了一般，说不出地酸胀难耐。

这药性太过霸道，他烧得前所未有地厉害，意识和视线同时变得模糊。恍惚间，一股幽暖的甜香不经意钻入他鼻端，他意识深处的渴望被这味道唤起，心中越发烧得滚烫。睁开眼，便看见她小巧的下巴近在眼前，再往上移，便是她的樱唇。

渴望了许久的甘泉就近在眼前，他眼睛里仿佛燃起了火苗，嗓子越发干得冒烟。他因为求而不得整日里备受煎熬，到最后，生生熬出了一场病。

他眸色一黯，一偏头，便吻了上去，仿佛沙漠中行了许久的旅人，骤然间见到水源，万分焦渴，再无半点犹豫。

傅兰芽好不容易给平煜喂了茶进去，见他总算睁开眼睛，正自欣喜，谁知还未等她软言安慰，平煜便猛地将她揽到跟前，吻了上来。

他炙热的呼吸拂到脸上，她彻底惊住，整颗心都静止在胸腔，一瞬之后，又不受控制地怦怦直跳起来。

这家伙！

她呆过之后，怒意上来，啪的一声，茶碗从她手中滑落，在这寂静夜里，发出一声惊雷般的响动。

伴随着茶碗坠地的声音，傅兰芽神魂都吓得一颤，僵了一瞬后，想起林嬷嬷可能被这声音惊醒，忙挣扎起来。

可平煜却并没有半点放开她的打算。

傅兰芽对他来说就是解渴的清泉，他渴了这些时日，整个人都要烧得冒烟了，好不容易汲上了泉水，抵死也不松手。

傅兰芽怎敌得过他的力气，挣扎了一晌未果，身后已传来林嬷嬷慌里慌张找鞋子的声音。她清楚地知道，等林嬷嬷适应了眼前的黑暗，一眼便能看到她和平煜在做什么。

更让她惊慌失措的是，平煜如同贪心攫取糖果的孩子，在最初的探索后，已不再满足于仅仅碾吻她的唇瓣，竟还开始笨拙地用舌头撬她的牙齿。

她惊慌得快要晕过去了，电光石火间，再顾不得什么了，牙关一松，狠狠地咬了下去。

平煜吃痛不过，闷哼一声，箍着她的胳膊因着这变故，不得不松开来。

傅兰芽连忙从他怀里挣脱出来，慌不择路地退到桌旁，手捂住胸口，气喘吁吁地看着他。

正在这时，林嬷嬷终于摸到了脚踏旁的火石，抖抖瑟瑟点开灯，屋子里登时亮堂起来。

平煜被那亮澄澄的灯光一照，昏沉的意识终于被唤醒，晃了晃依然剧痛的头，抬头一顾，就见傅兰芽站在桌前看他，脸上红得要滴血，眸子里却分明含着怒意。

在她身后不远处，林嬷嬷手持着灯，满脸错愕，似是不知发生了何事。

平煜正自惊疑不定，唇上传来一阵锐痛，伸手一探，沾了满指的血迹。刚才发生的片段在眼前闪过，心中大惊，连身上的病痛都忘得一干二净，连滚带爬地从榻上下来。

好不容易立定，他窘迫得几乎无法思考，只盼刚才不过是一场梦，然而傅兰芽羞怒的面容和林嬷嬷闪躲的目光都清楚地告诉他，他刚才分明已可耻地将连日来的心中所想付诸了行动。

尴尬和羞耻不言而喻，如果这个时候眼前有座悬崖，他估计都会毫不犹豫跳下去。

突然，外面传来急促的敲门声，李珉在外急声道："傅小姐，发生了何事？"

屋子里的三人同时吓了一跳，什么叫屋漏偏逢连夜雨，大抵如此。

平煜素日的冷静自持此时早已丢到了爪哇国，林嬷嬷也慌乱得忘了作答，最后还是傅兰芽最先冷静下来，极力稳住自己的声线，扬声道："我无事，刚才饮茶时，不小心摔碎了茶盅。"

李珉听傅兰芽声音跟平日无异，在门外凝神听了片刻，见房中又无其他响动，便放了心，自回了房。

房里重新恢复安静，三个人谁也不说话，氛围依然处于冰冻的胶着状态。

傅兰芽闷了一会儿，忍不住瞥平煜一眼，见他一副狼狈不堪的模样，虽仍恨他唐突，心中到底软了几分，撇过头，不肯再理他。

平煜脸上青一阵红一阵，脑海里的记忆越发清晰，她挣扎的动作让他无地自容，唇上的刺痛更是无时无刻不在提醒着她对他的嫌恶。

他再无任何理由赖在她房中不走，更不敢再看她，狼狈地转过身，沉默地翻窗出去。

傅兰芽眼看他走了，怔了一晌，回到床旁，心乱如麻地躺下。

林嬷嬷见她虽然极力做出无事的模样，但脸上的红霞久久未褪，嘴唇更是红得离奇，还带着些许肿意。

心里突突一阵乱跳，压着声音，小心翼翼道："小姐，你告诉嬷嬷，刚才到底发生了何事。"

傅兰芽听到林嬷嬷出口询问，连忙翻个身，等喉咙里那种哽着的感觉减缓少许，才闷闷道："无事。我刚才去净房时，听平大人似乎有些不舒服，给他送了碗茶，他没接稳，不小心摔碎了茶盅。"

林嬷嬷看着傅兰芽散乱在枕上的秀发，静了片刻，不敢接话。小姐虽然竭力克制，但刚才的语气里，明显带着些委屈之意，也不知刚才平大人究竟唐突到了什么地步，能让小姐这般失态。

正自胡思乱想，傅兰芽却仿佛知道她在担心什么似的，忽道："嬷嬷，时辰不早了，过不了多久，就要天亮了，不如再睡一会儿。"

林嬷嬷见她分明不想再提起刚才之事，不敢再开口，犹豫了一下，伸手轻轻拍抚傅兰芽，用她长久以来的方式抚慰她，助她心定，哄她入睡。

傅兰芽听着林嬷嬷的轻哄声，慢慢闭上眼，仿佛只有这样，才能让自己纷乱的思绪平稳下来。

翌日清晨，李珉等人起来后，不等平煜吩咐，便自发到外院练习昨日洪掌门传授的心法，只留下两人看守傅兰芽主仆。

一直到晌午，平煜都未见人影，李珉等人练功回来，颇觉纳闷，忍不住到外头各处找了一圈，回到院中，正议论平大人去了何处，忽然抬头看见平煜紧闭的厢房门，诧异地面面相觑。咦，该不会平大人到现在还未起吧？

念头一起，李珉第一个奔到平煜门前，敲门道："平大人！"

敲了一会儿，无人应门，正心急，突然房门洞开，平煜出现在门内，低斥道："在我门口聚着做什么，去练功！"

不等李珉回应，速速偏过头，迈过门槛，快步下了台阶，往院外走。

陈尔升却最是眼尖，眼睁睁看着平煜低头擦身而过，诧异莫名道："平大人，你的嘴怎了？怎么好端端地豁了个口子？"

他话一出口，其他人目光齐齐地朝平煜扫来。

平煜身形一僵，拒不作答，往外走了。

没走多远，便听见李珉和许赫好奇地问陈尔升道："你刚才瞧见平大人嘴上有伤？"

陈尔升浑不知死活，认真道："我看清楚了，平大人下嘴唇上有个伤口，似乎早前流了血，已结了痂。"

众人奇道："平大人武功高强，怎么会伤到嘴上去了？"

平煜脚步一顿，闭了闭眼，一瞬间对陈尔升的忍耐已到了极点。立在原地忍了许久，才按捺住回头让陈尔升滚回京城的冲动，匆匆迈步往前走了。

傅兰芽人虽在房中，却免不了听到院中的动静，听见李珉和陈尔升的对话，耳朵都烧了起来，唯恐被他们猜到端倪。悬着心在房里听了许久，直到众人散去，才羞恼地咬了咬唇，回到桌旁，心神不定地拿着书看了起来。看了半晌，一个字都没看进去，不耐地将书放下，一偏头，却见林嬷嬷正在榻上若有所思地看着她。

她只觉林嬷嬷的目光能洞察一切似的，越发局促起来，然而房间狭小，她无处可逃，索性起了身，走到床旁，自顾自脱了鞋，上床躺下："昨夜未歇好，我困了，睡一会儿。"

接下来两日，平煜连个人影都无。

到第二日傍晚，李珉便过来通知她，说明日一早便要出发去岳州。

傅兰芽知道岳州是湖南最后一处落脚点，接下来，便要离开湖南，取道荆州，沿着运河北上了。

便应了，跟林嬷嬷收拾一番，早早歇下。

翌日，傅兰芽主仆一早便起来了。到了宅邸前，天还是暗沉沉的幽蓝色，晨风凉凉地拂到身上，带着秋日特有的萧瑟。

林嬷嬷替傅兰芽紧了紧衣裳，候在门口，只等着马车过来。

片刻，秦门及形意庄一干人等拥着洪掌门出来。陆子谦神色郁郁，跟在众人身后。

傅兰芽不等他看过来，便淡淡转过头，静立在一旁。

半盏茶工夫过去，连李珉、李攸兄弟都出来了，平煜却迟迟不见人影。

"咦，平大人去了何处？"李由俭讶道。

秦勇皱了皱眉头。这两日，她根本连个照面都未跟平煜打过，只知道他跟李将军在一处排了不少阵法，然而无论锦衣卫练习心法时，还是用膳时，平煜都设法推托，从未露过面。

她先前以为他服了保宁丹，身子有些不适，可听李将军话里话外的意思，平煜似乎并无不妥，只不知为何，总未能碰上一回。

正想着，忽然有人从里走出来，抬头一看，不是平煜是谁。

两日不见，他似乎瘦了些，眉眼越发深邃，在淡青色的晨光下，整张脸庞天工雕刻般俊美。

她目光却一凝，就见平煜的唇上赫然有一道血痂，看起来伤口还不浅，绝不是干燥上火所致。

她惊讶地迎上前，问道："平大人，你嘴上这是怎么了？"

平煜老大不自在，不跟她对视，只走到马旁，翻身上了马，低声道："不小心磕到了。"

李攸却没忍住怪笑起来，等众人朝他看来，又忙敛了笑意，一本正经道："平煜前日不是服了保宁丹吗？晚上回去发起热了，起来喝水时，不小心撞到了桌角，这才磕破了嘴唇。"

这说法是平煜告诉他的，他起初信以为真，可这两日，他越想越觉得平煜不像那种会磕到自己的人，早就起了疑心。

所幸在场的大多是粗人，都并未多想，见天色渐亮，纷纷上了马。

傅兰芽在一旁镇定自若地站着，耳朵却早已染上了红色，所幸有林嬷嬷做遮掩，不至于让旁人看出端倪。等马车过来，忙如蒙大赦，扶着林嬷嬷上了车。

秦勇本已上了马，刚拉起缰绳，忽然瞥见傅兰芽正上车，脸上氤氲着桃花般的红晕，分外娇美。想起平煜的情形，忽然一怔，直到秦晏殊在一旁催促，才满腹狐疑地催马往前行去。

第十九章 救危局

从竹城出来，沿着官道往岳州走。

一路上，平煜及洪震霆似乎有意引南星派的人露面，比平日走得慢上许多，自拂晓直行到晌午，才走了不到一半路程。

岳州富庶，路边的商贩车马络绎不绝。且每隔一段距离，路旁便会出现商贩搭起的宽大凉棚，棚前支起热气腾腾的砂锅，锅里不知烹着何物，香味被迎面拂来的风送进众人鼻端，说不出地撩人。

众人被路边香味引得饥肠辘辘，不时回头张望。平煜及秦勇等人看在眼里，想着已到饭时，索性下令停马，在此处用些热食垫垫肚子，好过一味用干粮凉水来打发。

傅兰芽主仆未得准许，并未跟着众人下车。

过不一会儿，李珉在外道："傅小姐。"

林嬷嬷应了，起身掀开帘子。

李珉笑着将一个食盒递给林嬷嬷，道："这东西很能填肚子，味道也不差，傅小姐和嬷嬷快趁热吃了吧。"

林嬷嬷道了谢，放下车帘，捧着那食盒回转身。

打开食盖，热气蒸腾，香味直飘上来。

傅兰芽心绪不佳，又颠簸了一上午，本来无甚胃口，却生生被这香味勾起了馋意。

等林嬷嬷将东西从食盒里取出，却是两碗面条似的物事，面身是淡绿色，热汤却分外白浓，里头还点缀着酱红色的肉末和绿色葱花，晶莹油亮，色味俱佳。

傅兰芽立刻认出这是来时路上吃过的一种当地小食。那面条是用绿豆研磨成粉制成的，极宽极韧，酱色肉末是湖南当地一种腌制肉，名唤"腊肉"。两样东西配在一处，再佐以大葱，味道跟旁处大有不同，出了岳州，恐怕再也吃不到了。

一碗面吃完，傅兰芽心情舒畅了不少，由着林嬷嬷细细地用丝帕净了手面，正要让林嬷嬷跟李珉讨两碗茶水来喝，听得车外官道上传来阵阵马蹄声，且声势不小，来人似是不在少数，到了近旁，却又纷纷停马。

再下一刻，就听邓安宜带着几分惊喜的声音在外响起："益成！"

这是陆子谦的表字，傅兰芽眉头微蹙，往外一看，果然是永安侯府的车马。

邓安宜下了马，大步走到陆子谦面前，笑道："我等正要前往荆州，万没想到会在路上跟尔等巧遇。"

是"巧遇"吗？傅兰芽心中冷笑，放下窗帘。

自从在穆王府与永安侯府一干人马相遇，这位邓公子便如附骨之疽一般紧紧跟随了他们一路，明明有无数次机会跟他们分道扬镳，偏要想方设法跟他们同行。

只要一有机会，便会有意无意接近自己。之前在六安客栈时，为了骗取她对自己的信任，邓安宜甚至不惜跟贼子里应外合做出一番好戏。

种种行径颇耐人寻味。

且那日在南星派的阵法中，邓安宜宁愿让妹妹身陷险境，也不肯错过浑水摸鱼的机会，武艺高强又远远超过自己的想象。若果如她所想，邓安宜是冲着"药引"一说而来，那么他对她志在必得的心思，显然不在南星派及镇摩教之下。

可是，他身为永安侯府的堂堂嫡子，为何要卷入江湖上的纷争？而此事永安侯府和皇后又是否知晓？

她歪头想了一番，又缓缓摇头。一路上已经出现好些跟二十年前悬案有关的江湖人士，个个难缠，明里暗里的厮杀不知进行了多少场，亏得平煜严防死守，才未让这些人得逞。

换言之，这帮人对她这个"药引"的抢夺已到了白热化的程度，稍有不慎，就会让旁人抢了先。永安侯府若真参与了此事，明知情况棘手，无论如何都不会单独让邓安宜一个人来云南接妹妹回京。

所以此事多半只是邓安宜自己的主意。可是，他年纪轻轻，又自小长在京城，怎会跟二十多年前夷疆的江湖传说搅到了一起？

此事当真蹊跷。

也不知平煜可曾想到这种种不合常理之处。他有能力、善推断，她能想到的，他不可能想不到。

可惜这两日他踪影全无，别说晚上过来跟她讨论几句洪掌门所说之事，便是白日也轻易碰不上一面，分明是在有意回避自己。

想到其中缘故，她恼怒地咬了咬唇。那晚他对自己那般鲁莽，明明该生气的是她，怎么反倒像他受了委屈似的，不但一句赔礼的话都没有，这两日干脆让她连面都见不到了。

她越想越觉得胸闷，索性将身子靠到车壁上，闭上眼不再纠结此事。

她才不要将心思放在无聊的人身上呢。

继续推敲邓安宜之事。

想了一会儿，怒意稍缓，思路越发清晰。正想到关键处，外头忽传来李珉的声音："傅小姐，洪掌门他们要到后头树林中走动走动，不放心你们主仆二人继续留在车上，着我带你们去树林。"

怎么突然想起要看风景了？傅兰芽虽觉奇怪，仍应了一声，主仆二人下车。

在李珉和陈尔升的引领下到了凉棚后的树林中，傅兰芽隔着帷帽的纱帘远远眺望一眼，这才发现凉棚依着一座树冠浓郁的树林。这片树林沿着山脉一路蜿蜒往前延伸，颇为繁茂。

再往前，隐隐可见山雾缭绕，浓郁树影隐没在尽头，似是穿过眼前这座树林，别有洞天。

秦门和形意庄的弟子三三两两聚在林中，说话的说话，饮水的饮水，再随意不过，作风与往日有微妙的差异。

锦衣卫一众人更是只有一半在林中，练功闲谈，比秦门和形意庄的人更显得肆意几分，而剩余诸人，则不知去了何处。

傅兰芽心念一动，一边往前走一边暗自思量。这树林明明太过广茂，不适合歇脚，平煜和洪掌门不过在此处用了午膳而已，怎么临时又改变主意要进树林了？

抬头扫一眼，就见不远处立着一群衣饰显眼的仆妇，当中一人，袅袅婷婷，装扮贵而不俗，被众人簇拥在其中，正是那位邓小姐。

哪怕隔着帘幔，傅兰芽也能察觉出她看向自己的目光里的审视之意。

惊讶于这位邓小姐的毫不掩饰，她从容转过头，继续往前走，心底不无遗憾。可惜她没有机会跟邓文莹接触，若能跟她搭上话，一定能从这位不善于掩藏情绪的邓小姐身上，打听到不少邓安宜的事。

林中除了参天大树，另有不少奇形怪状的林石，高高矗立在树与树之间，突兀又怪异。

绕过一座林石，前方传来一个年轻男子低沉的嗓音："照我的吩咐去做，每一步都要掐准了，一分一毫都不许错。"

她猛地收住脚步，就见平煜正负手站在林石旁，身旁除了许赫等人，另站着李攸和秦当家，似是正商议要事。

听到身后的脚步声，平煜似有所觉，转头看来。

几日不见，他似乎瘦了几分，一双眸子在竹青色袍子的掩映下，越发漆黑如墨。

最要命的是，薄唇上赫然可见那道被她咬出口子的血痂。

借着头顶的日光，她这才发现那伤口远比自己想的要深，尴尬中顿时添上一分窘迫，连忙撇过头，不肯再看他。

心却如吹皱了的池水一般，起了圈圈涟漪，怎样也无法平息下来。

平煜却比她更难堪，目光只在她脸上停留一刻，见她神色淡然，那种无地自容的感觉又来了，一句话未说，转头走了。

许赫及李攸等人连忙跟上。

傅兰芽瞥见平煜离去的动作，怔了一下，眸子里浮现一抹恼意。这人还真就躲她躲上瘾了？深觉那日咬他咬得实在是太轻了。

片刻，前方传来沙沙的树叶声，她忽略胸腔里那种胀闷的感觉，抬头望去，就见秦勇正迎面走来。

见到傅兰芽，秦勇停步，对她点了点头，微笑道："傅小姐。"

傅兰芽盈盈一礼，莞尔道："秦当家。"

秦勇失神地看着傅兰芽，只觉这一笑说不出地娇艳明媚，竟有一种刹那间满园姹紫嫣红开遍之感。

好不容易回过神来，强笑道："还有些要事需商议，容我先行告退。"

两人擦身而过时，傅兰芽忆起一事，念头闪过，回头道："秦当家，多谢那日你送来的蒿子糕。"

说完，静静打量秦勇的神色变化。不出她所料，秦勇果然露出迷茫之色。

可秦勇到底机变过人，少顷，又迅速恢复常色，含含糊糊道："傅小姐喜欢就好。"

傅兰芽将她神色变化看得一清二楚，还有什么不明白的？

不敢让秦勇看出自己的羞涩，冲秦勇点点头，转过身，在李珉和陈尔升的指引之下，往另一个方向而去。

可是走着走着，嘴角仍情不自禁地弯了起来。

不料没走两步，陆子谦忽然从一株树干后绕出来，目光沉沉地看着她道："傅小姐。"

不等陆子谦说话，李珉和陈尔升便上前一步，用公事公办的口吻道："陆公子，平大人有令，为免横生事端，无他准许，任何人不得接近罪眷。"

说完，一礼，护着傅兰芽越过陆子谦，往前而去。

陆子谦有备而来，好不容易寻着机会跟傅兰芽说话，怎会被这两句话给震慑住。

听得此话，并不理会，只将目光紧紧锁住傅兰芽的侧脸。

可傅兰芽目不斜视，毫无停步之意。

他看在眼里，心里的淡淡酸楚如同发酵一般直涌上来，早先还摇摆不定的念头却越发变得坚定。

眯了眯眼，疾走两步，冲着傅兰芽的背影昂声道："昔年苏峻之乱，桓彝驻守泾县，不幸被小人江播杀害。其子桓温日夜泣血，誓为父报仇，苦练三年，终弑江播三子，博得天下美名。可见但凡七尺男儿，家仇一日不可轻忘。"

他声音阔朗，语气却说不出地阴郁。傅兰芽听得一怔，脚步情不自禁缓了下来。

她如何不知道桓温的典故。

听闻桓温在父亲被江播连累致死后，哪怕江播已死，桓温为偿夙愿，依然刺杀了江播的三子。可见一个人对仇人的恨意，可以从父辈迁延到子辈，且这等卧薪尝胆的行为，似乎颇为天下士大夫所认可。

姑且不论她对此事的看法，单说陆子谦好端端的，为何突然要在她面前提起这典故？

难道是拿平煜比作桓温，拿她比作江播之子？

当真荒唐。

她冷笑，毫不理会，迈步继续往前走，可心思到底被陆子谦这番话给挑得浮动起来。

陆子谦盯着傅兰芽的背影，见她虽然对他的话置若罔闻，然而步伐匆匆，到底失了几分稳健，显见得已将他刚才的话听进耳里，原本空落落的心底顿时闪过一丝快意。

三日前，他跟平煜谈话时，本来还抱着一丝希冀，盼着一切不过是他的无端揣测，傅兰芽和平煜之间清清白白，什么瓜葛也无。

可当日平煜虽然态度十分强硬，却难掩话里话外对傅兰芽的维护之意。

事后回去，他反复推敲平煜当时说话的语气和神态，越发笃定自己的判断。

也因如此，哪怕他明知那番话会唤起平煜对傅家的旧恨，也明知傅兰芽多半会继续将他拒于千里之外，不肯接受他的好意，他依然毫无悔意。

因为来时路上他对傅兰芽那朦朦胧胧的思念，在时隔一年再一次见到她之后，全都化为了不舍得放手的执念。

她于他而言，不仅仅曾是名义上的未婚妻，更是少年心中多年来梦幻般的痴想。他千里迢迢来云南寻她，是为了赎罪，也是为了救她，可她却宁愿将主意打到一个对傅家有敌意之人身上，也不肯接受他的援手。

尤其一想到今晨在秦门别院门口时的情形，他仿佛被利箭当胸射过，痛得嘴唇都发白了。

他本就时时关注傅兰芽，今晨平煜被李攸取笑嘴上的伤口时，他没有漏看她脸上一闪而过的羞恼之色。上了马后，想了一路，等想明白其中缘故，只觉整个人如同被一盆冰水兜头浇下，心都凉了半截。

难道他们两个人已经到了这一步？

一瞬间，说不出是对平煜嫉恨还是对傅兰芽失望，只觉各种阴郁愤恨的情绪如热流般灌入他胸膛，几乎要将他焚毁。

她那么聪明，不可能不明白平煜之所以肯关照她，不过是被女色冲昏了头脑，一不会娶她，二不会帮傅伯伯和延庆洗刷罪名。论起对她的真心程度，平煜还不及他一个指头。

可她却依然如此做了。

除了别无选择之外，更多的，还是看中了平煜有能力护住她吧。

可他怎能容忍她投入别的男子怀抱？

刚才那番话，也许撼动不了她依傍平煜的决心，但至少能在她心底种下一粒怀疑的种子。往后不论平煜对她是好是坏，她只要时时记住这个男人就如桓温一般永不肯放下家仇，那就够了！

这样低头走了一路，思绪依然说不出地繁杂，耳旁却出奇地安静下来。

四处一顾，见林中格局越发微妙，忽然想起自进林后，平煜便未跟傅兰芽待在一处，愣了一下，嘴角扬起莫名的笑意，猛然掉转头，朝傅兰芽刚才消失的方向走去。

他知道，从刚才进林后的举止来看，平煜不可能没看出这林中的古怪，却依然只派了两名锦衣卫守护傅兰芽，可见平煜待她着实有限。

一旦这林中机关启动，岂是两个近身之人就能护住？

这样想着，心里竟生出一种隐秘的兴奋感，脚下的步伐越发快了起来。

疾行一路，眼见前方便是树林深处，正要细找傅兰芽的身影，却发现她主仆二人被一众锦衣卫护在一座山石旁。

而且除了锦衣卫一个不少外，还另有二十余名神色冷淡的精壮护卫。

这些人早先他曾在秦门别院见过，似是平煜不知从哪处军营借调来的人马。

他没料到平煜对傅兰芽如此严防死守，隐约有些失望，脚步也不自觉地缓了下来。

冷眼看了一会儿前方交流穿行的秦门及形意庄之人，眼看各人按照应对百星阵的法子各就各位，他目光忍不住重又回到傅兰芽身上。

她身上穿件藕荷色秋裳，颜色雅致素净，身形却说不出地婀娜玲珑，一眼望去，只觉她跟周围淡淡林雾已融为一体，有一种出尘离世的美。

他紧紧地盯着她，看久了，忽然发现一点不对劲之处。

就见她身旁的护卫里，有一人脚下踩的方位有些偏差。

一双脚看着似踩在坎位上，可右脚却不动声色往后挪动了半寸。

他不由得暗吃一惊。

要知道要想于百星阵中护住傅兰芽，她身旁阵法中的护卫每一步均需踩得极准。

不但要刚好避开启动机关的脉络，且一旦定住方位，绝不能随意走动。

这个人不可能未得平煜的吩咐，却仍故意如此，分明有问题。

念头闪过，一撩衣摆，往傅兰芽奔去，疾呼道："小心！"

刚奔两步，就见那名暗卫耳朵一动，突然身形微妙一转，紧接着脚底下便传来奇异的地动感，声如闷雷，速度却不慢，如蛟龙般笔直地往傅兰芽脚下蔓延开去。

傅兰芽主仆被李珉和陈尔升引至树林边缘，走时，李珉千叮咛万嘱咐让她们注意脚下。

行了好一段路，到了林中一处宽阔的空地，李陈二人停步，让她们主仆在此稍事休息。

迎面刮来猎猎的风，再往前，便是一处山坳，那风正是从山坳刮来。

傅兰芽暗觉奇怪，挨着林嬷嬷在山石后坐下，抬头打量周围环境。

就见他们所在之处颇为空荡，仿佛当头砸下一块巨石，林中树木受了波及，平白空出一块。

两旁各有一块山石。

李珉和陈尔升安置她们主仆后，便往旁走开一步，似是在等候接下来的安排。

秦门和形意庄的人却分布在不远处的树林中，小心翼翼变换着方位，如临大敌，独将他们几个围在这空地里。

她看了一会儿，想起刚才下车时，就已发现官道两旁树林有些不对劲。

右边这处山林，明明地处阳面，树木却比左边树林来得稀疏，且林中的参天大树状若棋盘上的棋子一般散乱分布，毫无规律而言，脚下土壤又松软得出奇。细辨之下，正是南星派阵法中最难应对的百星阵，取天与地彼此呼应、"天遁月精华盖临，地遁日精紫云蔽"之意。

这奇门术庞大又精深，不知已准备多久，多半是林之诚知道他们势必会路过岳州，早在那晚在竹林跟他们交手之前，便沿路设下，只等有朝一日他们路过此处时，便可伺机将她掳走。

洪掌门和平煜突然选择在此处歇脚，多半也是看出不妥，知道再往前行不过半里，百星阵可以变幻成七绝阵。届时，一干人会被南星派前后包抄，陷入被动局面，故而不肯再前行。

李珉他们将她们主仆带至此处，极有可能是在平煜的授意下，想设下个阵中阵，好将她们主仆护住，他们可以抽出余力对付南星派。

思忖了一会儿，见平煜依然未出现，又因身旁只有李陈二人，她看不出什么端倪，只好暂时放下。

她不得不承认，她已被刚才陆子谦的话引得心思烦乱，眼下有些静不下来。

她一方面怀疑陆子谦突然在她面前提起桓温的典故，分明是已经看出了她和平煜之间的不寻常，羞恼还是其次，更多的是勘破他居心的齿冷。

另一方面，她也知道平煜从未在她面前掩饰过对她父亲的恶感，既然一日未放下，又这样待她，到底是怎么想的呢？

她一向不肯被旁人牵引情绪，更不肯陷入自怨自怜的境地，可想起平煜连日来的态度，心中免不了生出一种惘然之感。

林风微微拂在她脸上，出奇地温柔，仿佛记忆中母亲拂过脸庞的手。

她闭目调整了片刻，心绪稍稍宁静了些。

睁开眼，见众人依然不断在林间穿行，便平静地对李珉道："这林中有异。能不能帮我请平大人过来，我有重要的事想跟他说。"

"林中有异"不过是借口罢了。

她不想一个人继续胡思乱想。而要确认一个人的真实想法，几句话或是几个眼神便足矣，不必耽误他多少工夫。

李珉甚少见傅兰芽用如此郑重的语气对他说话，怔了一下，点头道："好，我这就去找平大人。"

说罢，小心十足地踩着脚下土壤，往一旁走去。

走了约莫五十步，便停下，转过一座林石，未几，传来说话声。

傅兰芽一愣，顿时有些哭笑不得。

她还以为平煜离她多远呢，原来就在这么近的地方。

念头闪过，越发气闷，既然这么近，为何就是不肯露面？

平煜的确就在傅兰芽不远处。

他自进林后，便一刻未得停歇。

因来时路上准备充分，短短时间内，他便已经跟洪掌门、李攸、李由俭等人安排好一切事宜，只要一会儿守在傅兰芽身旁的手下不出差错，林之诚定会手到擒来。

本来议事时他们可以选旁处，可他虽然暂且还没想好如何面对傅兰芽，却委实不愿意离她太远。知道李珉和陈尔升已将她领至安排好的空地处，他放心不下，也跟着过来了。

等洪掌门和李由俭去安排秦门及形意庄诸人，他又将剩余的锦衣卫及那二十名护卫召在一处，一人分发一张图，重新交代了一遍百星阵的关键处，告诫他们一会儿务必要踩好脚下方位，稍有偏差，定会误中阵法。

交代完，刚要令众人下去，目光无意间扫过，忽然瞥见一名暗卫右手小指上颜色与旁处不同，仿佛沾了锅灰一般。

他蹙了蹙眉，正要细看那人两眼，李珉却忽然走过来，对他道："平大人，傅小姐请你过去一趟，似是有事找你。"

李攸和秦勇因还有些细节要跟平煜商量，暂未离去，听得此话，忙若无其事地低头看手中阵法。

可秦勇虽然厚道，李攸却向来促狭，绷了一会儿，想起平煜唇上的伤，到底没忍住，扑哧一声笑了出来。

平煜正不知如何接李珉的话，听得这笑声，想起唇上的血痂，顿觉说不出的难堪。

虽已过去两日，但他只要一想到那晚他犯下的行径，就觉自己当真鲁莽可耻，无论是在对他毫无好感的傅兰芽面前，还是在父母面前，都有无从交代之感。

他陷入了死胡同，生生熬了几日。熬到最后，只觉眼下这窘境比一切阵法都难解，放眼世间，恐怕再也找不到如他一样被不幸困在其中的人了。

往前走太难堪，可往后退……不不不，他的心思已经在傅兰芽面前昭然若揭，又能退到何处去？再一味强词夺理，不过是自欺欺人罢了。

她此时叫他过去，莫非气还未平？一时间，羞耻心和自尊心压倒了去见她的渴望，僵了一会儿，拒绝道："暂且无空。"

李珉见平煜神色不佳，只当他眼下真抽不出空，"哦"了一声，自去回傅兰芽。

秦勇颇有默契地保持沉默，李攸笑了那一声后，也未再作怪。

可平煜却只觉眼前的阵法图已经跳了起来，再也看不下去。

少顷，平煜突然放下阵法图，开口说了句："我去看看李珉他们部署得如何了。"

说罢，不顾李攸促狭的目光和秦勇的注目，一脸淡然地往前走去。

他知道她向来通透，眼下有事找他，未见得是要兴师问罪。

越往前走，心不由自主地跳得越快。

刚绕过山石，忽然听见一声大喊："当心。"

平煜一凛，猛一抬头，就见围住傅兰芽的一干人等脚下居然生出一道狭长的裂缝，一转眼便露出一个偌大的洞口。

因发生得太快，傅兰芽首当其冲。

眼看脚下出现破绽，她心知阵法出了问题，还未来得及抬头找寻到底哪处出了差错，便惊呼一声，直直地往下落去。

林嬷嬷跟傅兰芽隔得近，虽然也被那地面的震动颠倒在地，却幸得错开了一步，见傅兰芽跌入洞中，面色顿时煞白，忙也要跳进去，可李珉却已一把扯住她的衣角，将她从洞口边缘拽了回来。

"小姐！"她趴在洞口边缘，见里头出奇地黑，什么也看不见，一颗心直沉下去，怔了片刻，声嘶力竭地哭喊起来。

陆子谦面色苍白，赶到傅兰芽坠落处，可眼见那洞深不见底，边缘又有合拢之势，本已到了近前，又猛地止步。

好不容易下定决心，终于闭了闭眼，咬牙便要跳下去，不料人影一闪，有人已风一般奔至眼前。

就听那人断然喝道："将彭护卫给我拿下！"语气极狠厉。

正是平煜。

他脸色已经差得不像话，话音未落，便趁那地缝合拢之前，拔出腰间的绣春刀，毫不犹豫地跳下。

"平大人！"林中余人怔了一瞬，好不容易明白发生了何事，忙急奔上前。

李攸和秦勇肝胆俱裂，速度远在其他人之上。

可转眼间，地面便恢复光滑，仿佛刚才什么都未发生过。

掉入洞中的那一刹那，傅兰芽惊慌得无以复加，只听耳旁风声呼呼，不知要跌向何处。

闭着眼睛坠落片刻，猛然想起这陷阱是南星派设下，忽然心头一松。

是啊，她差点忘了，林之诚掳她的目的是用她做药引，眼下还未达成所愿，怎会让她死于非命。

坠落之处十有八九另有玄机。

果如她所料，那洞虽然不知被人做了什么手脚，看上去漆黑如墨，可实际上，洞底远没她想的深，不过落了一瞬，便跌到了一处厚厚的褥垫上。

她闭了闭眼，胸膛里那颗几乎撞出的心迅速镇定了下来。

然而还未等她松一口气，身旁便无声无息袭来一阵掌风。看起来，早在傅兰芽误中机关之时，便已有人在此守候。

傅兰芽没有武功，等察觉身旁有人时，还未来得及挣扎，便被那人一把抓住了胳膊，只觉那人手劲大得出奇，直如铁钳一般，竭力挣扎了一番未果，被那人毫不留情地从地上一把拽起。

她竭力不让自己表现得太过慌乱，低喝道："你们到底要掳我做什么？"

话音未落，又有脚步声从前方传来，似是眼见猎物入笼，前来接应。

傅兰芽心底闪过一丝绝望之感。这一路上追袭她的人虽然层出不穷，但在平煜的严防死守下，从未有人得逞，今日却不但落入陷阱，还被对方近身擒住。

擒住她那人身上不知是汗臭还是什么味道，惊恐之下，更有一种说不出的烦腻恶心之感。

那人似是担心继续留在原地会有变故，将傅兰芽拽起后，飞一般往前走，欲与前方之人会合。

刚走两步，身后传来一阵猎猎的衣袂拂动声，似是又有人跟着坠落了下来。

傅兰芽怔了一下，扭头朝如墨黑暗中看去，心不由自主怦怦狂跳起来。

而拽着傅兰芽一路疾行的那人身形也是一缓。

他大感意外。据他所知，那机关从启动到闭合不过短短工夫，林掌门为了防止旁人跟着一起跳下，又有意在洞口做出万丈深渊的假象，等猎物落入机关，即便有人跟随，见了这洞口，出于对未知的恐惧，多半会立即止步。

没想到这人为了抢夺"猎物"，竟如此不管不顾。

那人落地后，出奇地沉默，连呼吸都几不可闻，似乎正不动声色地察看周围环境。

他浑身汗毛都因感应到危险而竖了起来。

出于经年累月实战的直觉，这人一出现，他便敏锐地察觉到来人绝对不好应付。

不等那人适应环境，他便猛地一把将傅兰芽推向已迎至身前的同伴。随即先发制人，挥动长剑，拔地而起，直朝那人落地之处刺去。

可那人反应却远比他想的要快，几乎在他拔剑的同时，便已辨明他所在位置，他的剑还未刺到对方身上，便听嗖嗖几声锐响，那人迎面射来数枚透骨钉。

一枚直击他的面门，一枚直击他喉结，另一枚却射向他握剑的手腕。

所谓兵不厌诈，洞中漆黑一片，正是使用暗器的最佳时机。

他大吃一惊，剑锋明明已刺到一半，察觉对方来势汹汹，又不得不硬生生收住去势。

左支右绌躲过直奔头部而来的那两道劲风，手腕却迟了一步，不幸被击中腕上的太渊穴，一股麻痒难忍之感如闪电般从腕上一路直通到肩上，手中的剑都险些脱手而出。

他心知此时九死一生，不敢有丝毫懈怠，咬牙强忍着整条胳膊的脱力之感，正欲将剑换至另一只手，可那人却根本不给他喘息机会，一跃而起，身形迅捷如电，几步踏中一旁洞壁，如猎鹰扑食一般直直地朝他飞纵而来。

他只觉寒意凛凛的锐器迫至面门，忙仓皇大喝道："快通知掌门！"

一边喊，一边使出浑身解数往旁一躲。不料那人不过是虚晃一刀，见他往侧闪躲，似乎正合心意，刀锋凛然一转，转而刺向他的肋间。

这招式怪异无比，他还未来得及骂对方一句"奸诈之辈"，便觉有什么极凉的东西穿膛而过，身子一僵，下一刻，挖心般的剧痛顺着被刺中之处席卷全身。

所幸刀锋离心脉偏了几分，不至于毙命。

平煜一击得中，再不恋战，利落地将刀刃从那人肋间拔出，抬步朝前追去。

那人捂着伤处汩汩而出的滚烫血液，跌跌撞撞地在他身后追了几步，轰然倒下。

平煜刚急追两步，便听前面传来傅兰芽的急唤声："平大人，我在这！"

平煜没想到她这么快便猜到是他，心里微微一暖，想到她依然在对方手中，越发焦灼难耐。

还未来得及回应，傅兰芽的声音便似乎被什么干扰，消隐了下去。

原来南星派那晚跟秦门及形意庄交手时，多多少少都受了伤，虽然在此处设了百星阵，却因树林占地广阔，东南西北各布置了机关，每处只留下未受伤的五六人看守。

他们未料到傅兰芽会这么快掉入阵法中，更没料到平煜也会跟着跳入，心知眼下首要任务是将傅兰芽完好无损地交到林掌门手里，不能一味缠斗。

可未跑多远，听得傅兰芽呼唤平煜，心知不妙，一面点了傅兰芽的哑穴，强扯着她离去，一面纷纷从怀中取出玉埙，放于唇畔幽幽吹奏起来。

这坝声既能损耗对方内力，使对方腾不出余力再用暗器伤人，又能通知掌门及其他同门。

谁知坝声吹了一路，平煜却越追越快，显见得根本不受坝声所扰。

正自惊疑不定，突然听得吱的一声低响，洞穴内倏然一亮，却是平煜追得不耐，为求速战速决，点亮了夜行烛。

电光石火间，平煜看清那几人方位，忙拂灭夜行烛，就地一滚，躲过对方掷来的一柄长剑，随后凭着记忆中的方位，扬出数枚透骨钉，射向那几人的前额穴位。

他本就于武学上极有造诣，前几年在宣府时为求活命，旁门左道没少学，心知在战场上近身杀敌时，暗器往往有起死回生之妙，曾下了许多功夫来学，几年过去，早已是耍弄透骨钉的一把好手，不但出招迅如闪电，且辨位极准。

听黑暗中几声闷响，紧接着便传来兵器落地的声音，心知得手，那几人一时半刻都解不了穴，沉声道："别动。"这话却是对傅兰芽喊的，知道傅兰芽能领会他的意思，并不多加解释，只沿着洞壁一路急追而去。等到了跟前，悄无声息地伸手往前一探，摸到她柔软的身子，果然站在原地乖乖不动，说不出是心情激荡还是失而复得的狂喜，忙一把将她捞到怀里。

傅兰芽虽然口不能言，刚才洞中情形却听得清清楚楚，想起平煜所为，喉头都有些发哽，并不作声，任他搂着。

两人默了一瞬，不远处忽然琴声骤起，夹杂着坝声，溪流一般汩汩涌来，渐至波澜壮阔，势如破竹，仿佛暗夜中生出无数利刃，凌厉无比地朝平煜击来。

二人一凛，知是林之诚到了。

平煜忙依照洪震霆的心法调匀内息，知道这心法最多能抵抗两个时辰，一句话也不敢说，一把将傅兰芽背到身上，回忆刚才点亮夜行烛时所见洞中景象，朝另一侧甬道直奔而去。

如今傅兰芽失而复得，他再也不必被困住手脚。

这些时日，他早已将南星派的百星阵和七绝阵研究得透彻无比，对这地下脉络算得了若指掌，虽然阵法已有微妙变化，但万变不离其宗，若他刚才没看错，阵眼正在状若棋盘的甬道尽头。

难得林之诚自动送上门来，他只需在最短时间内找到阵眼，将傅兰芽送出生门，随后通知洪震霆及李佟等人前来，便可顺利围剿南星派。

奔了一段路，琴声越发高亢。再一转弯，眼看甬道深处透来一点亮光，心知阵眼已找到，正要将傅兰芽送出，那琴声却又如绷断了弦一般骤然消失，唯有余音袅袅。

平煜心知不妙，奔得越发快，就听背后远远传来一个沉郁的中年男人的嗓音，透着几分不甘道："将她放下。"

平煜见生门已近在眼前，嗤笑道："林之诚，你日日被东厂追杀，如今也是强弩之末，不如趁早跟我锦衣卫合作，将你知道的都说出来，至少可保你一条性命。"

说完，毫不犹豫提气一纵，背着傅兰芽一举破开头顶那道隐隐有日光洒下的生门，一跃而出。

可刚将傅兰芽放下，身后便袭来一股怪力。

平煜万没想到林之诚轻功如此出神入化，明明刚才琴声还在一丈之外，眨眼工夫便已如鬼魅般追至身后。

抬眼往前一看，发现他们早已越过树林边界，地势微凹，正位于林旁的一处山坳中。

这地方极隐蔽，林中之人若非按图索骥，断难发现此处藏有阵眼，显见得林之诚在原有阵法的基础上做了改动。

恰好风声刮来，送来一点轻微的动静，他百忙之中凝神一听，心中一定，猛地将傅兰芽推远，断喝道："快跑！"

与此同时，察觉身后之人已抓向他肩头，忙作势掉转手中刀锋往后刺去，不等招式用老，左手却不易察觉地一抖，变出一把雪亮的匕首。

傅兰芽被推得一趔趄，仓皇回头一望，见有人已如灵猴一般从洞中一蹿冲天，招式说不出地怪异迅猛，心知正是林之诚本人。她虽不懂武功，但单看这架势，其身手也断非常人能比。

情势危急，继续留在原地于事无补，她来不及再看平煜的情形，忙手脚并用地朝山坡上爬去。

出了这山坳，便是树林，为免平煜受伤，她要用最快的速度通知旁人！

听得身后兵刃相接，搏斗激烈，一时间担心到无以复加，却硬起心肠，头也不敢回。她用最快速度爬上山坡，奔了一段路，抬头见前方林中有人急奔而过，似是听到召唤，欲往旁处而去，忙张嘴欲喊，却发现自己依然口不能言。

她心急如焚，四下里一顾，蹲下身捡起一块石头，使出最大力气挥动胳膊，欲往前掷去。

谁知刚一扬臂，就听林中传来纷杂的脚步声，紧接着，就听李攸焦躁无比道："再找不到他们，干脆把这地底下的坑坑洼洼一把火都烧了得了！"

秦晏殊急声道："点火岂不是要误伤到傅小姐？还是按洪掌门说的法子，一个一个排查生门。时间尚短，平大人和傅小姐多半还在林中。"

傅兰芽听得再明白不过，大喜，忙丢下手中石头，往前奔去。

片刻，李攸、洪震霆及秦勇姐弟率领一众人等出现在眼前。等看清是傅兰芽，秦晏殊面色一松，第一个迎上前，大喜道："傅小姐！"

李攸和秦勇一怔，忙也大步赶至身旁，脸上都有焦急之色，齐齐出声："平煜呢？"

"平大人呢？"

傅兰芽惶急地指指身后，欲引着众人往来路走。

"你被点了哑穴？"秦勇发现不对劲，急追两步，替傅兰芽解了穴。

傅兰芽大口喘气，只觉喉头像仍堵着一团棉花般，说不出地哽噎难受，哑着嗓子道："平大人带我从阵中逃出后，被林之诚追上，现下二人已交上手，就在前方的山坳中。"

众人大惊。

诸锦衣卫都知道这位南星派掌门人武功有多了得，听得平煜孤军奋战，面色一变，齐刷刷拔出绣春刀，一言不发地奔向山坳。

洪震霆听得林之诚再次露面，怔了一下，随即长啸一声，越过众人，如飞鹞般往前而去。

秦晏殊虽然极想将傅兰芽单独带离此处，却也不愿让平煜身陷险境，犹豫了片刻，拔剑跟上。只暗想着，一会儿无论如何要看好傅兰芽，不能让她被人趁乱掳走。

傅兰芽满心都只有平煜，对诸人心思无暇揣测，只恨自己跑得不快，一时未注意脚下，一不小心绊到裙角，跌倒在地。

她顾不上疼，忙要爬起，却已有人提着她的胳膊，将她扶起。

傅兰芽自觉此人力量极大，动作却温柔，抬头一看，却是秦勇。

秦勇脸色苍白，似是颇为担忧南星派不好应对，扶起傅兰芽，勉强冲她一笑，又往前而去。

傅兰芽心知以她的功夫早已可将自己远远甩开，却仍时刻不忘关照自己，心中感激，低声道："多谢。"

行了一段，还未到山坳处，便听到激烈的过招声。傅兰芽不知平煜是否在林之诚手下吃亏，心顿时高高提起。忽听一声闷哼，便见山坳中有人已一跃而起，落到一旁地上，趔趄了几步，到底稳稳站住。

众人定睛一看，正是平煜。

一名身着玄衣的男子跟在平煜身后一冲而出，片刻不让，屈爪朝他抓去。

而他身后，埚声齐齐响起，原来是南星派的弟子已经会集在一处，正纷纷从阵眼中奔出。

平煜哪等林之诚欺至跟前，咬牙翻身往后一跃，硬生生拔地而起，蹿上身后树梢。洪震霆不等林之诚使出下一招，早已打斜刺里跃出，击向林之诚肩头。

林之诚听得身后拳风浑厚，顾不上再对付平煜，转而跟洪震霆交起手来。

平煜在树梢辨认一番底下情形，顺了顺胸口紊乱的气息，从树梢上一跃而下，朝傅兰芽奔来。

李攸等人心知平煜跟林之诚缠斗这许多工夫，断不可能毫发未伤，忙要去至平煜身边。不料刚跑两步，南星派弟子已从山坳中杀将而出，众人顿时被绊住手脚，只得撇下平煜，持剑相迎。

傅兰芽落在众人身后，奔到平煜身边，见他唇边有血，心头一慌，一时忘了在旁人面前掩饰，忙从袖中取出绢帕，踮脚欲替他擦拭，又急声问："到底伤到了何处？是不是很难受？"

平煜忙不动声色地将傅兰芽挡住，接过她手中的绢帕，擦了两把道："无事。"

只觉那绢帕上香气清甜幽暖，丝丝缕缕沁入鼻端，跟她身上的香味如出一辙。擦着擦着，心中灵光乍现，斜刺里却杀过来一人。平煜只觉那人招式平平，将傅兰芽护在身后，抬腿便朝那人当胸踢去。

须臾，又有不少人前赴后继拥到他身边，目标直指傅兰芽。

平煜虽然受了内伤，对付这些鼠辈却不在话下，手起刀落，杀得极轻松。

突然间，琴声大起。二人抬头一望，却见林之诚不知何时已盘腿稳稳坐于一株参天大树上，身形巍巍，低眉敛目抚起琴来。洪震霆则被几名南星派长老缠住，无法脱身。

傅兰芽头一回得以仔细打量林之诚，见他身穿玄袍，年约五十，气度高华，眉目疏朗，看得出年轻时定有一副好皮囊，可此时神情却说不出地阴郁。

再一打量，却见他身上一前一后背着两个鼓鼓囊囊的包袱，里头不知装着何物。

她看了又看，想起那晚洪掌门所说，忍不住悚然蹙眉：难道那包袱里真装着他两个孩儿的遗骨？

说起来也是费解，他两个孩儿已经夭亡二十余年，他日日将他们的遗骨放在身旁做何用？他如此执着，难道那"药引"当真有起死回生之效？

思忖一番，想起一事，甚觉不解：林之诚消隐二十年，他那位温柔贤淑的夫人又在何处？林之诚如此舍不得他的一双孩儿，想来当年跟夫人感情必然极深厚，为何这些年他只一心要复活孩儿，身边从未有过他夫人的踪影？

正想着，那琴声如流水般倾泻而下，曲子却从未听过，只觉曲调说不出地哀怨悲凄，声声慢慢，直抵人心。

平煜听在耳里，却是另一番光景，只觉那琴声如利刃一般，将他原本被洪震霆心法护住的隐形盔甲撬开一条缝，其中蕴含的无数密针顺着那条缝直扎过来。

看得出来，林之诚耐性告罄，眼下已做了破釜沉舟的准备，将全部内力倾注在这一曲上，务求在最短时间内力克众人。

平煜本就已受了内伤，一时支撑不住，身形一晃，扬声道："这曲子不对劲，那心法恐怕支撑不了多少时候，须得速战速决。"

李珉和陈尔升等人顿时想起在别院时商议好的围剿林之诚的法子，留下一半人马在原地对付南星派散在弟子，剩下诸人，则纷纷纵上树梢，前后包抄地杀向林之诚。

谁知越是离得近，那琴声越是刺耳，胸中的气息被挑动得如同沸水般滚动起来，根本无法调顺。

平煜见状，走开两步，又停下，无论如何也不肯留傅兰芽一人在此处，喝道："不用管旁人，只需速速帮洪掌门解困便可。"

恰在此时，李攸及一干人等终于极力抵住那琴声，帮洪震霆抵住几名南星派长老。

洪震霆心无旁骛，几下纵至林之诚身前，化拳为掌，顶着那声声挑动心弦的巨大声浪，朝林之诚胸前劈去。

林之诚忙竖起那柄琴挡住来势，又往后一掠，与洪震霆拉开距离。

可秦勇及白长老等人早已从后头包抄而来，剑气一涨，逼向林之诚。

东西两侧，则是洪震霆的门下高手及形意庄的李由俭等人。

林之诚见琴声已无法克敌，索性将琴抛下，目光一扫，忽然面色一冷，轻飘飘击出一掌，直指众人中内力稍弱的余长老。

可众人早已在别院中研究透了林之诚惯用的招数，只做出未识破他伎俩的模样，然而不等他欺到余长老身前，便四人合力，使出一招八卦游龙掌，给予林之诚背后重重一击。

这一招集合了四人内力，可谓滔天巨浪。林之诚哪怕内力再了得，一时也招架不住，只觉心脉都有被震断之虞，连内力都无法维系，不慎从树梢跌落。

他怀中不知何物，随着他下落之势跌出，正好落在傅兰芽脚下。

平煜怕有诈，不等傅兰芽俯身，便抢先捡到手中，展开一看，却是一幅画卷。上面画着一名中年男子，面白无须，长眉入鬓，颇为阴柔。

傅兰芽在一旁看见，娇躯一震，失声道："我见过这人！"

平煜一眼便认出画上之人是王令，忽然想到其中关键处，心里生出一个猜测，凝眉不语。

傅兰芽却又道："平大人，你可还记得那回在六安客栈时，我曾跟你提起过，那客栈中的布局跟京城流杯苑的格局极像，而画像上这人，正好是当年我哥哥带我去流杯苑听曲时在外头撞见的。我记得这个人当时看了我许久，眼神又颇奇怪，故而印象深刻——"

平煜怕傅兰芽想通其中关窍，心中涌起浓浓隐忧，不等她再往下说，将那画卷收起，只道："世上长得相似之人不少，许是你记错了也未可知。"

第二十章 侍病床

击落林之诚的那一掌，早在秦门别院时，众人便已操练过无数回，可以说集合了众人毕生所学，一旦出招，断难抵挡。

林之诚一时不防，内力都被这一掌卸去一多半。

平煜在一旁看得极明白，在出手对付林之诚时，无论是洪震霆还是秦门、形意庄等人，都留了三分余地。

林之诚眼下虽受了重伤，却未损及根本，只要将养数月，内力便可恢复如前。

而当初对付镇摩教的左护法时，众人却生生将其内力尽数摧毁。

可见在这些江湖人士心中，林之诚虽然性情孤冷，多年来，到底未行过大奸大恶之事，免不了有惜才之意。

而镇摩教却在江湖中恶名昭著，人人得而诛之，下起手来自有不同。

为防东厂之人突然前来滋扰，平煜知道须得尽快将南星派一干人等拿下。

李珉等人似有所悟，不等平煜吩咐，已从林之诚身边撤离，转而去专心对付南星派剩余弟子。

平煜见他们分得清轻重缓急，不由得脸色稍缓。从京城一路行来，这几个臭小子行事已比从前大有章法。

起初，林之诚仍强撑着负隅顽抗，别说武功低微之人，便是秦勇、白长老等人也一时近不了他的身，然而在洪震霆率领下，众人越战越勇，林之诚内力消耗，渐渐施展不开。

支撑了一炷香工夫，林之诚不慎被秦勇一剑点中肩头的臑上穴，胳膊顿时又麻又痒，重重垂下，再无招架之力。

李攸最会见缝插针，见状忙急扑上前，点住他身上几道大穴，又令李珉几个取了锦衣卫特制的能防犯人逃脱的捆绳，将林之诚结结实实缚住。

林之诚面如死灰，紧闭双目。

其余南星派弟子见大势已去，打斗时顿时少了三分气势，不一会儿便被众人打得七零八落。

李珉等人将南星派诸人一一卸了下巴，捆好后丢到平煜脚边。

平煜早前跟林之诚交手时，不慎受了他一掌，眼下只要一动，胸口便是一阵剧烈绞痛，心知一味硬撑，定会血气逆流，故不敢再妄动。

当然，这原因还是其次，经过刚才那一遭，他无论如何都不肯再将傅兰芽交给旁人，因此无论旁人斗得如何激烈，只管厚着脸皮钉死在傅兰芽身边不动。

见争斗消停，林之诚也已被擒住，为防生变，将锦衣卫召至跟前，解下腰间令牌，递予李珉，道："去岳州路上恐怕不会太平，我们需连夜在此处审问林之诚。你们速将林外封死，但凡过路车马，一律不许放进来。"

洪震霆及秦勇姐弟在一旁听见，心知东厂不会放任追逐了这么久的林之诚落入锦衣卫手中，定会前来滋扰，只不过耳目众多，有些话，平煜不好在明面上说出来。

于是不等平煜提议，便自发挑了手底下一干武艺高强的弟子，让他们跟随锦衣卫一道在林外布防。

平煜心照不宣，笑着道了谢。

余人便在林中找寻适合搭建帐篷之处。顺着那山坳往深处再走了片刻，眼前豁然开朗，就见低缓处竟有一座极静谧的林中湖。

湖面幽蓝，波光粼粼，林雾如轻纱一般缭绕于湖上，一眼望去，颇有人间仙境之感。

众人大喜。此处视野开阔，若林中有异，很快便能发现不妥，正是用来宿营的好地方。便立即着手在湖边搭起帐篷来。

傅兰芽到了湖畔，正四处找寻林嬷嬷，许赫及林惟安将林嬷嬷领来。

后面却是跟随洪掌门而来的两位武林高手，陆子谦在他们的庇护下，毫发无损。

见到傅兰芽，林嬷嬷和陆子谦都是一怔。

陆子谦脸上先闪过惭色，又怕傅兰芽受了伤，想近前几步细看她几眼，可眼见平煜便在傅兰芽身边不远处，想起刚才情形，心里一时间五味杂陈，脚步又停了下来。

林嬷嬷却忍不住失声痛哭起来。

她刚才亲眼目睹傅兰芽跌落深渊，只当小姐无救，命都骇得只剩下半条。趔趔趄趄奔到傅兰芽身边，一把搂过她看了又看，哭道："我苦命的小姐，真让嬷嬷心疼死了！"

傅兰芽忙替她拭泪，软声安慰了好一阵，林嬷嬷的哭声才渐渐止住。

从头到尾，都未见永安侯府的人，不知是见刚才骤然生变，已趁乱离去，抑或有旁的安排。

众人各行其事，不过短短时间内，便将诸事安排妥当。

傅兰芽主仆分得一间帐篷。傅兰芽换下脏衣裳后，低头一看，这才发现经过方才一遭，身上擦破了好几处，伤痕映衬着雪白的皮肉，颇有几分触目惊心之感。

傅兰芽不以为意，却把林嬷嬷心疼得不知如何是好。小姐自出生到现在，一身细皮嫩肉，连摔跤都少有，一路上却不知遭了多少罪，好不容易脚上的崴伤好了，身上却又跌伤了。

替傅兰芽换好衣裳后，林嬷嬷便掀开帐篷，向李珉讨要金创药。李珉很快便去而复返，将一罐药送了过来。

李珉到了跟前，并不往帐内多看一眼，只殷切地叮嘱道："嬷嬷，傅小姐的伤处在收口前不能沾水。"

林嬷嬷知道李珉家教极好，人又热情善良，一向对他极有好感，虽知这金创药定是平煜给的，仍笑眯眯致谢道："知道了，多谢李大人。"

李珉笑了笑，起身离去，自去向平煜汇报。

平煜眼下正急于审讯犯人，他心知林之诚是块硬骨头，以攻心为上，只放任洪震霆、白长老、柳副掌门等人好言相劝。

自己则第一时间将先前害得傅兰芽跌落陷阱的那名"彭护卫"提来细检。

此人早在害得傅兰芽跌落险境时便已服毒自尽，此时已是一具尸体。

他蹲下身子，先将那人右手抬起，见小指上果然沾了黑色污渍，远远看去，状若锅灰，近看却发现是一种黏胶之物，用指尖搓了搓，却又化为粉末。

他心中越发有底，放下那人胳膊，抬手在那人鬓边摸索一番，片刻，撕下一层人皮面具，面具底下是一张完全陌生的面孔。

而面具边缘，则是"彭护卫"手上沾着的黑色之物，想是为了跟发色接近，特将用来粘面具的胶物做成黑色。

这易容手法当真少见，这些年，他只在那晚用媚术对付他的镇摩教教徒身上见过。

看来假扮彭护卫之人是镇摩教的教徒无疑。

可是，此人又是何时假扮上彭护卫的呢？

"平大人。"林惟安道，"刚才属下已问过程护卫他们，来时路上，彭护卫并无异常。据程护卫说，彭护卫素喜饮一种家乡带来的酒酿，味道极怪，旁人别说尝试，连那味道都难以忍受。刚进树林时，彭护卫还饮过一盅，且毫无勉强之色。按理说，假扮彭护卫之人哪怕扮得再像，却无法连那酒酿都能若无其事饮下，因而彭护卫就算被人调包，多半也是在饮完酒酿之后。"

平煜不语。也就是说，彭护卫是在进了树林之后才被人下了黑手？

可彭护卫名义上是护卫，实则是荆州大营借来的军士，无论武功还是应变之能，都算得万里挑一，能无声无息将彭护卫杀死，并在众目睽睽之下假扮他混入军士中，对方手段何其高明。

而暗算彭护卫的人之所以故意让傅兰芽跌入南星派的陷阱，多半是见林之诚已是功败垂成之相，与其从锦衣卫手中抢夺傅兰芽，不如协助林之诚将傅兰芽夺走，再从林之诚手中抢回傅兰芽。

此人从谋划到实施，步步算准，唯一没算到的就是他也会跟着傅兰芽跳入陷阱，继而将傅兰芽救出。

若是当时有一步未拿准，对方已然称愿。

事后回想，幕后之人当真有谋略，绝非镇摩教的普通教众所能为。

然而左护法已然武功尽废，镇摩教教主又去世多年，难道是那位右护法亲自出马不成？

可当时林中人马一目了然，除了锦衣卫、众江湖人士，便只剩永安侯府一干人等，右护法想要混在永安侯府诸人中，首先得过邓安宜这一关。

且从他们假冒彭护卫的逼真程度来看，多半早已观察了一路，连彭护卫的表情动作都模仿得极像，绝不可能是一朝一夕之功。

如果邓安宜平庸无能也就罢了，偏是个极有城府之人，身边混进了右护法，一日不发现不足为奇，难道始终未发现？

他眉梢微挑，若有所思地摸了摸下巴。这个邓安宜，似乎远比他想象的还要难测，当真是雾里看花，怎么也看不明白。

左手控制了东蛟帮，右手竟还跟镇摩教搭上了关系。自己一时不防，险些被他背后捅了一刀。看来之前自己多少还是小瞧了他，以后还需花费成倍精力盯着他才行。

他正了正脸色，郑重吩咐许赫等人道："彭护卫的尸首应该就在林中，你们细细找寻。找到尸首后，将其暂且装裹起来，等到了岳州，报备岳州府，记录在案。之后另派人将尸首送回其家乡，好生安葬。"

交代完，自出了帐，知道林之诚绝对还未松口，本想在湖畔随意走走，顺便理清思路，可走着走着，竟不知不觉走到傅兰芽帐外。

他猛地止步，想起藏在怀中的绢帕，不得不承认，从刚才起，他便时时在揣摩和回味她看待自己的关切目光。

他哪怕再迟钝，如今也多少意识到了那目光里的含义，仿佛一件渴求了许久的东西骤然放到眼前，狂喜之余，又不免担心是梦。想要求证，真到了眼前，又生出情怯之感。

另一方面，他也隐约有一种预感，只要再往前一步，某些在心底固守了几年的东西会悉数轰然倒塌。

事到如今，他早已明白，摧毁这些东西，对她而言，只需一滴眼泪，或是一句对他的软言回应。

届时，他所谓的孝道和几年来的卧薪尝胆，全都会沦为笑话。

他自然不怕旁人笑话，可是一想到父母和两位兄长那几年受过的磨难，他就怎么也无法释怀。

他望着波光粼粼的湖面，只觉心湖便似被一只无形的手搅动，片刻不得安宁。

洪震霆等人轮番劝了许久，林之诚一如既往地沉默，毫无开口的打算。

审到后半夜时，林外突然传来异动。

平煜料定东厂会来滋扰，早已在林外布下天罗地网，听得李珉等人的汇报，只令他们按照之前的部署应对便是。

交战一番后，到底将东厂之人逼退。

事后，平煜见林之诚依然不肯说话，索性将其中一名东厂之人的尸首扔到林之诚跟前，似笑非笑道："林之诚，我知道你有骨气，但你该认得出这些人都是谁的手下，就算我肯放你一马，布日古德也未见得肯放过你。"

林之诚听得"布日古德"这四个字，猛地一震，不敢置信地看向平煜。

平煜见他终于有了波动，心知王令这剂药下对了，反倒不急了，微微一笑，不紧不慢道："若我没猜错，布日古德便是当年林掌门在蜀山用御琴术杀害的那群北元人中一员。他虽被林掌门打致重伤，却诈死逃过了一命，之后不知何故，从蜀中一路逃到了夷疆，而在几年之后，为了抢夺那块所谓的宝贝，又与林掌门有了渊源。"说完，看向林之诚："我说得可对？"

他这番话绝大部分是推测，因从他如今掌握的线索来看，没有一个迹象能证明林之诚和王令早在夷疆之前便认识。

但他没忘记，那晚王世钊给王令传的密信上分明写着一句话：平煜暂未跟南星派勾结。

到底王令有多忌惮林之诚跟他联手，才会特意让王世钊汇报此事？

王令又如何敢肯定，林之诚这等目无下尘的江湖人士，会愿意跟锦衣卫联手？

想来想去，只有一个可能：林之诚恨王令，且这恨意远在他的想象之上。

这个猜想在他今日见到林之诚怀中藏着王令画像后，越发笃定。

"你怎么会知道布日古德这个名字？"林之诚终于开始正眼打量平煜，开了口，语气寡淡。

平煜挑挑眉，笑道："林掌门无须知道其中缘故，只需知道我可以帮你对付布日古德，你这些年做不到的事，我可以想法子做到就行了。"

见林之诚复又沉默下来，心知他已有动摇之意，继续道："想必林掌门也已知道，南星派在江湖中消隐多年，声势已大不如前，而布日古德却正如日中天，哪怕你倾尽全力，也无法与之抗衡。何不早些将你知道的都告诉我，我好早日帮你一起对付布日古德。一味遮遮掩掩，只会越发助长布日古德的嚣张气焰。"

林之诚依然不吭声。

平煜笑意不变："林掌门，别怪我没提醒你，你眼下别说掳走傅小姐，就连能否活着走出湖南境内都成问题。而一旦没了性命，不要说通过复活一对孩儿求得夫人原谅，连最后见你夫人一面都成了痴心妄想。"

最后一句话终于如打破平静湖面的巨石，在林之诚心中激起惊涛骇浪。

他满脸惊诧，甚至比刚才听到"布日古德"这四个字时更吃惊无数倍："你怎会知道？"

洪震霆等人也是诧异莫名。

平煜笑了："林掌门别忘了，我们锦衣卫最善打听各路消息，对林掌门的家事，略有耳闻。"

其实他也是费了九牛二虎之力才打听到一点消息，知道林夫人如今还活着，且早在二十年前痛失一对孩儿之后，便已在宝庆遁入空门。

所幸宝庆甚近，来回不过两日，要想知道详情，只需一匹快马。

据从宝庆打听消息回来的人说，近二十年来，林之诚几乎每年都去宝庆寻林夫人，之后便沉默寡言地立于林夫人所在的庵门外，一站便是一天。

林夫人却从不肯见他。

由此可见，对林之诚而言，除了当年两个孩儿的死，最让他耿耿于怀的便是林夫人了。

可惜的是，就在两年前，一夜之间，林夫人不知去了何处。

平煜起初以为林夫人或许是不耐烦再见林之诚，故而躲去了旁处，可从刚才林之诚的反应来看，林夫人多半还活着。

那么极有可能两年前东厂终于发现了林之诚的踪迹，林之诚怕连累夫人，才会将她藏到了旁处。

"刚才我等虽已逼退了东厂的第一轮人马，但东厂知道你落入了我等手中，势必还会派出第二轮、第三轮人马。林掌门若不想让当年的真相湮没，最好在东厂人马到来前将所知道的都说出来，免得我等永远找不到对付布日古德的法子，而林掌门也永无报仇之日。"

平煜顿了顿，又笑着补充一句："更别提跟林夫人团聚了。"

林之诚脸上表情有了一丝变化，缓缓开口道："当年我的确是在参加武林大会后，于蜀山撞见扮作中原人的布日古德一行人……"

傅兰芽躺在帐中，裹着厚厚的被子。

夜已深，帐外可听见啾啾虫鸣。身旁，林嬷嬷已起了鼾声。

刚才林外起了一阵喧腾，似是有人来袭。她担忧了片刻，见外头复又转为平静，又镇定下来。

是了，林之诚好不容易落网，东厂和镇摩教的右护法不可能没有动静。

一个时辰之后，外头第二次嘈杂起来，似是东厂再次派人前来掳取林之诚。

连帐门口的许赫和林惟安都忍不住扬声问道："来人很多？可需要我们相帮？"

似是李珉的声音远远传来："不必，你们只需守好傅小姐就行。"

傅兰芽犹豫片刻，听得外头人声越来越鼎沸，心知此时是最好的时机。

帐篷深处有一个暗道，似是早前南星派在此处所挖。她发现后，曾揭开看过，见那地道干燥低矮，从深度和形状来看，不难判断里头四通八达，应是曾打算用来做百星阵的阵眼。

看得出，林之诚因湖畔地势凹洼，只带人草草挖了一小半，便告停工，转而选择了那处山坳。

审问林之诚的那个帐篷，就在她们主仆帐篷的邻近。她只要顺着地道下去，走个几步，便能摸到林之诚的帐篷外。

她情知机不可失、时不再来，忙悄悄从被中起来，穿上外裳，蹑手蹑脚走到那地道口处，摸索着打开地道，下到其中。弯着腰摸着墙壁走了片刻，伸手推了推头上的隔板，果然松动，忙直起腰，吃力地从地道中探出头。就见她所在之处正是一处帐篷外，周围一个人影也无，多半都去林外对付东厂了。

帐篷里，清晰传来林之诚的声音。

她忙蹑手蹑脚从地道中爬出来，却因地面脏污，身上衣裳蹭得脏兮兮的。

她急于听林之诚的供词，顾不上拍打衣裙，半跪在地上，屏住呼吸，将耳朵悄悄贴在帐篷上。

就听林之诚道："那东西叫坦儿珠。名为珠，实则是块五棱镜似的物事，可一分为五，也可合五为一。当年布日古德欲从镇摩教教主手中夺回坦儿珠，心知单凭一人之力，根本无法成功，见我武艺高强，当年又徒众甚多，堪与镇摩教匹敌，便将主意打了我身上。

"有一年，布日古德见时机成熟，从夷疆赶至岳州，易容之后，扮作贩货郎，日夜在君山岛去往岳州城的官道上守候。守了不知多久，终有一天，等到我家仆人带着孩儿出门玩乐，布日古德便将藏了毒的饴糖卖与我两个孩儿吃。"

"什么——"洪震霆震惊无比的声音传来,"你是说,当年你的孩儿不是急惊风,而是中了毒?"

傅兰芽也听得怔住。

林之诚的声音虽低哑,却透着浓浓恨意:"那毒药性子温吞,服药后,先是发热,后是抽搐惊厥,症状与寻常急惊风无异。我也是后来去夷疆找寻坦儿珠时,无意中发现我孩儿之死全是布日古德所为。他既为了报当年我杀死他同伴之仇,又为了让我卷入争夺坦儿珠之战,故意引我前去夷疆寻宝,想让我南星派跟镇摩教斗得两败俱伤,他好坐收渔翁之利。谁知,当时不知谁走漏了风声,又引来了旁的江湖门派。在争斗中,坦儿珠一分为五,一片混乱中,五块坦儿珠不知都落到了何人手中。而当年用作药引的那名蒙古女子,更是趁乱逃出镇摩教,再也没了消息。"

傅兰芽的心跳几乎停了下来,她隐约有个感觉,林之诚口中那位年轻女子,十有八九就是当年的母亲。原来母亲果然是蒙古人,怪不得会随身带着印有鞑靼文字的古书。

"当时那场混战中,布日古德被镇摩教教主打得筋脉全断,我等一度以为他活不下去。谁知半年之后,去他葬身之处确认,却发现那棺木中空空如也,才知他依然活着。我一心要替孩儿报仇,又想找寻其他四块坦儿珠,便隐姓埋名,四处打探布日古德和药引的下落。谁知直到六年前,才在京城中发现布日古德的消息。时隔十四年,没想到他摇身一变,竟成了太子身边的近侍,而且看情形,还颇得太子的信重。

"我找了许多次机会,都未能将布日古德除去。一来,太子身边守卫森严,动辄就会引起轩然大波。二来,王令不知习了什么邪门功夫,无论轻功还是内力,都比从前精进百倍。我曾蒙面跟他近身交过一回手,发现他武功竟已不在我之下。

"我见一时奈何不了他,只好在京城蛰伏下来,将他的画像放于身旁,日夜观摩,暗中等候机会。"

傅兰芽一颗心直沉下去,原来那画像上的人竟是王令。

难道她当年在流杯苑外遇到的那个人是王令?

林之诚又道:"两年后,我发现布日古德手中似乎有了不少闲钱,在京中建了一座流杯苑,又暗中结交权贵,似是另有所图——"

傅兰芽听得"流杯苑"三个字,耳旁倏然一默,心中生出一种强烈的不祥之感。

"我怀疑布日古德已找到了当年的药引。要知道当年的药引之人定是做了易容改扮，又寻得了有力之人庇护，才能藏身这么多年。如今布日古德沉寂多年后，突然结交起权贵来，除了帮太子拉拢人脉外，更多的，恐怕还是发现了什么蛛丝马迹，想从这些人家中找寻到当年用来做药引的那个女子。"

傅兰芽脑中白光一闪，脸色变得煞白，猛地起身，身子砰的一声，无意中碰到帐篷。

她毫无所觉，跌跌撞撞朝前走去，林之诚的话语如同夺命的魔音，一字一句在她耳旁回荡。

布日古德始终在京城找寻药引……

他开了一家流杯苑……

药引极有可能藏身在权贵之家……

等她回过神，她已不知失魂落魄地在昏暗中走了多久了。

惨白的月光照着她孤零零的影子，怪异细长，仿若游魂。

刺骨的山风刮在耳旁，带着凛冽寒意，分外冰冷，一如她此时的心境。

身后似乎有人在喊她，她回头一看，却见平煜远远跟在她身后，目光里满是担忧，不知已这样跟了多久了。

"跟着我干什么！"她心中一刺，记起这一路无数个被他嫌弃挑剔的片段，满心愤懑，低吼一声。

不等他作声，便失魂落魄地转过头，朝湖畔走去。

是了，母亲当年虽然以为王令死了，却一日不肯放下戒备。

所以才会易容，好躲避追捕。

所以她和哥哥才和母亲长得一点也不像。

所以她越长大，母亲就越不愿带她出门。偶尔出门，也会万分谨慎，要么用帷帽遮盖她的容貌，要么将她寸步不离地带在身旁。

可她却因为自己该死的好奇心，任性地背着母亲跟哥哥出去听曲。

去了一次还不够，还去了第二次、第三次……

直到在流杯苑遇到王令。

怪不得就在那一年，素来康健的母亲好端端地就患了怪病，不过短短数月，便撒手人寰。

怪不得母亲一句话都来不及交代，自起病便陷入昏迷。

她只要一闭眼，便想起当日王令在流杯苑外见到她时那如获至宝的眼神，心痛得仿佛被人狠狠揪住，连呼吸都变得异常困难。

直到脚下传来冰冷的湿意，她这才发觉已不知不觉走到了湖水中。

"娘。"她痛得弯下腰，哀哀哭了起来，"我听话，求求您回来好不好。"

身后忽然传来脚步声，有人追了上来。

下一刻，那人将她扯到怀中紧紧搂住。

"傅兰芽。"

她泪眼模糊地回头，见是平煜。透过泪雾，清晰可见他神情焦灼，脸色不比她好看多少。

泪水顺着她脸颊泪泪而下。

一直以来支撑她的意志力更是化为流沙，瞬间崩塌。

她下意识地奋力挣扎起来。

平煜沉默异常，将她紧紧搂在怀中，死也不松手。

哀恸和绝望，如同潮水一般将傅兰芽淹没。

她一贯的理智和自持再也无力维系，哭得肝肠寸断。

而她每哭一声，平煜就觉得心上有刀狠狠剜过，这种痛楚远比他想象的还要来得尖锐。

除了用自己的力量支撑她，不让她倒下去之外，他没有旁的法子可以安抚她。

到最后，她哭得脱了力，在他怀中晕厥了过去。

他俯身将她背到身上，沉默地朝帐篷走去。

她的痛苦和悲悔，通过她的泪水，深深地沁进了他心上的纹理，叫他生平第一次体会到了感同身受的滋味。

他也知道，这一路上，她独自承受的东西已然太多，多到几乎压垮了她，而今晚这重重一击，无疑将她生生逼到了绝境。

他扪心自问，她的喜怒哀乐，他永远也做不到置之不理。她的命运和归宿，他更不想让旁人来摆布。

既然躲不过去，那就承担吧。

他几乎可以预见到前路会有多艰险，但脚下的步伐却前所未有地坚定。

就这样吧，往后的风风雨雨，都由他来替她遮挡，再也不会放任她孤零零地去面对。

到了帐前，他无视李珉等人错愕的目光，背着傅兰芽进了帐中。

又吩咐一脸焦躁的林嬷嬷取了水来，轻轻地替她搓揉冰冷的手脚。

为了替她取暖，帐前生起了篝火，所能搜罗到的被褥，也悉数搬到她的帐中。

然而经过这半晚的摧残，傅兰芽已到了身心的极限，虽然平煜竭尽全力避免她的病症发作出来，可睡下去半个时辰后，她终究还是发起了高热。

平煜心知她这热疾因心病而起，来势汹汹，绝不可能短时间内便痊愈，再在林中耽误下去，病情势必会越发不可收拾。

于是吩咐立刻拔营，连夜往岳州城而去。

所幸经过刚才的几轮攻防，东厂的人马暂且被击退，无暇再来滋扰，一路算得太平无事。

一进城，平煜一边让李珉去请城中最好的大夫，一边带领众人用最快速度在一座宅邸安置下来。

李攸和秦勇见平煜前所未有地焦心，都极有默契地保持沉默。

刚才审问林之诚时，他二人就在一边旁听，傅兰芽在帐外发出异响时，他们也都曾跟随平煜出帐查看。

接下来湖畔发生的事，他们都看在眼里。

傅兰芽的遭遇，他们自然是万分同情，让他们意想不到的是，平煜的态度，竟是前所未有地明朗。

二人心下虽然各有滋味，但见到傅兰芽起病，均不约而同帮着出谋划策。

李攸在湖广一带混迹了半年之久，认识不少三教九流之人，听得平煜让李珉去请大夫，便说在岳州城认识一位善针灸的名医，自告奋勇去请那位高人。

而秦晏殊虽然因为东厂来袭时，正带领众门人在林外阻挡刺客，对今晚发生的事一无所知，但见秦勇命白长老找寻疏寒散郁的方子，也连夜派门人去取了秦门药铺中最上等的药材，令速速做了药丸，给傅兰芽送去。

平煜将傅兰芽主仆安置在宅中一处僻静院落，直到大夫开了方子熬好药后，看着林嬷嬷给傅兰芽喂下去，这才默默下去安排旁事。

傅兰芽病了几日，起初，无论施针还是服药，病情都毫无起色。

好不容易施针将热压下去，到了半夜，热度势必又起来。

到最后，连那位施针的能人都宣告无策。

第四日晚上，傅兰芽昏昏沉沉躺在床上，她虽然病得睁不开眼睛，意识却还留着一丝清明。

听到林嬷嬷在一旁压抑着小声啜泣，她心里一阵牵动，想要说些什么，一开口，却只余一片麻木的静默。再下一刻，听见房门吱呀一声，似乎有人进来了。

林嬷嬷含含糊糊地唤那人："平大人。"

那人低声说了句什么，林嬷嬷迟疑地应了一声。片刻后脚步声离去，房门关闭，屋内重新归于寂静。

她忽然想起小时生病，母亲也是如林嬷嬷这般寸步不离地守着她……涩痛的滋味毫无防备地在胸腔里蔓延开来，她剧痛难忍，无心再理会外界的动静。

正要放任自己的意识重新堕入无边的深渊中，忽觉有人走到床旁，小心翼翼地握住了她的手。

这个人的手指修长干燥，掌心却有茧子，绝不会是林嬷嬷。

过了一会儿，似乎有两道目光落在自己脸上。

是平煜吗？她微有触动，试图睁开眼睛，那人却轻轻抚上了她的额头，哑声道："傅兰芽，你有没有想过，你母亲的死也许另有隐情。如果你再继续这么自责自毁下去，别说查明真相，就连你日夜牵挂的父亲和哥哥都别想见到了。"

仿佛黑暗了许久的屋子刹那间透入一缕光亮，傅兰芽心头如遭猛击，鼻头酸起来。可不等她细细品读这句话，那人突然俯身，在她额上轻轻印下一吻。他的呼吸灼热，动作却格外沉重，带着几分压抑的苦涩意味，未几，又倏地起身，开了门出去。

她闭目听着他离去的脚步声，眼眶一热，泪水顺着眼角滑落，沁湿了耳畔。

第二日早上，大夫再来给傅兰芽诊视，听林嬷嬷惊喜地说小姐昨夜热度低了好多。到了第三日清晨，傅兰芽睁开了眼睛，精神依旧恹恹的，却不再水米不进，总算能在林嬷嬷的帮助下饮药和用粥了。

等用完粥，她虚弱地靠在床头，朝窗外看去，见夜色散去，曙光乍现，天空显出一种拂晓特有的鸭蛋青色。

正沉静地想着心事，突然听外头廊下传来脚步声。细听之下，可发现那脚步声带着迫切的意味。她仿佛有感应似的，转头朝门口看去。

开了门，果然是平煜。

他面色疲惫，神情却含着几分期盼，似是一得了消息，便赶来看她。

两个人目光相碰，傅兰芽心骤然一暖。

似乎什么也不必说，一瞬间，她已明白了他目光里的所有含意。她情不自禁地微微一笑，轻唤他："平大人。"

平煜见傅兰芽好端端坐在床头，想起她前几日病中光景，喉头有些发涩，立在门旁，沉默地看着傅兰芽，一时忘了往房内走。

短短几日，她的脸庞清瘦了不少，面色略有些苍白，说话也显得有气无力。但她身上的沉沉暮气已然消失不见，目光也恢复了往日的清澈平静。

她的通透远远超过他的想象，她的坚强更叫他分外动容。他一时间五味杂陈，浑然不觉自己的目光透着几分怜惜意味。

两个人正默然相对，林嬷嬷突然走到桌旁，将一碗冒着热气的浓浓药汁端起，笑着对平煜道："这是今日要服的第二道方子，刚熬好，再不用就要凉了。平大人，您请自便，奴婢这就给小姐喂药。"

平煜略有些不自在地咳了一声。

其实他外头还有一堆要紧的事要处理，而且按理说，傅兰芽如今已经好转，人又尚且躺在床上，他来看她一眼就该知足，接下来就该自觉回避。

可他好不容易见她醒转，怎么也舍不得就这么草草看她一眼就走。杵了一会儿，索性走到桌旁坐下，将绣春刀解下，一边若无其事地端着茶盅饮茶，一边看着林嬷嬷给傅兰芽喂药。

经过这些时日，林嬷嬷早已不将平煜当外人，加上小姐醒转，她心情大好，不过喂个药而已，平大人愿看便看吧，也不管他。

谁知前几日平煜一度担心傅兰芽活不下去，煎熬得连个囫囵觉都未睡过，此时见傅兰芽好端端坐在床上，心竟激荡得怎么也静不下来。

见林嬷嬷给傅兰芽喂药前，连个凉热也不试，第一勺送到傅兰芽嘴边时，烫得她往后一缩，忍不住不满地蹙起了眉。

其实这真是冤枉了林嬷嬷。傅兰芽这几日水米不进，嘴唇都干得裂了细微的口子，那药的确已经不烫，但温热的液体骤然碰到伤口，难免有些刺痛。

可惜平煜不知其中缘故，只觉今日看林嬷嬷说不出地不顺眼，不说别的，光喂药这一项，若是由他来做，决不至于烫到傅兰芽。

傅兰芽默默饮了半碗药，见平煜出奇地安静，忍不住悄悄瞥他一眼，却发现他正皱眉看着林嬷嬷，目光里透着几分不满。

她微怔，不明白林嬷嬷到底什么地方得罪了平煜。

林嬷嬷虽然未回头，却也能时时感觉到一旁射来的不善目光，不用想也知道是平煜。她不安地挪了挪身子，想不出自己好端端的怎么就碍了平大人的眼。

屋子里的氛围顿时变得有些微妙。

所幸未过多久，李珉便在外敲门，说有急事找。

平煜不得不起身，往外走了。

傅兰芽看着他出了门，微微松了口气。她自然愿意他来看她，可说实话，刚才他在一旁看着她用药时，她还是免不了有些难为情。

而且一想到他对林嬷嬷莫名其妙地不满，就觉得颇古怪。

接下来两日，傅兰芽一日比一日见好，不但能下地走动，且胃口也比从前见好。只不过几位大夫给傅兰芽诊过脉后，说傅兰芽病根虽去，病气仍在，都拘着不让傅兰芽恢复往日的饮食。

于是，傅兰芽日日粥汤不断，清淡得不能再清淡。

许是考虑到傅兰芽身子尚未复原，平煜这几日都未提离开岳州城之事，只是日日都忙得很。虽说一早一午，势必会来看望傅兰芽，然而跟她说不上几句话，便会被李珉等人叫走。

到了晚上他过来歇息时，傅兰芽因为身子的缘故，多半已经睡下，两人连面都见不上。

所以，傅兰芽虽盼着见他，实际上这几日见他的次数少得可怜。

所幸她们主仆所住的小院算得幽静别致，院中种了桂树，正是花季，枝头缀满金黄花蕊，秋风爽朗，不时送来馥郁暗香。

林嬷嬷在廊下扶着傅兰芽，陪着她欣赏院中景致，感叹道："平大人虽然脾气不好，这一路上，于食宿上可从未委屈过小姐。嬷嬷没什么见识，却也知道犯妇或罪眷被押送时，路上不知能遇到多少糟心事，遇到那等行为不检点的官吏，哪怕受了委屈，也只能打落牙齿和血吞。可见平大人路上当真关照小姐，只不过平大人性情刚硬，不肯让旁人知道罢了。"

傅兰芽忙不动声色侧过身子，免得让林嬷嬷看到她微热的脸颊，忽然一抬手，指了指院中道："咦，嬷嬷你瞧，有两只雀儿在打架呢。"

林嬷嬷知道小姐这是害臊了，故意拿别的话岔开呢。笑眯眯看她侧脸一眼，见她肌肤雪腻，目光皎皎，又因每日燕窝汤水不断，苍白脸颊重新有了血色，此时在秋日暖阳映照下，当真美若天人。

她暗叹，若是小姐没有这份容貌，也不知平大人还能不能对小姐这么上心。

念头一起，又想起这几日小姐病中平大人的所作所为，自觉这念头当真多余，忙又笑着摇摇头。

平煜既不愿意将林之诚交出去，又须防备东厂明里暗里的挑衅，这几日当真是忙得连吃饭都顾不上。

那晚他们一进岳州城，王世钊不知从哪冒了出来，纵马到了他跟前，连声说："平大人好不地道，将我独自一人撇在竹城，自己却率人来了岳州。"

众人都知道他这一路上都跟东厂的人混在一处，此时反倒倒打一耙，也懒得戳破他的谎言。

平煜忧心傅兰芽的病情，更是连敷衍他的心情也无。

只想起他和王令所练怪功夫毫无二致，而林之诚曾跟王令交过手，倒是可以利用林之诚来对付王世钊。

如此想着，便皮笑肉不笑地让王世钊归队，暗中另派两名身手一流的江湖高手日夜盯住王世钊，将他练功时的招式比画给林之诚看。

林之诚是百年难见的武学奇才，将王世钊的招式拆开研究一番后，就算想不出克制王世钊的法子，至少可以找出王世钊的破绽。

李攸想起前些时日平煜还曾将林之诚视为心腹大患，不过短短几日，平煜竟会想到利用林之诚对王令的恨意，转而去克制王世钊。

骂他狡诈之余，却也不得不生出几分佩服。

到了今日，平煜发出的密信有了回音。中午过后，便跟李攸一道去岳州知府处。

回来时，二人缓缓纵马从街道走过，想起信上所言，一时都有些寡言。

忽然迎风送来一阵浓香。二人一抬头，却是街旁有人在卖糕点，热气腾腾的，隐约透着桂花香味，不知是何物。看得出颇受欢迎，货摊前围了不少孩童，全都吮着手指，眼巴巴地看着货郎。

平煜素来对这些街头小食没有兴趣，正要一纵而过，忽然想起上回在竹城时傅兰芽垂涎蒿子糕时的模样，心中一动，犹豫了半晌，到底厚着脸皮下了马。

少顷，平煜将那包热腾腾的桂花糖新栗粉糕放入怀中，若无其事上了马。李攸忍得肚子都疼了，终于没绷住，一指平煜，哈哈大笑道："说出来谁能信，在京城威风凛凛的平大人，竟然亲自在街头买小食！"

平煜不禁暗悔，方才明明一个人去岳州知府处也就足够了，怎么就把这厮也带出来了？

他被李攸打趣了一路，等到进府，到底耐性告罄，使出蒙古人的摔跤把式，出其不意招呼了李攸一顿，直到打得出了一身汗，这才去正房换了衣裳，自去找傅兰芽。

这几日在岳州城，林之诚断断续续吐露出不少信息。如今坦儿珠的一块已落入他手中，其余上路事宜也已安排妥帖，只等这两日傅兰芽身子再稳固几分，便要起程，取道运河，往京城而去了。

一进院子，他就发现傅兰芽房门紧闭。敲了半晌，未见应门，想着这才日暮时分，有些吃惊，不知她主仆二人在房里做什么。

过了许久林嬷嬷才来开门。一进门，就见傅兰芽好端端坐在窗前榻上，小几上放着满满一碗药汁，热气腾腾，显然刚熬出来不久。

再一打量，就见她身上衣裳齐齐整整，只发丝上沾了些许水意，一双眸子湿漉漉的，脸颊氤氲着粉色，如海棠般绽开，红唇更是娇润无比，猛然省悟过来，原来她刚才在净房中沐浴。脸一烫，忙若无其事咳了两声。

"平大人。"傅兰芽万没想到平煜会在傍晚过来找她，不禁莞尔，笑盈盈从榻上起来。

林嬷嬷笑着请平煜落座，又奉了茶，趁药未凉透，忙不迭坐到榻上，端了药碗，继续给傅兰芽喂药。

平煜抬眼看傅兰芽，见小勺每送到她唇边时，她樱唇微微张开，随后药汁便顺着她饱满的唇瓣滑入，说不出地旖旎诱人，一时竟有些失神。

他忙定住心神，强行将注意力放到林嬷嬷身上。看了一会儿，只觉林嬷嬷的动作前所未有地粗鲁，一会儿担心她的勺子会碰到傅兰芽的牙齿，一会儿又担心她端不稳茶碗，会不小心洒落药汁，继而将傅兰芽身上的粉色裙裳给弄污。

心里这般想着，人已经站了起来，绷着脸道："嬷嬷，你去净房洗衣裳吧，我有要紧的话要跟你家小姐说。"

傅兰芽和林嬷嬷同时怔住，满脸不解地看着平煜。

"可是，平大人，小姐的药——"林嬷嬷见平煜透着几分不耐，越发惊讶，可话一出口，骤然回过味来，忙放下药碗，二话不说起身就往净房走，一边走一边不忘给平煜找台阶下，"是了，小姐的衣裳刚换下来，正该洗了，免得明日上路时还未干。”

可真等到林嬷嬷走了，平煜却又不知道该做些什么了，望着傅兰芽，进退两难，难道真给她喂药？

未几，到底未能抵挡心底渴望，硬着头皮走到榻前，端起那药碗，红着脸给傅兰芽喂药，嘴里却镇定自若道："她喂得太慢，我有要紧的事跟你说。"

傅兰芽这时还有什么不明白的？既吃惊，又免不了害羞，出于本能便想拒绝。

可见他已端起汤匙，不像是开玩笑，咬了咬唇，不忍拂逆他，只好忍着羞臊，乖乖张嘴，任他喂药。

片刻，抬眸看他一眼，轻声嗔道："你就不能好好跟嬷嬷说吗？"

平煜借故将林嬷嬷赶走后，顺利接手人生中第一份伺候人的活。

原以为自己定能比林嬷嬷做得妥帖，谁知因着紧张和生疏，喂了一会儿，速度竟一点也不比林嬷嬷来得快。

其间，还因为心猿意马，几度走神，险些在药凉透之前都未喂完。

所幸傅兰芽极沉得住气，知道他一番苦心，任他磨磨蹭蹭，并不催促他。

只是她难得有机会跟平煜好好坐在一处，吃药时，忍不住抬眸悄悄打量他，见他双眉斜飞入鬓，鼻梁高挺，双眸亮如皓星，当真耐看。身上穿件霜色袍子，布料和针脚都是上等，寻常衣裳铺子轻易买不到，看得出，多半是西平侯府有手艺的绣娘所制。

其实这颜色的衣裳，父亲也曾穿过，却因肤色黧黑，并不打眼，而此刻穿在平煜身上，却觉得说不出地出众。

她仔细瞟一眼他领口的精致底纹，揣摩了一番西平侯府如今的景况，目光上移，落在平煜的唇上。

过了这些时日，他下唇的血痂已脱落，看不出半点痕迹，可傅兰芽一想到那晚的事，依然有些难为情，心一热，脸颊出于本能偏了偏。因着这动作，平煜手中的小勺失了准头，药汁不小心全洒到了她嘴边。

所幸的是，药碗里的药汁总算喂完了，洒出这几滴也无所谓。

平煜却觉得，哪怕就剩一滴药汁未喂到傅兰芽嘴里，对她的病情也有挂碍似的。懊恼了片刻，想起自己一回生二回熟，下次再喂傅兰芽时断不会如此了，脸色又稍缓。

既喂完了药汁，便从怀中掏出那包点心，推到傅兰芽面前，不自在地偏过头，看着窗外道："里头有点心，看着还不差。刚才已问过大夫，吃了不至于损伤脾胃。趁还未凉透，便吃了吧。"

傅兰芽刚刚才生受了一回平煜的服侍，正用帕子轻轻拭嘴，见状，惊讶地抬头看向平煜。想起上回那蒿子糕，红着脸甜甜一笑，接到手中。

打开那厚厚的油纸包，见是两块桂花糖新栗粉糕，一块只有半个鸡蛋大小，做得尤为精巧，且一打开纸包，桂花香味便扑鼻而来。

用帕子包起其中一块放入口中，只觉糕体软糯却不粘牙，香甜却不腻人，加之随着咀嚼，桂花香在口中慢慢溢开，当真齿颊留香。

她素爱吃点心，却因从小到大见过无数佳馔，口味不可谓不挑剔，此时却不得不承认，这点心味道当真算得上佳。

她在心底满足地轻叹一声。一抬眼，却见平煜不知何时已转过头望着自己，目光里除了专注，竟还有些缱绻意味。心中一暖，将剩下那块也高高兴兴吃完，笑道："病了这些时日，许久未吃过这么好吃的东西了。"

平煜镇定地轻咳一声，心中却想，明日还会在岳州城滞留一日，她既喜欢吃，大不了再去买些便是了。这么想着，便道："你这两日好生休憩，后日我们便要出发前往金陵了。"

傅兰芽难得见他流露出留下来跟自己好好说话的意思，犹豫了一下，开口道："林之诚这几日是不是吐露了很多东西？他有没有说过那块坦儿珠到底是做什么用的？"

说出这话她很坦然，平煜心中却掠过一抹担忧。这几日他为着不想惹她伤心的缘故，一直有意避免在她面前谈及此事，没料到她此时竟主动提起林之诚。

踟蹰了一下，从腰间解下一个荷包，打开系绳，掏出那块坦儿珠，放到她面前，道："这是林之诚身上的坦儿珠。共有五块，这是其中一块。"

"据他所说，当初这东西本在蒙古人手中，当年太祖皇帝驱逐蒙古人时，一位北元太妃跟随北元皇帝从宫中逃出，身边夹带了一堆宫中秘物，逃亡途中无意中跟皇帝走散，又不慎撞见镇摩教的教主。镇摩教教主猜出太妃的身份，见财起意，杀死太妃及她身边的仆从，将一众宝物夺走。他潜回夷疆后，琢磨了坦儿珠多年，却始终猜不出它的用途，只得当作宝物供起。谁知当年太妃身边有名仆人并未死成，回到蒙古，将此事泄露出去。

布日古德得知后，便扮作中原人，千里迢迢赶往夷疆，试图从镇摩教手中夺取坦儿珠。

"当时他们一行中有不少人习练某种不知名的邪术，因尚在练功初阶，为了快速滋养功力，生吃蛇虫毒蚁还不够，竟还偷了当地百姓家的婴儿来食。

"当时林之诚刚好参加完武林大会，无意中听得一对夫妇哭着四处找寻丢失的孩儿，便带领门人循着那群贼匪的踪迹追踪，后在一处密林内，终于发现了布日古德一行人。他本就深恨鞑子，没想到亡国之后，他们竟还敢在中原境内为非作歹，便二话不说使出御琴术，将那群败类如数杀死，不料唯独漏了布日古德，这才酿成了日后的大祸。"

傅兰芽听完，静了一会儿，垂眸看向桌上那块坦儿珠。

见那东西似铜又似铁，状若三角，颜色乌黑油亮，无论正面还是侧边，都画有无数奇怪的暗纹符号。

拿在手中，沉甸甸的，从形状上来看，的确像是从五棱镜中分出的一块，末端还有个扇形凹陷处。可以想见，若五块拼在一起，坦儿珠中间应该有个圆溜溜的盛放东西的地方，颇有些墨砚的意味，只是不知那圆坑里需要盛放什么。

她看了一会儿，胸膛里忽然生出一种心悸般的感觉，忙抚着胸口将那东西放下，抬眼看向平煜，含着嗔意道："我母亲那本书呢？事到如今，你还不给我？怎么着也得让我比一比对那书上的图腾。"

平煜见她双目晶莹、语气低柔，话里明明有不满的意思，却又透露出撒娇意味，心上竟生出一种酥麻之感，忙移开目光，不肯再看她，只从怀中取出那书递给她。

傅兰芽接过书，翻到画着图腾的那页，比对着坦儿珠一看，果然是山下众小人叩拜的那图腾的一部分。

她想起母亲于二十年前便随身藏着这本书，死时却未有半句交代，会不会母亲根本不只是所谓的药引？而父亲身为母亲的夫君，又是否知道母亲身上藏着能引发腥风血雨的秘密呢？

她蹙眉想了一会儿，又问平煜："林之诚既然当年曾参与抢夺坦儿珠，想必该知道剩下四块都在哪些人手中，为何不肯透露其他人的消息？"

平煜顺手接过坦儿珠和那书，比对着细看，口中却道："当年一众江湖门派去镇摩教抢夺东西时，为防被旁派认出，除了掩住脸面之外，连武功招式都有意做了改动，故而虽经一番混战，彼此却都不知对方来路。也因这个缘故，王令查不到当年都有何人抢走了坦儿珠，不得不利用你做诱饵，设下这个局。因他知道，单单有了药引无用，还需将其余四块坦儿珠凑齐才行。"

傅兰芽听得心中一刺。怪不得王令发现她可做药引后，仍暗中蛰伏了这么多年，想来他也知道，将她成功掳到手中还只是第一步，要从实力雄厚的其他四派手中抢夺宝物，又谈何容易？不但需要大量人力物力，且须防备旁人将他好不容易凑齐的坦儿珠重新夺走。

放眼当今天下，除了王令之外，还有几个人有本事下这么庞大的一盘棋？

就是不知，他得势之后第一个便想到要对付父亲，是仅仅急于用她做局呢，还是对父亲还有别的敌意？

而母亲的死，果真是王令所为吗？所谓药引，可有母亲传给女儿一说？

"我猜，"她思忖一番，道，"那位永安侯府的邓公子，多半也是冲着我而来。就是不知他手中有几块坦儿珠。"

平煜微微一震，见她一点就透，只觉说不出地轻松，摸了摸下巴，干脆将自己的猜测告诉她道："邓安宜早已跟东蛟帮勾结在一处，手中那块，多半是从东蛟帮手中所得。镇摩教左护法已武功全废，就算手中有一块坦儿珠，恐怕也已被右护法所得。

"剩下三块，一块在王令手中，一块本在林之诚手中，如今落入了我手里。也就是说，当年散落的五块，仅有一块尚且下落不明。

"这两日，李攸和洪掌门等人已将二十年前能与镇摩教抗衡的门派名单整理出来，剔除掉一些近日毫无异样的名门正派，剩余三个邪教最有嫌疑，都蛰伏在江南一带，这一路上，暂未冒头。我等近几日已派人去细查，最好能在持有最后一块坦儿珠的门派动手前，打探到对方的底细。"

傅兰芽好奇："都是什么样的邪教？"

平煜想起那几个门派的污糟名声，不愿污了傅兰芽的耳朵，只道："这些事你不必细细打听。这几日你只管安心调养身子，我总归不会让他们得逞就是了。"

傅兰芽只觉这话里似乎含了好几层意思，不由得低下头去，红着脸细细揣摩。

平煜话一出口，本觉得有些尴尬，瞥见傅兰芽眸光流转的模样，想起她前几日病得奄奄一息，心里那种浓浓的疼惜之意又涌上来，低声道："往后都有我，你少操些心。"

傅兰芽一震，抬头看向他的侧脸，见他全无半点戏谑之意。

忽然想起那日在湖畔见到他背影时的情形，当日虽离得远，她仍可感受到他心中的沉郁和不甘。

而刚才那句话，虽不过短短几个字，却不知需挣扎多久，才能在他口中郑重说出。一时说不出什么滋味，除了如释重负，竟对他生出几分心疼。默了许久，轻轻"嗯"了一声。

两人都沉默下来。

这时，林嬷嬷在净房已用傅兰芽惯用的胰子将她的里外衣裳都洗得干干净净。她偷偷摸摸往外看一眼，见平大人和小姐一个看着窗外，一个低头，两个人脸上都有些不自在，也不说话。

她暗吃一惊，只当平大人别扭劲上来，又跟小姐吵了架，忙讪讪地往外走，想借话头替他二人转圜。

突然，门外有人敲门，却是仆人送了晚膳过来。

天既未黑，平煜并无回避之意，看着那仆人将饭食放下，退了出去，便等着林嬷嬷开口留他在此处用膳。

林嬷嬷早已摸清了平煜的脾气，便笑道："平大人，既眼下无事，不如在此处用了膳再走。"

平煜端茶饮了一口，"嗯"了一声。

傅兰芽瞧他一眼，见他留下用膳，虽欢喜，却也有些好笑。

第二十一章 金陵图

到了晚间，平煜未过来就寝，只派了李珉和陈尔升几个将傅兰芽的院落守住，自己则歇在正房。

他想起后日便要出发，怕路上生变，不敢再拖着不服用保宁丹了。

可他又怕服了药后，会像上回那般夜起高热，做出什么唐突傅兰芽之事，为求慎重，还是决定离傅兰芽远点。

服完药后，他歇下，双手枕于头下，望着帐顶出神。

虽然耳畔少了她轻缓的呼吸，他有些空落落之感，但一想起傅兰芽这几日对他的眷恋和关切，胸中便有一股暖意轻轻荡漾。

她对他的心意，经过这些时日的相处，越发清晰和确定。

尤为触动他的是，她似乎从未想过要在他面前遮掩这一点，信赖或是关切，从来都流露得自然而然。

他每想起此事，哪怕人躺在床上，都悸动得躺不住，恨不得立刻到外头耍一套刀法才好。

辗转反侧了大半夜，最后在隐秘的满足中入睡。

许是心情不错的缘故，这回服下药后，他未像上回那般激出一场大病，整个晚上都风平浪静，再睁开眼睛时，已经天亮。

次日，众人整理好行装，出发前往渡口。

行了半日，于傍晚在荆江江段上了船，一路沿江东去。

傅兰芽因大病刚愈，起初那两日，整日被江水颠簸得昏昏欲睡，胃口也不佳，调养了几日，才逐渐好转。

身子爽利了，傅兰芽便时常坐在舱中，透过隔窗，远远眺望烟波浩渺的江上风光。天气晴朗时，也会戴上帷帽，跟林嬷嬷到甲板上四处走动。

每回路过洪掌门的船舱，总能听到里头有人高谈阔论，除了秦门及形意庄诸人，有时连平煜和李攸也在房中。

她倚栏望着江面，听着耳畔豪气干云的笑语声，被这种恣意和洒脱所感染，嘴角也跟着弯起。

可惜的是，那船虽大，路上同行的人却众多，分住在各船舱中，抬头不见低头见，彼此都毫无隐私可言。

平煜为了怕落人口实，甚少到她房中去看望她。真算起来，两人倒比往常在陆上赶路时见面次数还要少。

所幸路上行得颇顺，预料中的魑魅魍魉一个也未出现。一路辗转了数个渡口，终在十来日后的日暮时分，到得金陵。

下了船，渡口早有留守陪都的锦衣卫及官吏候着了。

除了给平煜等人备了马，另备妥了马车。

傅兰芽上马车前，察觉不远处有人在看她，转头，就见陆子谦正坐于马上凝视她。

半月不见，他瘦了不少，望着她的目光越发幽沉沉的，叫人捉摸不透。

傅兰芽没料到陆子谦也跟着一道来了金陵，奇怪一路上从未在船上见过他，连那个惹人憎厌的王世钊都不曾见到。

一偏头，望见停泊于渡口的数艘大船，顿时恍然，原来他们在另一艘船上。

路上事宜均由平煜说了算，此事多半出自平煜的授意。她怔了一下，下意识地四处找寻平煜，却见他正被几名官吏簇拥在中间。

似是有所感应，平煜转头朝她瞥来。

两人目光相碰，傅兰芽颊边微热，一转眸，低头上了车。

陆子谦一瞬不瞬地在一旁望着傅兰芽，不曾漏过她每一个表情变化。

他从她脸上读到了羞涩、找寻、专注，甚至还有默契，可以说，各种女儿姿态均展露无遗。

然而这种种叫人心驰神往的表情变化，竟没有一种属于他。

他没想到自己可以被她无视到这个地步，原有的酸涩中，又添了几分难堪和懊丧。

最后，他终于熬不住这份失落感，阴沉沉地出了一回神，末了，对洪震霆一拱手，只说自己要去城中探望父亲的故交，朝另一方向绝尘而去。

金陵是天底下数一数二的富贵风流之地，傅兰芽坐在车中，只觉街上人烟阜盛、靡丽繁华，处处不输京城。可惜此时她仍是罪眷身份，不能随意走动，否则的话，在城中四处看看，想来绝妙。

一行车马缓缓往城北走，路过一处宽阔的街道时，一侧酒楼上，投过来两道审视的目光。

"呀。"看清马上的人，一名妖媚的红裳女子咯咯笑了起来，"姐姐，有趣，没想到这位指挥使这般俊俏年轻，接下来这几日好玩了。"说话时，带着地道的金陵腔。

另一名绿裳女子似笑非笑地拈了桌上的葡萄放入口中，拉长声调道："不过模样生得稍齐整些，倒叫你没出息成这样。你可别忘了教主他老人家怎么吩咐咱们的？速战速决！"

红裳女子仍盯着平煜，嘴角轻勾道："速战速决？说得没错，能速战速决才好呢。"

话完，状似无意，拂了拂桌上的浮尘。

绿裳女子眼尖，一眼看见她袖子所过之处，桌面全如被劈过一般，瞬间裂出无数的细缝。

她面色一阴，旋即又若无其事地笑了起来，道："我劝你别仗着自己练了教主教你的心法，便觉得天下无敌了。我且告诉你，你仔细瞧瞧，不说那位平大人，这些人里头，可有一个吃素的？"

红裳女子却不耐烦听她聒噪，眼见平煜等人已走，起身，往楼下而去，笑道："我除了功夫，还有一样好处，便是脑子。功夫不及之处，不是还有脑子嘛，再不济，还有一张看得过去的脸。你且少啰唆，成与不成，三日后再见分晓。"

说完，极为自信地一笑，转身走了。

到了城北一座宽阔大宅，平煜停马，令在此安置。

傅兰芽顾不上打量那宅邸的情形，一进到内院，便帮着林嬷嬷一道收拾行李，以便早些休憩。

她们主仆不比武林中人，在船上行了小半月，早已累得骨头都痛，加之安置完行李后已是深夜，未等平煜过来，主仆二人便沐浴歇下。

第二日起来，榻上没有平煜的踪影。

傅兰芽昨夜睡得太沉，散着头发，坐在床边，努力回忆了一番，怎么也想不起平煜后半夜有没有来过。

想问林嬷嬷吧，毕竟眼下不比从前，林嬷嬷对她和平煜的事心知肚明，一旦问出口，谁知林嬷嬷会不会端出那套闺阁规矩来训她。

因此她反倒不如从前坦荡，琢磨了半晌都不知如何启齿。

好不容易想出一个不着痕迹的问法，乌眸滴溜溜朝林嬷嬷一瞥，谁知林嬷嬷不等她开口，便瞟她一眼，自言自语道："昨晚平大人来时，都已近寅时了，早上天刚亮又走了，一整晚都没几个时辰可睡，说起来当真辛苦。照嬷嬷看，这指挥使委实不好当，每日不知多少事要操劳，片刻不得闲。所以嬷嬷说，这天底下的东西，历来没有白来一说。"

傅兰芽听了，担忧地蹙眉。

到了金陵之后，情势更比从前复杂。为了防备东厂，平煜自然不敢有半点懈怠，她不用想也知道平煜眼下必定事忙。可平煜毕竟不是铁打的身子，舟车劳顿了近半月，好不容易到了金陵，竟连喘息的工夫都没有，长此以往，熬病了可如何是好。

她味同嚼蜡地用完早膳，在庭院里走了一圈，又回房拿了母亲那本快被她翻烂了的小书来看。

行程已过了一半，离京城越来越近，她没有坐以待毙的打算，除了想帮自己之外，更想帮平煜。

事到如今，她已知道书上的图腾便是坦儿珠上的花纹，比起从前的毫无头绪，再看此书时，多多少少有了底。

她也知道，王令所有的秘密都跟北元离不开关系，母亲甚至极有可能是二十年前的药引。母亲背负了这么多秘密，死后又留下这本满是鞑靼文的古书，若说这书没有古怪，怎么也说不过去。

因为这个原因，她总觉得，若是能早日勘破这书里的秘密，平煜对付王令时，也许又会多一分胜算。

盯着画着图腾的那页细看一番，发现那图腾位于山峰之巅，而那山峰线条两旁凸起，当中却又凹陷下去，状若驼峰，又似双月，不由得暗忖，若是此山在当年的北元境内，不知单凭这幅图，可否找到山的具体位置？

近日暮时，仆人来送膳。

那仆人刚摆好膳具退下，平煜便来了。

傅兰芽见他果然满脸疲色，忙从桌边起来，迎过去："平大人。"

仔细瞧他一眼，又柔声道："可用过膳了？"

平煜怔了一下，只觉她这句话如清泉一般缓缓灌入心间，说不出地熨帖清凉，一整日的奔劳顿时消弭于无形。

他心头微喜，嗯了一声，在桌旁坐下，道："还未用过膳。"

林嬷嬷见状，不等吩咐，忙从食匣中取出一套干净碗箸，放于平煜面前。

平煜动箸前，踟蹰一下，抬眼望向傅兰芽因路途颠簸而瘦了几分的脸颊，少顷，指了指桌面，道："这道熏鱼银丝面，是金陵小食，颇能开胃。那道菜名碧丝咸水鸭，是本地厨子所做。金陵人素爱食鸭，自前朝起便常有百姓腌制鸭肉来食，有一鸭多吃之说。你不妨都尝尝。"

傅兰芽看向桌面，果见桌上摆了不少以鸭肉做的佳馔，想起从前曾在哥哥书房见过一本《金陵风物》，上面提到金陵板鸭，曾说："购觅取肥者，用微暖老汁浸润之，火炙，色极嫩，秋冬尤妙。"

记得她当时见了，还对板鸭颇为向往，没想到时隔两年，竟真在金陵吃到。

她心一暖，默默看平煜一眼，先拨出几块鸭炙，给林嬷嬷留着。吃了一会儿，又夹起自己觉得最好吃的那道咸水鸭，微微笑着，夹到平煜碗里。

平煜动作一顿，抬眼看向傅兰芽。

她用膳时，仪态最是娴雅大方，胃口却极好，不言不语便能将碗中饭食吃得干干净净。哪怕食欲再不佳，看到她用膳时的模样，胃口也能跟着好起来。

他残存的那点烦杂心事顿时一扫而空，一顿饭吃得前所未有的痛快。

用完膳，二人在榻前相对而坐，傅兰芽将那本书推到他跟前，将自己的猜测告诉他："这画上的山，你以往行军时，可曾在北元境内见过？"

平煜皱了皱眉。他当初一从傅兰芽手中拿到此书，便认出书上文字是古老的鞑靼文，也曾在记忆里搜罗了一番跟画上相似的山，一无所获。

后来他索性令人找来一份北元地图，试图找出蛛丝马迹，可惜毕竟未亲临其境，地图又粗陋，看了许久，依然未能看出端倪。眼下听她这么说，沉吟片刻道："北元广袤无际，山多无名，光从形状想要推测出此山所在之处，恐怕有些不易。不过我曾跟你提过，有一回我随军夜行时，在旋翰河边见过一座古庙，因庙中壁上刻着这种文字，那庙又出现得突兀，印象极深刻。奇怪的是，一月后，再路过旋翰河时，那座古庙却凭空消失了，仿佛从未出现过。"

傅兰芽思忖着道："嗯，我记得你跟我提过。事后我想了许久，总觉得此事虽古怪，却未必跟怪力乱神有关，没准是有人在古庙周围设下了奇门之术，故弄玄虚。"

平煜见她跟自己的想法不谋而合，眉头微蹙，看着那书道："没错。那古庙外应该是设下了什么机关，平日里此庙隐匿无形，那晚不知何故，有人启动了机关，却未及时关闭，我们误打误撞，才不小心闯入庙中。如今想来，那庙中藏着不知什么秘密，亏得当时人多，对方不好动手，若是人少，我等恐怕已被灭口。"

他说话语气再寻常不过，傅兰芽却听得心底起了波澜。

这桩事当时寻常，可事后回想，却藏着无比的凶险。最让她不安的是，此事竟还不过是他发配宣府时，经历过的无数事中的一桩。

可见他当时在宣府过得有多艰难，稍有不慎，恐怕早已丢了性命。

她有些愧疚，默默看着他。

平煜却神色无改，继续道："后来我听闻旋翰河不远处有座古山，名曰托托木尔，听说山里有些古怪，鞑子将其奉为神祇。瓦剌现今的大汗坦布营下有位异士，能预知吉凶，听说便是坦布从托托木尔山上请下来的——"

他说着，想起当年被虏时那女巫师的行径，嫌恶地蹙起眉，怕让傅兰芽看出来，忙起身，负手在屋中走了两步，等胸膛里的不适稍见平缓，这才继续道："托托木尔山恰好在那古庙附近。我在想，这书上的山会不会便是托托木尔山。就算不是托托木尔山，旋翰河边那座古庙，多半也有些不妥。"

傅兰芽听他声音有些阴沉，只当他想起当年被发配时的艰难岁月，沉默了一会儿，轻声问："林之诚有没有说过将坦儿珠凑齐后，在何处启动阵法？那阵法当真是用来复活死人的吗？"

平煜道："他如今一心等着我派出去的人护送他夫人来金陵，在见到他夫人之前，什么也不肯说。洪掌门也说当年之事他多少也有些责任，如今林之诚身受重伤，万一落到东厂手里，势必性命难保，这几日没少在我面前说项，求我高抬贵手，放林之诚一马。我碍于情面，不便对林之诚用刑，一切只好等将林夫人接来再说。"说完，转身看向傅兰芽："当然，林之诚是当今世上少有的知道王令底细的人，如今他好不容易落到我手中，我还需用他来指证王令就是布日古德，怎么也不会让他被东厂的人掳去。"

傅兰芽心中一动，暗暗点头。当今皇上哪怕再昏聩无能，再倚重王令，想来也决不能容忍一个异族来祸害他祖上打下的江山。

可是，王令既能爬到这个位置，论起手腕和能力，绝不会在常人之下，他又在皇上身边伺候了多年，在皇上心中想来分量极重，岂是一两个证人便能扳倒的？

平煜估计也知道事情远远不如想象的简单，所以才会迟迟按兵不动，想等到时机成熟，好给予王令致命一击。

就是不知，这所谓的成熟时机大概什么时候才能到来。

这时外头日影横斜，从窗户透过，淡淡洒在榻上。

两个人各自想了一番心事。平煜抬眼，见傅兰芽垂眸思量，神情凝重，眉宇间竟透着几分深深的忧色。

他极不愿意见傅兰芽面带愁绪，从怀中取出一物，放在傅兰芽面前："大夫吩咐过，你大病刚愈，这些时日不宜劳神。旁的事你莫要一味费心思量，趁在金陵的这几日，好生休整。"

傅兰芽看向几上那物，见是一幅画卷。

她诧异地看平煜一眼，难道他给自己带了什么书画不成？

拿到手中展开，却怔住。就见画卷上竟画着一幅波澜壮阔的金陵风物图，画功虽粗糙，但上头从秦淮直到栖霞山，竟将整座金陵城景致一一勾勒出来。最妙的是，除了景致外，更有人物熙攘，街头小景，活灵活现，不一而足。

平煜饮了口茶，淡淡道："路过书画肆时随意挑的，画得粗陋了些。眼下不能带你去城中闲逛，你无事时，便看看这个，就权当看过金陵了吧。"

傅兰芽没想到自己的一个念头竟能成真，望着画卷，爱不释手地反复摩挲，久久无言。

良久，轻声道："谢谢。"

平煜见她动容，心里竟比她还要满足几分，犹豫了一下，又道："明日我令李珉给你送套笔墨来。往后你无事时，可在房中写写画画，不必总是胡思乱想。"

傅兰芽听他声音比平日柔和，微微低下头，赧然道："上回你给我的《天工开物》已经看完了，若是——"

这时，门外传来一阵急促的敲门声。

平煜和傅兰芽同时一怔。

就听门外老仆道："公子，外头那几位锦衣卫大人正四处找你，似是府外出了什么怪事，想请你去看看。"

平煜到了宅子后头的小巷中，李攸及秦勇等人早已先他一步赶到。未几，洪震霆、秦晏殊、李由俭也先后赶来。

"平大人。"见平煜出现，许赫迎上前，"刚才属下跟林千户在此处轮值时，听得巷子里有异响，等赶到跟前，就发现了这女子的尸首。"

平煜走到近前，果见一名女子躺在地上，身着红裳，年约十七八，面容艳丽，嘴唇却惨白如纸。

伸手探了探尸首的脖颈大脉，确已断气，尸身却仍温热，显见得刚死不久。

缓缓扫视尸身，落到女子双手处时，忽然目光一凝，探手向前，隔着衣裳抬起她胳膊细看。就见她手指比常人生得略长，指端如钩，指尖却结着厚厚的茧子，一望而知是常年习武之人。

而且看这架势，多半武功还不低。

秦勇沉吟一番，抬头朝平煜看来："平大人，若在下未看错，此女所练功夫名叫玄阴爪，是江南一带出了名的魔教昭月教的独门功夫。"

昭月教？平煜蹙眉。前些时日，洪震霆和秦勇姐弟提供给他的疑似藏有坦儿珠的江湖门派名单中，昭月教便排在第一位。

难道昭月教为了摸清底细，特派了门人来探路？

想起昭月教素来的名声，他眯了眯眼，道："搜搜她身上。"

许赫和林惟安领命，搜检一番，果然从这女子身上搜出一块令牌和一包药丸。

平煜接在手中，打开那包药丸闻了闻，只觉一股香味冲鼻而来，心神都随之一荡，忙系好丝绦，重新丢还给许赫。

"媚药。"他道。

这药药力还不轻，不知这名女子打算用来对付谁。

能随身携带媚药者，除了有着淫乱名声的昭月教，放眼整个江南，恐怕再也找不到第二个门派了，此女多半是昭月教的教徒。

秦勇脸几不可见地红了红。洪震霆却拿了那块令牌在手中仔细查看，见有一面写着：乾坤朗朗，日月昭昭。另一面却写着：莫匪尔极，不识不知。

他面色一凛，沉声道："的确是昭月教之人，且令牌乃银制，佩戴之人为昭月教里的'奉召'。奇怪的是，能做到昭月教奉召之人，要么极得教主的赏识，要么武功天赋不差，在教中算得有头有脸，怎会无声无息死在此处？"

李攸摸了摸下巴，开口道："这女子的心脉已被人生生震断。能在这么短时间内将心脉震断，凶手内力远在她之上，就不知是昭月教的人还是旁的门派。"

想了一下，又犹疑道："难道是昭月教的人为了抢夺坦儿珠打了起来？"

旋即又自我否定："不对，他们连宅子都未能闯入，傅小姐的面更未见到，怎会在墙外就打了起来。"

平煜环视窄巷周围环境，沉声道："从发出响动到许赫发现此人尸首，时间极短，与其相信此女是死于内讧，我倒愿意相信她是被人灭了口。"

"灭口？"一直沉默不语的秦晏殊挑眉朝平煜看来。

平煜看向女子尸首道："不过是推测而已，未尸检前，做不得准。光从外头看，此女似乎除了胸前那致命一掌外，别无伤口。也就是说，此女多半是想潜入府中，可不知何故，在巷中跟凶手撞见，这才被凶手一招毙命。"

秦晏殊这些时日看平煜极不顺眼，听得此话，带着挑衅意味道："就算如此，怎么能证明她不是死于内讧？也许她跟同伴一道到了巷中，为着什么利益上的瓜葛，突然起了冲突也未可知。"

平煜看着他，淡淡道："昭月教之人不全是傻瓜，来之前，想必知道这宅子布下了天罗地网，稍有不慎，便会引来我手下。她们好不容易闯过重重关卡进到巷中，怎会失心疯，突然打起来，就不怕被我等生擒，导致前功尽弃？"

说着，蹲下身子，重新扫一眼尸身，瞥过那女子细细搽了胭脂的脸颊，心中闪过一丝怪异之感：这女子前来探路，吉凶尚且不知，竟还有心思涂脂抹粉。

心中冷笑一声，继续道："因此凶手跟此女绝非一路人。照我看来，凶手多半也是潜入巷中，试图摸清府中情形，不料跟此女撞上，二话不说使出杀招，又在许赫等人闻声赶来前，飞快遁走——"说到此处，顿了一下，"这就是我最想不通的地方，就算他被昭月教的人不小心撞见，听得许赫等人赶来，只管逃走便是，何必多费一番工夫，非要将这女子杀死后再逃走？这女子武功不弱，凶手那一掌需得耗费十成功力——"

李攸恍然大悟，一拍掌道："是啊，怎么看都觉得凶手生怕这女子泄露他的消息，这才半点余地都不留。噫，难道说，他唯恐旁人知道他身上也有一块坦儿珠？或者，平日装模作样惯了，被人不小心撞见真面目，怕这女子传扬出去，所以才恼羞成怒，杀人灭口。"

白长老和柳副掌门面面相觑："真面目？李将军的意思是？"

秦晏殊这时也已想通问题的关键，却不肯助长平煜的气焰，只是闷不作声。

平煜复又蹲下身子，看一眼女子胸骨凹陷处，抬头问洪震霆道："洪掌门，能否从女子伤口处，判断出用掌之人的来历？"

洪震霆毫不顾忌自己的武林盟主形象，趴在地上，从侧面看了看女子的伤，摇头道："这招式虽蕴含了凶手的全部内力，却极为简单平直，光从伤口上看，无从判断对方武功路数。"

平煜起身，负手望向窄巷尽头。见街上流光溢彩，熙熙攘攘，当真繁华似锦，脸上忽露出玩味之色，道："看来这人不但武功一流，思维还极为缜密，金陵城果然藏龙卧虎。"

秦勇在一旁望着他，见他五官被灯光勾勒出无可挑剔的曲线，神态更是说不出的飞扬，忽然心漏跳了一拍，忙转过头去。

未几，开口道："这女子的尸首可交由我来检验，也许仔细看看，能有什么收获也未可知。"

平煜冲秦勇点点头道："那就有劳秦当家了。"

这时，洪震霆道："昭月教行起事来毫无底线可言。教中从教主到新入弟子，无不狠辣无情，且私底下做派极为淫靡混乱，教中不少弟子跟教主名为师徒，实为从小养起的娈童或是宠姬，故而在江湖上名声极差。此前平大人问起二十年前能与镇摩教抗衡的魔教，我第一个想到的便是昭月教。"

平煜不语。到金陵后，昭月教的人虽然第一个露面，可照今晚情形看，昭月教却不见得持有坦儿珠，没准只是听到了什么风声，想趁机分一杯羹罢了，而拥有最后一块坦儿珠者，也许另有他人。

如果这个推测成立，也就是说，他们连接下来要面对的对手的真实身份都尚且不知。

平煜令人将那女子尸首抬到院中，交由秦勇检验，预备等她验完后，送去金陵府报备。

他心知昭月教闻知消息，势必会前来滋扰，便重新在府外做好布防，直到连只苍蝇都飞不进来，这才跟李攸去外书房议事。

两人坐下，李攸低声道："你说会不会是邓安宜？"

平煜面色无波："邓安宜为了装模作样，一从岳州出来便取道去了荆州，就算跟在我们后面往金陵来，毕竟耽误了两日，此时多半还在江上漂着。且金陵守卫处我已打过招呼，一旦永安侯府的人冒头，他们会立刻通知我，目前尚未得到任何消息，因此照我看来，此人多半不是邓安宜。"

李攸困惑："那会是谁？除了邓安宜，还有谁需要这么装模作样？"

平煜靠在椅背上，一手摩挲着茶盅，面色沉静道："急什么？那人好不容易见到目标出现，只会比我们更心急，过不了几日，必会兴风作浪。只不过这一回不比之前的镇摩教和南星派，我们暂且还不知道对方的身份。"

李攸牙疼似的"嗞"了一声，揣摩着道："事发时，此人正处心积虑欲潜入府中，可见不会是府中这些人。真是奇怪了，这天底下除了林之诚和我师父之外，谁还有这么高的武功？"

平煜抱臂看着他，笑道："你该不是第一次听说'天外有天，人外有人'这句话吧？不过，你说得倒也没错，此人武功奇高，行起事来不拖泥带水，十足叫人好奇，也不知究竟是何方神圣。"

李攸想起一事，道："对了，你大哥如今正任着江宁都尉，你都到了金陵，怎么这两日不见你去看望你大哥？"

平煜道："大哥前些日子去淮安视察汛情，这几日暂且未回来。再则，王世钊这狗皮膏药就在一旁粘着，为着避嫌，我总不好跟我大哥往来太密切。"

李攸嫌恶地皱起眉头道："昨日傍晚他一到金陵，听说珠市有貌美名妓，连府都未进，便改道去听《十八摸》了，眼下正是抢夺坦儿珠的要紧关头，他却时刻惦记寻欢作乐，还真是狗改不了吃屎。也不知当年王令怎么会认了这么个蠢侄子，不怪扶了这几年都如烂泥一般，怎么也扶不上墙。"

平煜嗤笑一声。他派去跟着王世钊的人早上过来跟他回报，说王世钊的的确确在珠市招了几个美姬，胡天胡地地乐了整晚，便道："王世钊要是扶得起来，这一路上，咱们得添多少麻烦？如今我只盼着秦门那边能早日找到对付五毒术的法子，再不济，林之诚处最好能勘破王世钊招式中的破绽。无论如何，先要将这个心腹之患对付了再说。"

"也对。"李攸心底涌起一种不祥之感，"此人不除，终是一患。只是王令毕竟明面上尚未跟你撕破脸，一旦王世钊死在你手里，势必借机发难，咱们需得想法子做得干净利落些才行。"

"法子是有。"平煜笑起来，"就是不知道王世钊发起疯来时会有多骇人，我怕他误伤其他人，在没有十成把握之前，轻易不想动手。"

李攸听得一惊。依照从前，哪怕在他面前，平煜也甚少堂而皇之说出对付王世钊的话，可见为了傅兰芽的安危，平煜已经迫不及待想要除去王世钊和王令。便道："咱们许久未在京中，有些消息未必听得准。过两日你大哥回金陵，势必会派人来找你，你且向他打听打听军中动态，问问他关于王令让皇上亲征之事，江南这边的王令一党是否已有动静。若是，我看咱们也不必回京了，挥师直奔蒙古，捣了王令的老巢才好。而且照我看，王令为了得到坦儿珠这么大费周章，坦儿珠的效用恐怕远远不是复活人的性命这么简单。而真正用来做什么，只有王令自己知道，连林之诚当年得到的消息也未必准确。"

平煜沉吟不语。

江宁都尉府。

一位三十出头的长眉凤目的男子带领一众下属风尘仆仆从街道尽头奔来，到得府前，刚要下马，身后忽有人道："平都尉。"

平炼转头，锐利目光朝那人一瞥，却见是位二十出头的儒雅男子，看着颇面熟，却一时记不起对方是谁。

那男子早已近前，一礼，微微一笑道："平都尉不记得晚生了，晚生姓陆，名子谦，表字益成，以往在京中时，曾跟平都尉见过。"

秦勇在偏厅中验尸，李由俭和秦晏殊在院外等了一会儿，见秦勇一时半刻出不来，索性下了台阶，两人沿着一侧曲径，缓缓并肩而行。

小径两旁花木暗香浮动，月光透过云层洒落，照得四下里如笼银纱。

两个人各怀心事，走了一路，谁也没有开口的打算。

李由俭想起先前在巷中所见，眉头紧了又松、松了又紧，末了，终于没忍住道："晏殊，你觉不觉得，阿柳姐对平大人——"

话刚起了头，又顿住。他对秦勇除了倾慕之外，更有一份敬重，"有意思"三个字无论如何都说不出口。

"你最近怎么了？"秦晏殊回过神，狐疑地看向李由俭，"为何总是说话说一半？"

以前私下无人时，李由俭在他面前向来是三句话不离"阿柳姐"，这几日提到大姐时，却总是欲言又止。

李由俭仔细回想方才秦柳的神色，虽然巷中月色昏朦，但阿柳姐脸上那一抹红霞他没有错看。

且这等情景，早已不是第一回发生。

巧的是，每回都发生在对着平大人的时候。

可这事毕竟尚未得到证实，他不想胡乱猜疑，私心里更不愿承认。

"无事。"他暗悔方才冲口而出，险些让阿柳姐陷入难堪的境地。头一侧，避免让秦晏殊看出自己的颓然之态，只闷声道："我是觉得阿柳姐满二十一了，婚事不宜再拖了。等咱们护送傅小姐进京，我就央我父亲上秦门提亲。"

他的话音刚落，秦晏殊便无奈地摇头笑了起来："这话你都跟我说了八十遍了。我自然是没有意见，但问题是，我姐她松口了吗？"

李由俭想起秦勇对二人亲事的态度，脸色不由得一黯，过了一会儿，又嘴硬道："她日日要忙的事太多，暂且无暇想此事。等回到蜀中之后，我们形意庄上门提亲，她自然就会松口了。"

秦晏殊本想摇头，然而瞥见李由俭神色微焦，又改口道："我姐的性子你比谁都清楚，看着温厚，实则极有主意，此事未必就肯顺水推舟。且终身大事岂可儿戏？若你连她的心意都未摸透，就贸贸然上门提亲，我姐没准觉得你不尊重她，就算原本愿意，说不定都不同意了。"

李由俭听得这话，眉头拧成一个川字。

他这些年心心念念都是秦柳，每回秦门有事，他总是第一个站到秦柳身旁。

镇摩教的左护法重出江湖，她要带领秦门诸人对付镇摩教，他二话不说领着形意庄加入剿灭镇摩教的行列。

傅小姐救了晏殊的性命，阿柳姐为了报傅小姐的大恩，决定护送傅小姐进京，他也毅然跟着阿柳姐北上。

总而言之，阿柳姐在哪，他就在哪。无论她要做什么，他从来都是全力支持，不曾皱过一下眉头。

可是为何阿柳姐就是不肯接受他的心意？每回他在她面前提起二人的亲事，她要么推托，要么顾左右而言他，怎么也不肯给他半句回应。

他心头涌起不安，茫然地低头看了看自己。难道他就这么差劲？

不对，他模样不差，武功不在她之下，论家世，形意庄和秦门更是门当户对。

而且两家人往来密切，他自小便跟她姐弟二人玩在一处，对彼此性情再清楚不过了。

除了他比她小两岁之外，他实在找不出两人有什么不般配的地方。

他心事重重，想得出神。直到前方花园传来轻急的脚步声，他才回过神。抬眼一望，见平煜匆匆而过，绢袍玉扣，穿戴齐整，似是准备出府，身后跟着李珉等人。

平煜一边走，一边低声吩咐着什么。

李由俭见到平煜，好不容易压下的念头又冒了出来，上下扫他一眼，暗忖：难道说，阿柳姐真的看上了平煜，所以才不肯接受他的心意？

可是——他望着平煜修长挺拔的背影，疑惑地想，平煜有什么地方值得阿柳姐中意的？

别说江湖人士压根儿就跟勋贵人家搭不上边，就说这一路下来，连他也看出平煜对傅小姐不一般，阿柳姐比他细心不知多少，更不可能不知道此事。

所以会不会是他想岔了呢？

他左思右想，被满腔心事缠磨得一刻也定不下来。走了两步，又顿住。不行，他得亲口去问问阿柳姐。

"我去找阿柳姐。"他没头没脑地冒出一句，转头看向秦晏殊，"你去不去？"

"我姐不是还在给那女子尸检吗？"秦晏殊诧异莫名，"就算去了咱们也见不着，你急什么？"

"那我出府走走。"李由俭带着几分烦躁道，"一个时辰后我再回来，不必寻我。"

说罢，将错愕的秦晏殊撇在原地，抬步往前走了。顺着出府的方向走了一路，下意识抬头，四处找寻平煜的身影。

好不容易在一处影壁追上平煜，他正要上前试探几句，谁知身后忽然绕出来一人。

见到他，对方似乎吓了一跳。

"李少庄主。"

李由俭看清那人，脸色一冷："王同知？"

王世钊诧异地看看李由俭，又转头看看已走到大门口的平煜，眼珠一转，故作夸张地往李由俭身后探头看了看，笑道："咦，怎么不见秦当家？"

李由俭戒备道："不知她在何处。怎么，王同知有事找秦当家？"

"无事。"王世钊似是心情不错，难得没计较对方话语中的刺意，只道，"李少庄主这是要出府？"

"随便走走。"

"甚好。"王世钊意味深长地点头，高深莫测道，"若打定主意要好生逛逛，切莫漏了珠市，里头美人当真万里挑一，照我看来，一点也不比蜀中的美人差。"

李由俭脸色一变。蜀中的美人？王世钊此话摆明了有拿秦勇开涮之意，心头怒意上涌，忍了许久，这才冷声道："不必了，在下不比王同知，对这些莺莺燕燕没兴趣。"

说罢，随意一拱手，不再理他，往前走了。

王世钊却饶有兴味地立在原地目送他的背影，等他走了，左右一顾，见身侧没人，忽然脸色一阴，施展轻功，轻飘飘地跟在李由俭身后。

平煜好不容易将事忙完，正要去找傅兰芽，下人却报说世子已回金陵，差人来请公子去往江宁都尉府说话。

平煜没想到大哥竟这么快便回了金陵，且一回来就心急火燎地请他前去，只当江南这边出了什么急事，不敢耽误，将府中一应事项郑重交给李攸，这才换了衣裳，出了府上马。

经过一条大街时，刚好与一行车队擦身而过。

他一眼便认出领头那人是邓安宜，缓了一下，心中一哂。来得还真快，他们前脚才在金陵安置下来，邓安宜后脚就跟来了。无暇应对此人，目不斜视，拍马一纵而过。

他的身影刚消失在巷尾，那辆垂香饰玉的马车上掀开一条缝的窗帘便放下，有人在里头敲了敲车壁。

邓安宜早已看见平煜，听见那敲壁的声音，自然知道妹妹为什么在唤他，脸色微有不耐，默了一下，这才下马，上了车。

"怎么了？"他心知肚明地挑眉，神色冷淡。

邓文莹方才见到平煜，本想跟二哥打听几句，不料见到他阴阴的神色，话都吓得缩了回去。

"没什么。"她干巴巴地笑了笑，将手中的小金橘丢回几上，百无聊赖地躺下，心底却生着闷气。

邓安宜焉能不知道她又为了平煜在作怪，想斥她几句，可看着她那副煎熬模样，又生生忍了下去。

"想说什么就说什么。"他轻叹口气，抬头抚了抚她头顶的发，自己都觉得实在是太纵容她了。

邓文莹眼睛微亮，可有了前几回的经验，仔细觑了觑他的神色，不敢放肆，只拐弯抹角道："二哥，记得你上回说过，在出湖南之前，定能将傅兰芽掳走，可咱们都追到金陵来了，连傅兰芽的头发丝都没碰过，眼下还丢了林之诚。照这样下去，咱们什么时候才能成事啊？"

邓安宜在平煜手上未讨到好，听得此话，更添郁气，横她一眼，知道跟她说不出个子丑寅卯，便耐着性子道："二哥心里自然有数。"

邓文莹知道二哥素有本事，听得这句底气十足的保证，心略微了定，转过身，仰头看着车顶，眼睛亮亮的。

"你在想什么？"邓安宜一眼不错地望着这个名义上的妹妹，心底一片柔软。自从他在五年前顺利取代邓安宜后，这个妹妹便缠磨上了他，时常跟在他身后"哥哥"长"哥哥"短地叫。

在此之前，他原本以为自己胸膛下藏着的不是心，而是一块坚硬的石头，没想到在她一声声充满依恋的"哥哥"声中，那颗冰冷的心竟渐渐有了热度。

这滋味当真叫人上瘾，哪怕已然五年，他依然沉溺其中，怎么也舍不得放手。

邓文莹不敢让二哥知道自己的真实想法，咬了咬唇，只含含糊糊道："我在想，要是能用傅兰芽成就大事，大姐的中宫之位再也无人能撼动了，咱们永安侯府也会一日比一日更好，这都多亏了二哥惯会运筹帷幄。"

这傻丫头。邓安宜嘴角不易察觉地勾了勾，还真是他说什么她都信。

倘若除了这份信赖，她能将放在平煜身上的心思都转到他身上就好了。

想到平煜，他脸色变得难看起来，见邓文莹含着几分希冀的模样，心头火起，忍不住戳破她的心事道："你别以为二哥不知道你想什么。实话告诉你，就算傅兰芽做了药引，平煜顶多伤心一场，过两年，自会娶旁的女子，怎么也不会轮到你的。"

邓文莹胸口一堵，怒极反笑道："平煜是谁？我早就忘光了！二哥再这么胡乱揣摩人，我就再也不理你了。"

愤愤转过身，将后脑勺对着邓安宜。

少顷，红着脸，没好气道："那日在荆州，二哥想必也听到外祖母说了，母亲信至，说我三年姻缘劫已过，要重新在京城替我选一门亲事。咱们不在京城的这两个月，母亲已拟好了三家，不出今年，定会给我定下人家。我知道，这一回是怎么也躲不过去了。二哥若真心疼我，不如仔细打听打听那几个人的品行，也免得妹妹我嫁人后日子过得不顺遂。"

邓安宜眸中戾气暴涨，静了一瞬，却又笑了起来，道："知道了，二哥会将此事放在心上的。"

说罢，替她拢了拢被子，起身往外走。他于草莽中长大，阴差阳错之下，又不慎堕入魔教，几十年摸爬滚打下来，心思锤炼得比谁都阴毒。

在他过去的人生经验里，由来只有你争我夺，全无道义可言，但凡他看中的东西，从来都不容旁人觊觎。而这种种心爱之物里，自然也包括她。

不论是实实在在的倾慕，抑或只是独占欲在作怪，总而言之，他无论如何都不舍得她离开他身旁。她的姻缘，只能由他来决定，就像……五年前那样。

第
二
十
二
章　鲛
帕
误

　　平煜一路疾驰到了都尉府，在府前下了马。

　　门前，大哥的几名旧仆早已得了消息，见得他来，亲切地拥上前，笑
道："三公子。"

　　平煜唤其中一名老仆："赵伯。"笑着将缰绳递给他，大步往府内走，
口中道："大哥何时回的金陵？"

　　赵伯亦步亦趋跟在平煜身后，回道："晚上刚回，听得三公子来，一回
府便令人连夜去给三公子送信。"

　　平煜点点头，看来大哥果然有急事找他。

　　一路到了外书房，一进屋，平炼见平煜来了，从桌后起身，迎到门口。

　　"来了？"平炼上下打量弟弟一眼，见他黑瘦了些，人却精神，略放了
心，脸上微微露出一点笑意，"先坐下喝口茶再说。"

　　平煜奔了一路，眼下正是口干舌燥，也不在自家大哥面前客气，走到
一旁坐下，端起茶盅饮了一口，这才细细打量大哥，笑问："嫂嫂和阿宁
可好？"

　　平炼在一旁坐下，温声道："都好。就是眼下太晚了，阿宁已睡了。他
三月未见你，平日没少唠叨他三叔，若是知道你来了，定会吵着来找三
叔玩。"

　　平煜唇边顿时浮现一点笑意，想了想，从怀中掏出件物事。

打开，里头是一套金丝缠铜做的小人，每个小人手上持的兵器各不相同，且可从人偶手中取下，颇讨小儿欢心。平煜将小人递给赵伯，端茶笑道："给阿宁玩的。"赵伯呈给平烁。

平烁轻蹙眉头，道："家里就数你爱给他买这些东西，他又没个长进，玩个两日也就撂到一旁了，下次不必再一味地惯着他。他眼看便要启蒙了，焉能像从前那样只知玩耍。"话虽如此，仍慎重收入怀里。

平煜不以为然地扬了扬眉，道："许久未见阿宁，心里想得慌。这玩意不值钱，他素来喜欢这些小刀小剑，见了多半喜欢。他闲时留着玩，也不耽误什么。"

又问："大哥这么急找我，可有什么要紧的事？"

平烁挥手屏退赵伯，沉声道："想必你早知道了，坦布近日频频进犯西北，大同等要塞军务告急，兵部良轩等人接连上了几道折子，请求皇上尽速整顿军务，随时准备迎敌。皇上却日夜沉迷于炼丹，连奏折都懒得看，几道折子上去，最后都扣在了王令手里。"

他说着，脸上浮现一种深刻的忧虑："更有甚者，近日，张士懋等王令觉羽竟在朝中进言，说瓦剌猖狂，皇上正该效仿先帝御驾亲征，好起到震慑之势。此话听来何等荒唐，然而出奇的是，朝中竟有半数大臣附议。"

他眉头紧锁："如今皇上虽未松口，王令却已经开始暗中调动京城附近的军马，加上留守在京城的三大营的十几万大军，王令便能调集二十万军马和粮饷，届时皇上御驾亲征之事势必会提上日程。若皇上真在王令的怂恿下亲征，朝纲必将不稳。"

他越说越是担忧，再也坐不住，起了身，在屋中踱了两步，道："我早就觉得这个王令不对劲。要知道先皇曾以天子身份御驾亲征三次，所向披靡，不过短短几年，便将北元残部击溃。此后十余年，北元各部再也无力生事。

"其后瓦剌大汗坦布虽然收归了兀良哈及鞑靼，却因兵力不堪与我朝匹敌，虽在边境屡生滋扰，却始终未成气候。

"然而两年前王令得势后，仗着司礼监太监批红的权力，明里暗里给了坦布多少便宜。短短两年间，瓦剌便养得兵壮马肥，近一年更是拥兵自重，隐隐有大军压境之势。

"尤为不妙的是，先皇留下的五位辅佐大臣，自新皇登基后，早已死的死、丢官的丢官，连曾经如日中天的傅冰都已沦为阶下囚，新上来的张士懋等内阁大臣都由王令一手提拔。放眼望去，朝中早已被王令搅成了一盘散沙。照我看来，如今瓦剌之所以能率军压境，搅得朝纲不稳，王令实乃罪魁祸首！"

平煜见大哥短短一番话已将要害——剖析明白，抬头道："大哥，有几桩要紧的事需跟你商议。事关重大，无法在信上详述，只能当面告知大哥。"

便将这一路上发生的事拣关键之处说了。他知道大哥一贯见事明白，有些话一点就透，无须赘述。

平炼起初满脸震惊，听到最后，神色却转为凝重。

等平煜说完，平炼久久无言，良久，才难以置信地道："怪不得王令行事如此怪异，原来竟是蒙古异族……"

沉吟一番，皱眉道："你打算如何做？别忘了王令伺候皇上十余年，可以算得皇上心中第一人，绝非旁人可比。就算我等掌握了他是蒙古人的证据，一来证据极难送到皇上手中；二来，就算皇上看到证据，出于对王令的信赖，多半也只会认为我们有心污蔑。你可记得去年兵部死谏的那个于京？好不容易整理了王令贪赃枉法、构陷忠良的证据，还未进到前殿，便被王令污蔑为有心行刺皇上，活活给杖毙在殿外。"

平煜道："大哥，王令不只把控朝政，多年来还习练秘术。要对付他，寻常法子断断行不通。而且我总觉得，他如今权势滔天，却如此执着于坦儿珠，也许坦儿珠不只是传闻中能复活死人那么简单，否则他何必耗费如此多的人力物力。若我等能尽早勘破坦儿珠的秘密，说不定就能找到王令的软肋。"

"你是说……"平炼思忖着看向弟弟。

平煜起身，郑重道："如今我们需从两处着手。第一，需得想方设法拖延皇上亲征的日子；第二，需尽快将剩余坦儿珠搜罗齐全。只有双管齐下，方可力挽狂澜。"

兄弟俩商量至半夜，平煜见时辰不早，担心傅兰芽处有什么差池，便要告辞。

平炼却想起一事，目光复杂地望着弟弟，道："你先别急着走。傍晚时，陆晟的公子曾来找过我。"

平煜听得此话，眸光一冷，知道陆子谦多半为着傅兰芽而来，虽然脸上有些不自在，却并不主动开口，只静听下文。

平烁淡淡看他一眼，话锋一转道："听说傅冰的女儿不但饱读诗书，且姿容艳绝。你一路押送她到了金陵，一定没少跟她相处，此话在你看来，可是事实？"

平煜垂下眸子，"唔"了一声，算是承认。

平烁听弟弟毫无否认之意，暗吃一惊，盯着他看了半晌，存着几分试探之意道："听陆子谦说，他千里迢迢奔赴云南，本存着救傅小姐的心思，却因你百般阻拦，连句话都未能跟傅小姐说上。他走投无路，这才来找我说项。旁人的话我自然听听便罢。如今我只问你，他说的可是真的？"

平煜心底清楚，就算陆子谦不跑来煽风点火，他迟早也需给家人一个交代。听陆子谦颠来倒去不过这几句话，心底的不自在反倒消散不少，既不否认也不辩解，算作默认。

平烁见状，早已明白了七八分，知道三弟惯来极有主意，心中焦虑顿起。迟疑了一下，走到桌前，拿起一物。

忍着气看一眼弟弟，暂且将长篇大论压下，只将那东西递到平煜面前道："这是陆子谦托我转交给你之物。他说你对他和傅小姐之事或许有些误会，见到此物，不必他多说，自然就能明白他为何如此执着于救傅小姐了。"

平煜见是一封信笺样的物事，心知陆子谦绝对没存好意，本来压根儿懒得理会，可刚一接过，鼻端传来一缕若有似无的香，清甜幽暖，正是傅兰芽身上惯用的香。

他知道，在他的严防死守下，陆子谦这些时日根本没有机会接近傅兰芽，因而此物定是从前陆子谦从傅兰芽处所得。

他喉咙哽了一下，盯着那信封，只觉那里头仿佛长出引他探知的藤蔓，到底没忍住，打开一看，里头却是一方鲛帕。

展开，上面用娟秀的小篆誊着几行诗。

他一目十行看完，只觉字字诛心，脸色变得极为难看。盯着那帕子看了许久，忽然一把摔到桌上，强笑道："陆子谦其心可诛，为了诋毁傅兰芽，连这么下三烂的手段都使出来了，当真可笑可鄙！"

平烁惯来稳重，听得弟弟言语中对傅兰芽的维护之意，额角太阳穴隐隐跳了一下，刚要开口，突然想到另一个可能，顿了一下，继续试探他道："陆子谦打的什么主意我不管，我只问你，傅冰如今尚在诏狱中，傅小姐进京后免不了被罚没教坊司，等傅小姐沦为奴籍，你打算如何处置她？领回家做妾？你别忘了，傅冰虽跟我们西平侯府有隙，却曾是朝中股肱之臣，素有傲骨，且当年之事委实与傅小姐无关，你就算记恨傅冰，又何须用他女儿来折辱他？"

平煜心中正自万分煎熬，听得大哥这么说，不及细想哥哥话里的深意，诧异地蹙了蹙眉道："我从未想过要纳傅小姐做妾，她也断不会给人做妾。"

平烁错愕得忘了接话。

平煜见话已说到了这个分上，索性起身，隐含着一丝愧意，却又格外郑重道："大哥，这一路上我跟傅小姐同行，对她为人品行再清楚不过。她心性坚韧，豁达聪慧，我——"声音低了一下，"倾之慕之。进京路上，她已然受了很多委屈；进京之后，我不想再让她被人指摘。不论能否成功扳倒王令，一等进京，我便会想方设法打点她的身份，好光明正大娶她进门。"

平烁怒道："胡闹！亲事岂能如此草率？此事你可禀报过父母？你可想过父母会作何感想？"

越说越气，负手在屋中踱了踱步，厉目望向平煜："当年之事，因朝堂上各有立场，算不得谁对谁错，我也从不主张报复傅冰。但你可别忘了，宣府三年，父亲双膝留下顽疾，饱受病痛折磨。母亲更是因被罚为罪奴，日夜替人做活。试问经此一遭，父母就算再豁达大度，又怎能毫无芥蒂接纳傅小姐？"

平煜虽早有准备，然而听到大哥这番话，仍如同鼻根被人打了一拳，闷胀得半晌说不出话来。良久，压着胸膛里翻滚的涩意，艰难道："大哥教训的是，此事我做得的确不妥当。进京后，我会向二老请罪，但——要我放弃傅小姐，恕我办不到。"

平烁定定地望着弟弟，见他满脸惭色立在跟前，但目光黑沉坚毅，显见得已打定了主意。

想起这些年来，弟弟性情虽倔强，却处处顾全西平侯府，从不曾任性妄为。

唯独这一回，为了那位傅小姐，却是摆明了要忤逆父母了。

他喉咙里的话被弟弟的态度悉数堵了回去，想斥他几句，但想到弟弟这些年的不易，心又软了下来。

他焦灼地走到窗边，望着窗外。几乎可以预见，这消息传回京城后，会在家中掀起怎样的轩然大波。

要知道家中三个嫡子，唯独弟弟的亲事尚未定下。就在不久前，母亲还在暗中相看京城里那几位大家闺秀。要是知道弟弟不过出京办一趟差，一回家便要娶傅冰的女儿做妻子，想想就知父母会是怎样的反应。

他虽不赞同弟弟因傅冰迁怒傅小姐，却也不希望为了一个傅小姐闹得家中不宁。

想再劝弟弟几句，却知道弟弟虽年轻，却并非心血来潮之人，之所以做出这个决定，必定早已经过深思熟虑，断不可能因他的一两句话便打消念头。

届时，若是二老不肯点头，弟弟也不肯退让，两下里僵住，该如何是好？

正自举棋不定，忽然想起方才陆子谦托他转交给弟弟的物事，心中泛过一丝狐疑，回身望向平煜道："陆子谦说来也是名门之子，既千里迢迢跟着傅小姐到了金陵，想来必定珍之重之，又怎会做出诋毁傅小姐清誉之事？我不想无端揣测傅小姐的品行，但你可想明白了，傅小姐如今身逢大难，为了自救，难免——"

平煜勃然大怒，一瞬间，连杀了陆子谦的心都有，好不容易压住怒火，冷笑道："陆子谦若有德行可言，怎会在傅冰下狱之前借故退亲，弃傅小姐于不顾？这等背信弃义的小人，说出来的话岂能相信？我押送傅小姐进京，她的为人品行，我再清楚不过了。这一路上，她处境何等艰难，却从不曾有过半点言行不当的地方，以往在闺中时，就更不可能有逾矩之举了。"

又看向平烁："大哥，陆子谦居心叵测，名义上是奔着傅兰芽而来，谁知是不是也参与了坦儿珠之事。他如今为了想办法接近药引，自然是无所不用其极。"

平烁见平煜的态度铜墙铁壁般不可撼动，怫然转身，含着怒意道："大哥并非要指摘傅小姐的品性，只是婚姻大事需得慎之又慎，不能草率，更不能由着性子胡来。你且想清楚了，父母处，你打算如何交代？若是他们不肯点头，你该如何安置傅小姐？"

平煜怔了一下，从这番话里，渐渐琢磨出了松动之意。意外之余，微微松了口气，也知道不能一蹴而就，只道："大哥，三弟这些年从未在二老面前求过什么，唯独这一回，恕三弟不能退让。除了傅小姐，我谁也不会娶。届时，若二老因此事伤心动怒，弟弟甘愿领平家家法，只求大哥帮着三弟在父母面前转圜一二。"

"你!"平烁回身,怒目瞪着平煜。

两个人对视片刻,在弟弟洞若观火的目光中,平烁到底退了一步,冷声道:"时辰不早了,那边宅子里不太平,你好不容易夺取了一块坦儿珠,为免东厂的人前去滋扰,你最好早些回去。有什么话,改日再说。"

平煜不动声色地松了口气,应了一声,道:"那我先走了。"

傅兰芽自平煜被仆人叫走后,便一直在揣摩府外出了什么急事。

唯恐又有人作乱,先还有些忐忑,可等了一晌,府内府外都风平浪静,悬着的心又落了下来。

难得有闲暇,她便令林嬷嬷挑亮灯芯,细细看那幅平煜买的金陵风物图。

因许久未接触这等活灵活现的图画,这一看下去便上了瘾,只觉画中每一处景致都令人向往,街头小人更是跃然纸上。她一寸寸细看,反复品咂,怎么也舍不得睡去。

林嬷嬷催了傅兰芽几回,见小姐专注得浑然忘了一切,想起自小姐被押解上路,便再无机会接触这些画啊诗的,难得如此尽兴,催了一会儿,也就不催了。

一直看到后半夜,傅兰芽觉得眼睛有些发涩,揉了揉眼,抬头一望,见窗外夜色如墨,林嬷嬷已和衣歪在榻上打起了盹。

太晚了,再不睡身子可吃不消。她不敢再任性,起了身,唤醒林嬷嬷,预备去净房沐浴。

谁知衣裳刚脱到一半,后窗便传来响动,主仆二人吓得动作一顿,手忙脚乱重新将衣裳穿上。

推开门悄悄往外看一眼,就见平煜立在窗旁,脸色沉得仿佛要下雨。

傅兰芽没想到平煜会忙到这么晚,刚要唤他,平煜却已径直走到榻前。

这时,连傅兰芽都已经看出平煜心情不佳了,只当他为了刚才府外发生的事在烦闷。可念头刚一起,又隐约觉得不对,自从二人彼此明白了心意,平煜就算外面再忙,过来找她时,也从不曾在她面前摆过脸色,今夜这是怎么了?

"平大人。"她若有所思地看了他一会儿,含着笑意开口道。

平煜"嗯"了一声,并不看她,将绣春刀解下丢到一边,便欲歇下。来时路上,他已经告诉过自己无数遍,陆子谦说的话通通是放屁,但只要一想起怀中的那方鲛帕，他就无法泰然面对傅兰芽。

他不是不知道傅兰芽跟陆子谦定亲数年，两家关系极为热络。傅延庆跟陆子谦不但是同窗，交情也颇深厚，连一本南星派的阵法书，都曾在一处研读过。

一桩桩一件件，每一件事都告诉他，陆子谦这个名字不可能没在傅兰芽心底落下过痕迹，而且若不是阴差阳错，也许就在今年，傅兰芽便会顺理成章地成为陆子谦的妻子。

因此他虽明知那帕子极有可能是陆子谦伪造的，但只要一想到上面缠绵的诗句有可能是傅兰芽写给陆子谦的，他心里便如翻江倒海一般，怎么也无法淡然处之。

其实来时路上，他已问过自己许多遍，若是傅兰芽曾经心系陆子谦，他该如何自处。他纠结了一路，最后得出的答案是：认了吧，反正都是过去的事了。但大哥的话却仿佛一根刺一般深深扎在他心底，怎么也无法拔去。

是啊，如果傅兰芽之所以愿意跟他在一起，只是为了改善目前的处境，她心中另有他人，对他全无情意，一切都只是权宜之计，他又情何以堪？

想到此处，他回头，目光复杂地望着她。

她穿件烟霭色薄衫，乌发松松，眼波清亮，整个人如白茉莉般娇俏可人。

这皮相让他着迷，她的一颦一笑更是无时无刻不在牵引着他的心。

可他心里清楚，她看着娴静知礼，骨子里却一点也不循规蹈矩。

初次见到她时，她正在处死周总管，下起手来毫不拖泥带水。上了路后，又曾在他眼皮子底下藏过好几回东西，撒起谎来眼睛都不眨。

换言之，她步步为营，颇有手腕，还是个小骗子，可他明知如此，仍一步步深陷其中，根本无力自拔。以至于到了眼下，想从她嘴里听句真心话都办不到。

心口好像有团火哽住，不上不下，让他片刻不得宁静。

终于，在她疑惑的目光中，他沉着脸对林嬷嬷道："我有话要问你们小姐，你出去一下。"

他无法再继续自欺欺人，她对他到底是真心还是假意，他现在就想知道。

听得他开口，主仆二人都是一怔。

林嬷嬷飞快看了傅兰芽一眼，心里直打鼓，少顷，干巴巴笑了起来："平大人，都这么晚了——"

话未说完，平煜便朝她看来，目光里仿佛有万丈寒气。她顿时想起上回平煜用绣春刀指着她时的模样，腿一软，不敢再挑战他的耐性，眼巴巴地望了望小姐，最后磨磨蹭蹭地走了。

傅兰芽心里越发惊讶，不知平煜深更半夜发什么疯，见林嬷嬷走了，瞥他一眼，闷声道："你这是要做什么？"

傅兰芽开口后，平煜并没有接话。很长一段时间，屋子里静得只能听见彼此的呼吸声。

傅兰芽生出一种错觉，平煜是打算在屋子里跟她整夜杵着了。

可是她也知道，他突然变得这么反常，必有原因。所以她耐着性子，静静等着他开口。

可是，足足等了半盏茶的工夫，他依然只顾凝眉看着她，久久不肯说话。

终于，她耐性告罄，不满地看他一眼，自顾自往榻旁走去，打算先坐下，再洗耳恭听。

不料她刚走到他身旁，他忽然伸出胳膊，拦住了她的去路。

她吓了一跳，抬头瞪向他，觉得他今夜简直不可理喻。

"做什么？"

平煜毫不退让，低头望着她道："我有话要问你。"

傅兰芽瞥他一眼，静候下文。

可是，平煜在说完那句话后，依然沉默。仿佛要说的话艰难得无从开口似的。

她既诧异，又含着几分恼意，轻嗔道："你到底要问什么？"

她现在已经非常确定他今夜的古怪是因自己而起了。

平煜见傅兰芽发怒，不自觉蹙了蹙眉。他并非故意刁难她，更没存心拖延时间，确切地说，他是真不知道如何开口。

他想确定她的心意，可他也怕自己问话时掌握不好火候，惹她伤心。

有那么一瞬间，他甚至想放弃。

可那个问题始终如鱼刺一般鲠在他喉咙里。

无论如何，就在今夜，他想听到她真实的想法。

傅兰芽恼怒地望着他，在他黑亮如宝石的眸子里，她清晰地看见了自己的倒影。他的表情，分明透着烦郁和焦灼。

她不明白，这一路上，不论他遇到什么艰难的处境，从不曾见他如此煎熬和举棋不定。到底什么话，会叫他如此难以开口？

又等了许久，依然没等来这家伙的所谓问题。

她再也站不住了，打算绕过他，坐到榻上去。

可是，刚一走到他身侧，一缕熟悉又浓郁的味道猝不及防钻到鼻尖。

她万分诧异。这香味独一无二，是她几年前无意中在哥哥书房中翻到一本前朝调香书后，在原有的方子的基础上，根据自己的喜好添减了几味后调制出来的。

几年下来，从未见旁人用过。

除了平日熏香，她还用这香制了胰子。

让她不解的是，从这香味的浓度来看，平煜身上的物事似是被用了十倍以上的分量，用香之人似是唯恐旁人发现不了这味道似的。

此事当真古怪。

平煜在一旁静静地望着她。

在她刚才突然停步，又若有所思地做出闻嗅状时，他便知道要糟。

电光石火间，他明白了陆子谦此举的深意。

原来陆子谦的目的根本不在于用帕子挑拨他对傅兰芽的信任，而是吃准了他会因此事吃醋，继而做出不智之举，使得傅兰芽心寒。

不论他回来后问不问她帕子的事，只要在他心底种下了猜疑的种子，或是让她发现了蛛丝马迹，陆子谦的离间便成功达到了目的。

眼见她皱眉陷入思量，他进退两难，背上渗出一层冷汗。

其实早在来时路上，他便已下定了决心：过去的事已经成为过去，不管那帕子是什么来历，他都不打算在她面前吐露此事。

他唯一想确定的，仅仅只是她对他的心意而已。

可是百密一疏，他竟忘了这香味出奇浓郁，既能第一时间勾起他的好奇心，自然也逃不过她的鼻子。

眼见她又朝他走近两步，他背上的汗又多了一层。

傅兰芽这时似乎想通了关窍，纳闷道："你身上藏着什么？"

好端端的，平煜身上不会出现这么独特的香味，其中定有古怪。

她想了一晌，好不容易想起在京中时，陆子谦的妹妹陆如玉常到她家中来玩。

闻到她身上香味后，陆如玉曾问过她一回这香怎么调制。

记得她当时抄了方子给陆如玉，又借了那本前朝古籍给她回去翻阅。

倘若这世上还有人能调出一样的香味，除了陆家的人，再无旁人了。

可是陆家除了一个陆子谦，眼下并无人在江南，究竟谁会用这香味制出如此浓郁之物，又是怎么跑到了平煜的身上？

此事太过匪夷所思，她思忖了一会儿，抬眸一望，却见平煜正望着她，脸上有些不自在。

他明明听到了她的问题，却避而不答，见她抬眼望他，淡淡道："时辰不早了，早些歇息吧。"

傅兰芽越发奇怪，见他转身欲走，出于本能抬步欲追，不料不小心踩到了裙角，整个人直直地往前栽去。

平煜听到动静，忙回身扶她，傅兰芽便整个人扑到了他的怀中。

傅兰芽只觉那香味扑鼻而来，仓皇中一抬眼，瞥见他前襟露出某样物事的一角。

她一讶，顾不上害臊，不动声色地探向他怀中，想悄悄将那东西拿出来，可平煜动作却快如闪电，不等她的手靠近，便将那东西重新塞回前襟里。

她大窘，等在他怀中立定，忙往后退了一步，跟他拉开距离。懊恼地咬了咬唇："你怀中究竟藏着何物？"

见平煜拒不回答，她皱眉，继续道："那东西上的香味出自我手。这几年，除了我哥哥和一位闺中旧识外，无人知道那香味如何调制，你身上为何会藏着此物？"

平煜面色变幻莫测，心中说不出的后悔，要不是怕她越发胡思乱想，简直恨不得落荒而逃。

他一时间骑虎难下，思量了一番，目光定了定。既然陆子谦的目的是为了让他们彼此猜疑，他偏不让其如愿。事到如今，最好的法子就是如实相告。

他从怀中取出那方鲛帕，面色复杂地看着她道："今日傍晚，陆子谦去找我大哥，托他将此物转给我。"

傅兰芽目光落在他手上的物事，等看清是一方鲛帕，眼睛微微睁大，忙接到手中细看。

若没看错，帕子上的诗句正是几年前她在闺中闲来无事时题的。

平煜刚才说，这帕子是陆子谦转交给他的，难道当年竟被陆子谦给捡去？

她脸色骤然变得难看起来，惊怒交加道："陆子谦说这帕子是我赠予他的？"

平煜心中懊悔不已，忙强辩道："陆子谦说的话我全当放屁，我只是——"

傅兰芽却已经想通了这当中的种种，一瞬间，只觉羞恼至极，不敢置信地抬眸看向平煜，逼问他道："那你今晚要问我什么？莫非平大人已经认定我是那等朝秦暮楚之人，打算连夜拷问我？"

平煜见她眼圈红了起来，心中一痛，咬牙道："你胡说什么，我根本未怀疑过——"

傅兰芽却已经举起那帕子，冷笑道："既未怀疑过，为何不索性将这帕子丢了，还要珍而重之藏在怀里？"

不等平煜答话，重新瞥向那帕子上的诗句，一字一顿道："夕殿下珠帘，流萤飞复息。长夜缝罗衣，思君此何极。"

怒极反笑道："是了，想来平大人是见这帕子上的诗有失端庄，怀疑这诗句是我写给陆姓小人的……可是平大人不知道，我父亲自小将我当作男儿教养，五岁时便令我跟哥哥一道启蒙读书，十年下来，六艺、诸子、兵书、数术，乃至诗赋，通通有所涉猎，其中不乏不甚端庄的诗词。当时我在闺中，不知誊写了多少佳妙的诗句，帕子上的这首，又算得什么？"

她语气越来越重，说到最后，逼近他几步，冷笑道："另外，不妨告诉平大人，种种学问中，我唯独《女训》《女诫》未读过，否则早在平大人第一回搜我的身时，我就该羞得用一根绳子吊死了！"

她又委屈又愤怒，不想让平煜看见自己失态，迅速撇过头，往一旁走去。

平煜见她落泪，一时间懊丧得无以复加，伸臂拦住她的去路道："当日之事，通通都是我的错，我任你打任你罚，只要你能出气就好。陆子谦的事，我也并非存心惹你伤心，只怪我被妒意冲昏了头脑，可是——"

他顿了顿，艰难地开口道："我对你的心意，你早已清楚。事到如今，我只想问个明白，你对我到底……"

傅兰芽听得他声音嘶哑，心头微震，泪眼婆娑地看向他。

她甚少在人前流泪，可是在他面前，却屡屡情绪失控。

进京路上，不知横生了多少波折，若不是他一路相护，她焉能像现在这般毫发无损，说不定早已落入王令等人的手中，纵算性命得保，多半也是生不如死。

不知何时起，她对他除了信赖之外，更有了一份牵挂和说不清道不明的崇慕。

她原以为，在经历了这么多事之后，两人对彼此的心意早已再明白不过，根本无须多言。谁知他竟仍在疑心她。

听了这话，她错愕之余，又添一分委屈，眼泪直如断线珠子一般，止也止不住，哽声道："你以为我跟你在一起是为了什么？难道在你心中，我便这般不知廉耻、不择手段？"

犹如一道光闪过夜空，平煜心底每一个角落都被照亮。

他仿佛被人狠狠扇了一个耳光，面色青一阵红一阵，说不出地狼狈，再顾不得什么了，一把将她揽到怀中，急声道："对不住。"

然而不等他将她搂紧，她便在他怀中拼命挣扎起来。

她的气息又重又急，动作前所未有地激烈，显见得除了难过之外，还出奇地愤怒。

她一路上积聚的情绪因着这一遭全数爆发出来，他面色黯淡，咬牙僵立在原地，心里火烧般的灼痛，一言不发，任她宣泄。

许是力气有限，她挣了一晌，忽然停了下来。

平煜只当她态度有了转机，心中大喜，低下头，捧着她的脸，喉结滚动，歉然道："我错了。"

她沉默如前，喘着气，一瞬不瞬地瞪着他，一双如墨的眸子里仿佛燃起了烈焰，直燃到他心底。

他跟她对视片刻，一颗心似乎被这目光烧出个巨大的窟窿，顷刻间空荡得厉害。

他前所未有地惶然起来，脑中思绪仿佛冻住了一般，除了替她拭泪，竟再也想不出旁的安抚她的法子。

可越拭，她的泪流得越急，而她眸中的恼怒和排斥分明未有半分消退。

在他的手指不慎碰到她嘴唇时，她忽然眸光一炽，猝不及防地，一口咬住他的手指。

钻心的锐痛刹那间沿着手指直达心脉，痛得他眉头一皱。

他毫无闪躲的打算，定定地望着她，任她咬。

指节的痛越发清晰剧烈，她仿佛总算为愤怒找到了一个突破口，恨不得倾尽全力。

除了皮肉的疼痛外，他甚至可以听到从她牙缝中传来的咬啮骨节的声响。

可是……倘若这样能让她消气，就算被咬断又如何。

"对不住。"他再次重复，语气苦涩，"我不该怀疑你，可是我想要的，不过是你一句真心话而已。"

她怔了一下，牙上的力度随之一松，可紧接着，咬得越发用力。他认命地闭上了眼睛，就在他以为她真会将他手指咬成两截时，她却猛地松开了口。

随即她喘着气瞪向他道："平大人，在你心里，我本是个全无心肝之人，你又何必多此一举来确认我的心意?"

他胸口仿佛被什么重重的东西压住，无声地张了张嘴，却什么都没说出来。

到了这般田地，两个人话已说尽。

她跟他一样，至情至性，既已付出一片真心，便容不得半点怀疑。

屋子里除了她低低的喘息声，再听不到半点动静，寂静憋闷得让人心凉。

良久，一种害怕失去的恐慌感攫住了他的心，他喉结动了动，从未像此刻这般渴望跟她亲近。

走投无路之下，他只得再次将她紧紧搂在怀里，低头去寻她的唇。

可他刚一碰到她的唇瓣，一阵痛楚传来，他满腔绮念瞬间被浇熄，忙松开她，退开两步，狼狈地伸指往唇上探去。所幸这次不知是松手得及时，还是她太过急怒失了准头，未能一口咬破。

平煜自知理亏，无端怀疑她在先，唐突她在后，再无脸面对她，转过头便往外走。

傅兰芽滞了一瞬，一颗心难过得仿佛被死死绞住一般，每呼吸一下，胸口便是一阵钝痛。

谁知平煜刚走两步，蓦地转过身，大步走到她跟前，不顾她的挣扎，将她拥到怀里，低头看着她，哑声道："进京之后，我会打点好一切。傅兰芽，你可愿嫁我为妻?"

傅兰芽错愕得忘了挣扎，跟他怔怔地对视片刻。他眸光异常明亮，灼灼的，神情却前所未有地郑重。

猝不及防地，她的眼泪夺眶而出，而且这一回，比方才来得更加汹涌。

平煜心中仿佛有重锤在猛击，呼吸都变得有些小心翼翼，一字一顿重复道："傅兰芽，我倾慕你已久，不知你可愿意嫁我为妻？"

傅兰芽喉头骤然哽住，想要再次看清他的神情，滂沱的泪水却迷糊了她的视线。

然而他的毅然和坚定，通过他贴着自己脸颊的掌心的温度，实实在在烙印到了她的心上。

怒意如潮水般退去，内心瞬间同时被酸甜苦辣所充盈，她泣不成声地望着他，许久之后，才含含糊糊道："你……"

他盯着她因着泪水冲刷而显得越发澄净的眸子，心中酸涩莫名，低叹一声，低下头，吻上了她的唇。

吻上的一瞬间，他脑中一空，情不自禁闭上眼。

她的泪咸咸的，带着几分涩重的滋味，一如他此时的心。

渐渐地，他尝到了她甜润如蜜的味道，呼吸变得粗重起来。

她被这炽热缠绵所湮没，身子情不自禁轻轻发颤，只暗恨着低声说了句什么，闭上眼，任睫毛上积蓄的晶莹泪珠沿着腮边滚滚而落。

他察觉到她的抗拒和挣扎有了软化的迹象，身子仿佛腾地一下着了火，再也无法自持，越发得寸进尺，撬开她的唇齿，绕住她的舌尖，恨不得索取她的每一个角落。

第二十三章 明心迹

　　傅兰芽被平煜紧箍在怀中，被动承受他的索求。

　　他的呼吸灼烫，臂弯坚实有力，全身上下散发着一股带有侵略意味的陌生气息，叫人心慌意乱。

　　他的动作起初很生疏，一番锲而不舍的探索后，仿佛终于开了窍，逐渐开始得寸进尺地在她唇舌间施展稚嫩的技巧，渐至得趣。

　　傅兰芽被他缠磨得无法，不得不在被他如吃蜜般含吮的同时，想办法照顾自己的呼吸，免得时时处于窒息的边缘。

　　其实她心底还有些怨怼，可是她不得不承认，在这让人窒息的亲密中，她的羞意竟远远大过排斥。

　　在他沉醉的同时，她也渐渐迷乱。

　　平煜察觉到傅兰芽的投入，怜惜又欣喜，吻得越发忘神。

　　可是，身体突如其来地起了变化。他惊得汗毛一竖，忙在傅兰芽发现不对之前，猝然松开了她。

　　她被他吻得浑身没有力气，脑子更是昏沉得无法思考。被他突兀地拉开距离后，她喘着气望着他，恨意重又涌上心头，一把拉过他的胳膊，狠狠咬了下去。

　　平煜吃痛，微吃一惊，等意识到她在做什么后，默默忍痛任她咬。

　　她到底舍不得太用力，见他老老实实任她咬，顿觉无趣，愤然放开他，转身欲走，眼圈却红着。

平煜怎舍得她走，将她揽回怀里，将袖子撸起，低头一看，见胳膊上一排精致小巧的牙印，抬眸望向她，苦笑道："可出了气了？"

傅兰芽只是不理。

平煜微涩地叹了口气，放下袖子，伸指替她拭泪。她的皮肤白润如凝脂，他的动作不自觉透着小心。少顷，将她搂在怀中，哄道："嫁给我可好？"

傅兰芽腮边挂着泪，眼睛仍固执地看着一旁，许久之后，嘟了嘟嘴，并不松口，只嗔道："且看你日后如何。"

平煜听出这话里百转千回的滋味，望着她芙蓉般的侧脸，说不出是满足抑或是怜爱。

突然，门外传来一声轻咳声，却是林嬷嬷。

两人都是一凛，这才意识到林嬷嬷在外头已待了许久了。

平煜打开门，果然是满脸惶然之色的林嬷嬷。

平煜从未觉得林嬷嬷如此顺眼，语气都和缓了许多，道："进来吧。"

林嬷嬷正不知平煜将小姐拘在房中这么久做什么，唯恐他对小姐不利，心里正是七上八下。

进来后，抬头一看，就见小姐好端端站在屋中，脸上有些泪痕。

她一惊，忙疾走几步到了跟前，却发现小姐脸色平静，并不像受了委屈的模样。

她琢磨过味来。看起来，平大人跟小姐的确是吵了架，可结果却是两相欢喜，光看平大人的态度就知道了，跟先前当真是天壤之别。想到此处，不由得心头一松。

闹了这一晌，时辰实在不早了，傅兰芽瞥了瞥平煜，对林嬷嬷道："嬷嬷，咱们歇下吧。"

平煜来时，她本来正要沐浴，可眼下时辰不早，又不可能为了沐浴将平煜撵出去，索性先歇下，明早再沐浴更衣。

平煜也知她困乏已极，眼睁睁看着她走到榻旁，想到她要歇下，顿时心猿意马起来，忙撇过头，目不斜视地走到榻旁，望着窗外。

傅兰芽在床边坐下，看一眼他挺直的背影，脸微微一热，用最快的速度脱了鞋，回到帐中，躺下。

平煜听得身后动静，知道她二人已歇下。屈起一指，将桌上灯熄了，躺到榻上。

因此时心境大有不同，胸襟中自有一种拨云见日的明朗，竟久不能寐。

傅兰芽在帐中，想起方才情形，也是一时甜蜜，一时委屈，辗转反侧，直到天蒙蒙亮时，方合了眼。

因起得比平日晚，等平煜掩人耳目地从傅兰芽院落中出来后，冷不防在府中花园旁遇到了秦勇。

她正跟洪震霆、秦晏殊等人往府外走，面色庄重，似是有什么要事。

平煜因着傅兰芽的心结解开，心情前所未有地畅快，对诸人一拱手，笑了笑道："洪掌门、秦当家、李少庄主。"自动忽略了秦晏殊。

"平大人。"秦勇上下打量一眼平煜，见他一身绢袍玉扣，贵气逼人，分明是出府见客的装扮。

她并不知昨夜平煜回府后便径直去了傅兰芽处，所以未得空换衣裳，只纳闷地想，难不成他一大早便要出门访客？

这么想着，往平煜身后看了看，又觉不对，平煜明明住在正院，为何刚才是从偏院方向走来？

正自疑惑，已走到平煜近旁。恰在此时，晨风拂过他淡青色的衣袍一角，送来一阵清馨的香味。

秦勇的记忆力本就绝佳，这香味又颇独特，只觉说不出的熟悉。思索了一番，想起前几日在树林跟傅兰芽打招呼时，曾在傅兰芽身上闻到。

她心绪顿时乱了起来，惊疑不定地想，也不知怎样激烈的身体纠缠，才能在身上沾染这么浓郁的香。

这么想着，笑容便黯淡了下来。正自发怔，忽然发现旁边李由俭正若有所思地望着她，一凛，忙收敛心神，强笑道："平大人，有一事正要跟你提起。近日金陵即将举行江南一年一度的武林大会，本地极有声望的万梅山庄的文庄主今日一早送了拜帖来，邀我等前往赴会。"

万梅山庄？平煜接过秦勇递来的帖子，皱眉道："这江南地区的武林大会跟中原地区的武林大会，有什么区别？"

洪震霆笑道："自是以中原地区的武林大会为尊。只是，这位万梅山庄的文庄主师从太极闻天师，武艺高强，为人又义薄云天，在江南一带颇有名望。江南地区的名门正派在其号召下，每年都齐心协力共同操办武林大会，声势便逐年壮大，渐至独树一帜。听得我等到了金陵，文庄主便发帖子邀我等前往。"

平煜微微一笑，将帖子还给秦勇，道："此乃武林盛事，各位随意便是。不过，若有机会，可否容我一同前往观摩？"

"那是自然。"众人忙道。

又道："我等接了帖子，约了时辰，这便要前去跟文庄主一会。"

平煜点点头，笑道："诸位不必拘束，请自便。"

说完，一拱手，自往正院去了。

一回房，沐浴更衣，点了火折，二话不说将那方帕子点上。

眼见帕子燃为灰烬，这才召了李珉等人过来，抿了口茶，淡淡道："去打听打听万梅山庄的底细。"

这时李攸过来寻他，一进门，听得此话，扬眉道："后日江南地区的武林大会，你去还是不去？"

平煜见眼下无事，正打算到街上给傅兰芽置办些厚实些的衣裳，免得进京途中天气渐凉，她身子受不住。便道："等打听清楚这几大门派的底细，再决定去不去吧。"

说罢，心如同插了翅膀似的，恨不能早些办完事去找傅兰芽，二话不说便往外走，道："我出去一趟。等我回来，你若还在府中，咱们再议。"

平煜出府前，特找来府中老仆，打听金陵城中有名的衣裳铺子。

在听说最负盛名的衣裳铺子位于宝荣街时，便领着那老仆出了府，径直往宝荣街而去。

到了霓裳斋门前，主仆二人下马，早有店中伙计得了消息，迎了出来。

那伙计在铺子里浸淫数年，没少跟金陵城中有头有脸的人物接触，早练就一双火眼金睛，一见平煜的品貌和气度，心中便有了底。

一路上到二楼，平煜若无其事就了座，令伙计将女子的衣裳和布料呈上。

伙计笑眯眯应了一声，心知来了贵客，只管将店里最上等的货色捧来，任平煜挑拣。

平煜在遇到傅兰芽前，从未琢磨过女子的妆容打扮，家中又只有两个哥哥，因而给傅兰芽挑衣裳时，毫无经验，只凭直觉。

所幸的是，他自小没少目睹母亲及跟西平侯府往来女眷的穿着装扮，算得耳濡目染，到了眼下，多多少少有个参照。

等东西呈上来，估摸了傅兰芽的尺寸，看哪件衣裳顺眼就挑哪件，不过半盏茶工夫，就给傅兰芽添置了好些夹棉裙裳。

那伙计见平煜爽快，灵机一动，又捧出一件织锦镶毛银鼠皮披风，笑道："眼见已入了秋，越往后天气越凉。这件银鼠皮的毛色贵重，难得一见，即便是鄙店，一年也才得两三件。这件今日刚到店中，若是公子晚来一步，定被旁的客人给买走了。公子既给夫人置办御寒之物，不如将这件银鼠皮披风一道买下，准保讨夫人欢心。"

平煜听得"夫人"二字，耳根蓦地一烫，余光瞥瞥老仆，见老仆早已颇为识相地低下了头，局促感这才稍有缓解。

往那件银鼠皮披风一看，见毛皮油光水滑，一无杂色，倒的确是件好东西，可惜上头缀的织锦是妃色，傅兰芽虽压得住，却难免有些打眼。

顾及她如今的罪眷身份，平煜淡笑道："东西尚可，只不知这上头的织锦可否换成素净点的颜色？"

伙计忙道："自然可以。说起来再简单不过，公子眼下便可挑选中意的织锦，交由敝店改动，三日左右便可做好。"

平煜点点头，摸了摸下巴，仔细挑了块不起眼的茶白色料子，吩咐道："做好后，我会派人来取。"

说着，令伙计将先前选好的衣裳收拢，交由老仆捧着，下楼而去。

走到一半，忽然想起一事，又回转，对老仆道："你让那伙计另选些老妪穿的御寒衣物来。"

等伙计应声而来，却并不过目，只负手望着窗外，由老仆挑拣。

等将傅兰芽主仆二人的衣裳都置办好，平煜片刻不停留，匆匆下了楼。

到了门前，平煜不动声色朝左右一顾，忽觉对面茶楼似乎有一道灼灼目光落在自己身上，眉头一皱，抬目看去。

就见有人正在二楼凭栏饮茶，一只纤长白皙的手握着茶盅，意态悠闲，可惜半边身子隐没在窗扇后，叫人无从窥见其相貌。

平煜眸子起了一丝微澜，目光下移，落在茶楼门前的坐骑上，注目片刻，这才收回目光。

等平煜的身影消失在街尾，窗旁那人将窗户推开，勾起唇角道："这人就是指挥使平煜？"

说话之人年约四十，艳若桃李，眸光水润。冷眼一看，是一位如假包换的美妇人，可惜说话时的嗓音低沉粗哑，跟寻常男子无异，旁人听了，很难将这嗓音跟他艳媚的相貌联系在一起。

旁边一名十八九岁的绿裳女子望着平煜消失的方向，转过头，对那位雌雄难辨的男子点点头，道："是，教主。昨夜红棠就是死在他宅子外头。可恨的是，此人封锁消息是一把好手，一直到今儿早上，咱们才得知红棠已遭了不测。"

那男子极有兴趣地挑了挑眉，拈了块点心放进嘴里，慢条斯理地品尝。

未几，风情万种地用帕子拭了拭嘴，阴恻恻一笑道："看来此人不光有一副好皮囊，更有几分真本事。也罢，今年咱们除了万梅山庄的武林大会，还有旁的事可以忙上一阵了，务必好好款待款待这位贵客。"

傅兰芽昨夜少眠，今日一直睡到晌午，都还懒洋洋地赖在榻上，不肯起来。

她为着母亲之事，本就存了极重的心思，近些时日，时常夜半惊醒，甚少有一觉到天亮的时候。

昨夜心绪又大起大落，更是疲乏无比，禁不住林嬷嬷的劝说，睡到晌午时，勉强起来，沐浴换了衣裳。

一等用完膳，又借着午憩的名义，回榻歇息，直睡到了日暮时分方起床。

起来时，斜阳透过窗棂洒在地上，泛着金灿灿的流光，屋子里有着黄昏特有的静谧安详。

门外似乎有人喁喁低语。

傅兰芽坐在榻旁发了一晌呆，这才意识到林嬷嬷不在屋中，微讶，转头四处找寻，扬声道："嬷嬷。"

便听门外有人应声道："来了。"

下一刻，林嬷嬷进了屋，见傅兰芽果然醒了，便进屋朝床边走来。

傅兰芽松了口气，顾不上打听外头是谁，低下头，自顾自将中衣穿好。正要再系罗裙，谁知林嬷嬷见状，忙从榻架上将外裳取下，替她披好，道："天气越发凉了，快些穿上衣裳，别着了凉。"

林嬷嬷又悄声道："平大人来了，在外头呢。"

傅兰芽想起昨夜情景，心头鹿撞。

等穿好衣裳，到桌前梳头时，傅兰芽不经意间发现榻上放了两个包袱。一个已经打开，里头是一叠整整齐齐的簇新衣裳。另一个，虽看不见内里，

133

但从包袱的形状来看，多半也是衣物之类。

林嬷嬷见傅兰芽面露诧色，微笑道："小姐睡觉时，那位刘总管送来了好些新做的夹棉衣裳。嬷嬷看了，料子轻软，里头夹棉却厚实，便是在京城，针脚也是数一数二的。这下好了，等离开金陵北上时，不必再担心秋裳太薄了。"

说话时，已手脚麻利地替傅兰芽绾好髻，快步走到榻前，打开另一个包袱。

"小姐你瞧，连嬷嬷都有。这一路上，嬷嬷可是除了当初穆王世子妃赠的那几套衣裳，再没旁的换洗了。如今嬷嬷总算也能借光有几件新衣裳穿了。"说完，双手合十，念了一声"阿弥陀佛"，细看傅兰芽的神色。

见小姐神情恬静，慢吞吞地走到榻旁细看，看了一晌，一句话都无，然而婴儿般细腻白皙的脸颊至脖颈却染开一层薄透的红。

她看在眼里，忍不住笑着摇摇头，心知小姐已猜到这些衣物都是平大人置办的，也不点破，任他二人猜来猜去。

林嬷嬷怕平煜在外头久等，将衣裳一一收拾好，放入立柜中，转身去给平煜开门。一边忙活一边暗想，上回平大人虽给小姐置了衣裳，却懒得理会她这老婆子，如今倒是比从前更顾及小姐的心思了。

打开门，平煜果然立在廊下，面色沉静，身上是件半新不旧的墨绿色锦袍，腰系宽阔绊带，手闲闲地放在绣春刀上，半边身子落在秋阳里，衣裳上的流云织线竟泛着细密的光泽，再加上他长身玉立，脊背笔直，说不出地英俊出众。

林嬷嬷看得有些失神。她这些年在京中时，因着老爷门生遍天下，没少见过风度翩翩的少年郎。在她心中，大公子和陆公子已经是一等一的好相貌了，可见到平煜后才知道，原来武将子弟比起文人墨客来，另有一种挺拔利落的气度。

平煜进到屋内，就见傅兰芽正坐在榻前托腮看书，明明听见他进来，偏不肯抬眼。

他心中一热，咳了声，解下绣春刀，接过林嬷嬷递来的茶，坐下饮茶。

他今日一整日都心思浮动，可以说，满脑子全是傅兰芽柔软的唇和吻她时的滋味。

想至出神时，身子都一阵阵发热，若不是下午实在忙不开，早就来找傅兰芽了。

好不容易抽了身来看望她，却得知她仍在午憩，又不舍离去，只得耐着性子在外头等。

傅兰芽为着昨晚之事，心里仍有些恼意，在知道他在外头等了许久后，羞赧了片刻，随后便心安理得地定了下来。见他进屋，并不打算做出迎合姿态，只佯作看书，等他主动开口。

可等了一晌，平煜却始终沉默不语。她忍不住悄悄抬眸往他的方向一瞥，就见他坐在桌旁，心不在焉地饮茶，脸色有些微红，不知在想什么。

外头天色渐暮，不知不觉间，光线变得有些昏昧。

林嬷嬷轻手轻脚走至一旁，掌上了灯。

亮澄澄的光如流水般倾泻开来，给屋子里添上一层朦朦胧胧的暖意。

屋子里安静如前，傅兰芽眼睛盯着书页，唇却已暗暗咬了好几回。她并不知道平煜之所以不说话，全是因为心猿意马，只看平煜这架势，一时半会是不打算主动开口了。

若在往常，她多半会寻着话头跟他搭腔。可此刻心境不比从前，他既不说话，她也不理会他，沉住气，继续若无其事地看书。

平煜神游了好一会儿，好不容易回过神来，往傅兰芽一望，见她依旧专注地盯着手中的书，可书上内容却分明仍是他进屋时的那一页，始终未翻动过。

他心里先前还存着的几分忐忑顿时烟消云散，走到她对面坐下，不自在地摸了摸鼻子，望着她道："李珉他们下午忙着旁事，一时未得空，晚上我过来时，再给你带笔墨纸砚。"

傅兰芽正装模作样，听得此话，怔了一下，没想到他还记得曾经允诺过的事。

抬眸看他一眼，见他鬓间有些细汗，念及他下午令人送来衣裳之事，脸色柔和下来，轻声问道："白日很忙吗?"

不过一句柔声细语，两人之间微僵的氛围便融洽不少。

平煜心里腾起一股暖意。

他并不迟钝，也清楚地知道傅兰芽绝非容易心软之人，之所以会如此，无非是因为所面对的人是他罢了。

心中说不出是感慨抑或满足，只觉身上仿佛被她用丝丝缕缕看不见的线给牵引着，挣脱全是徒劳。越是跟她相处，越是泥足深陷。

听她问起白日之事，定了定神，暗想，她这几日为了她母亲之事，表面上虽然若无其事，晚上却睡得并不安宁，梦中时时啼哭不说，白日里精神也不济，若是听说昭月教之事，只会越发加重心思。

可就算他不跟她说起外头的事，以她的心性，难免也会暗自推敲揣摩，不见得会松懈半分。

犹豫了片刻，决定不再瞒她，道："昨夜昭月教有名教徒试图闯入府中，然而还未得手，便被旁人灭了口。今日我出府时，又被昭月教的教主尾随，故一回府，我便令人去打听昭月教教主的来历。"

傅兰芽果然诧异道："昭月教？是不是就是你上回跟我说起过的江南邪教？难道他们手中握有最后一块坦儿珠？"

平煜道："未见得。金陵江湖门派众多，情势远比在云南和湖南时还要复杂，目前尚不能下定论。"

"那昭月教为何要来侵扰？"傅兰芽沉吟道，"这位昭月教的教主是何来历？二十年前，他可曾去过云南？"

敢明目张胆打探平煜这等三品大员的行踪，此人行事远比寻常江湖人士来得无所顾忌。

平煜并不想让傅兰芽知道昭月教的底细，只道："此人姓金，名如归。二十年前，金如归血洗昭月教所在的枑阳谷，亲手杀了昭月教当时的教主及几位护法，坐上昭月教的教主之位。此人行事比从前的昭月教教主更加残暴无常，江南一带的武林正道虽有心除之，但因此人能力超卓，武功又奇高，二十年下来，昭月教非但未式微，反比从前愈加势大，发展到如今，早已成为江南一患。"

除此之外，他还知道，当年金如归本是原昭月教教主的养子。因长相标致，明面上备受其养父疼爱，实则自小被养父当作娈童亵玩。十八年下来，虽学得一身好本事，然而心性早已异于常人。

二十年前的那场血战，金如归除了夺取教主之位外，更多的恐怕是为了泄愤。听说当年那位教主被金如归废了武功之后，金如归犹不解恨，活活将其千刀万剐、虐杀至死，方肯罢休。之后又将当年教主的亲信一个个凌迟，悬尸于枑阳谷中。

经此一役，金如归在江湖中名声大噪，而江南武林也正式迎来了长达二十年的刀光剑影。

然而这些话，却不便在傅兰芽面前细说。

傅兰芽想了想，脸色微微有些发白，看着平煜道："刚才你说，昭月教有个教徒试图闯入府中，却被旁人灭了口？"

奇怪，那名教众就算死在府外，难道就不能是昭月教内讧或是被旁的门派所杀？好端端的，平煜为何要用"灭口"这个词？

平煜默了一下，将昨晚的情形和他的推测说与她听，道："此事做不得准。我们来时路上，虽详细打听过当地武林的情形，可真到了金陵，又是另一番光景。如果在昭月教之外，还有旁的门派觊觎，为了引蛇出洞，咱们也只能静观其变。"

傅兰芽想起洪震霆，眼中微亮，道："洪掌门既是武林盟主，想来对江南一带的各大门派知之甚详，不知他对此事有何见解？"

平煜牵牵唇，不置可否道："洪掌门为人刚正，轻易不肯怀疑或揣测武林中人。在杀害昭月教教徒之人未露出蛛丝马迹前，从洪掌门口中打听不到什么消息。"

傅兰芽点了点头。平煜先是在宣府前线历练了三年，调回京中后，又在锦衣卫浸淫不少时日，想来早已见惯人心的黑暗与龌龊，无论行事手段还是办案思路，都与洪震霆这等江湖义士大相径庭。

也正因如此，方能另辟蹊径，于一众表面上毫不相干的线索中找寻到破绽。

难得的是，平煜处理起各类错综复杂的关系，算得上驾轻就熟，在让这些江湖人士为他所用的同时，不忘求同存异。

平煜的能力，这一路上，她早已看在眼里。她对他的钦慕程度，一点也不输于对父亲和哥哥，心知他多半早已有了安排，便放了心。

见他眉头微皱，似在思量，暖澄灯光下，出奇地俊美，脸不由得一热，眸光流转，正要开口，平煜却忽然想起什么，道："过两日便是江南的武林大会。届时，左近的江湖门派会悉数现身，当年夺取坦儿珠之人，也必定会在其中。我和秦当家他们会前去赴会，到时候见机行事，总能在与会之人中发现些许端倪。"

傅兰芽听得隐含羡意。

她倒并非对这个武林大会多么有兴趣，只是想到平煜和秦当家他们可以随意走动，而她却顶着罪眷的身份，别说出府，便是走出院落都会引来侧目。

又想起那位秦当家，虽是女子，行事却与男子无异，连武林大会这等盛事，都能想去便去，丝毫不受拘束，真说起来，不知比她这等闺中弱质恣意多少。

看秦当家的年纪，约莫二十出头，早已到了婚嫁的年纪，不知她是否已定亲？又是什么样的好男儿，方能配得起这位女丈夫？

她一向对秦当家有好感，尤为让她感触的是，那回在对付林之诚时，秦当家虽然急于前去援助平煜，却时时不忘照顾她，豪迈之余，不乏女子的心细。

念头至此，她忽然想起那日的情形，心底泛过一丝疑惑。记得当时秦当家得知平煜独自一人对付林之诚时，脸色突然变得极为难看。当时她不以为意，可此时回想，却总觉得有什么地方不妥。

或者说，从前她的心思不曾放在平煜身上，对他周围的人和事，自然浑不在意，可如今却与从前不同。

这时，门口有人敲门，却是仆人前来送饭。

按照平煜的嘱咐，里头特加了两道宁神助眠的药膳。

林嬷嬷看在眼里，眸子亮得什么似的，忙张罗两人吃饭，一颗心却如吃了秤砣一般，越发定了下来。

等三人用过膳，林嬷嬷将碗筷放回食盒，去净房洗衣裳。

傅兰芽也跟着起身，满心期待地将那幅金陵风物图从床头取出，打算趁平煜也在，问问他一些图上看不明白的地名和风物。

谁知平煜见房中总算没有旁人，一等她走到近前，便低头看着她道："你等我一会儿，我去做些安排，稍后再来找你。"

傅兰芽微微诧异，点点头道："好。"

平煜到了院外，左右一望。刚到金陵时，他为了方便来见傅兰芽，便只在府外设下固若金汤的防护，又另拨了暗卫日夜盯着王世钊，于内院却并未设防。

此时站在院门口一看，果不出所料，周围寂静无声，一个人影也无。

他放下心来，准备回到院中。

这所宅子位于热闹繁华处，院中屋檐又算得高耸，立于屋脊上，即便不能看得太远，至少可以一瞥附近街上的流光溢彩。他打算一会儿将傅兰芽抱到屋顶上去。

照如今情势，带她出府，只能是天方夜谭，除此之外，他想不到法子既能哄她开心，又能保障她的安全。

他自认为这个安排算得面面俱到，绝不肯承认自己之所以这么做，除了满足她的一个小小夙愿外，同时还存了跟她温存的心思。

不料刚走到门口，就听不远处传来一阵脚步声。他飞快地四下里一望，眼见对方已越走越近，来不及回避，只得硬着头皮站在原处，戒备地看对方走近。

就听李珉忐忑的声音传来："虽说平大人不让咱们进内院，可刚才府内府外找遍了，处处都不见平大人，只能来这碰碰运气了。"

陈尔升闷声道："定在此处。"

李珉诧异道："噫，为何这么说？"

陈尔升却不再吭声。

平煜听得脸一红，突然觉得先前将陈尔升打发回京的主意一点也不突兀，值得再认真考虑一回。

李珉和陈尔升走了两步，抬眼一望，果见平煜负手立在不远处，表情格外审慎，似乎在认真搜寻周围有没有可疑之物。

李珉一喜，大步走来道："平大人，没想到你果然在此处。"

平煜镇定地嗯了一声："昭月教的人手段层出不穷，我放心不下，在府中四处看看。"又问："何事？"

因他说话时义正词严，加之此时天色刚黑不久，李珉的疑虑立时消散了不少，忙道："林之诚的夫人已接来，刚到府中，不知今晚可否让她跟林之诚见面？"

平煜微怔，来得竟这么快？

沉吟了一下，忽道："将她安置在西跨院，派人看管她，暂且莫安排她见林之诚。"

李珉得了吩咐，定下心来。

"还有何事？"平煜冷冷瞥陈尔升一眼，为了彻底撇清嫌疑，先他二人一步，往外走去。

李珉红着脸挠挠头，心知平煜未见得肯将东西转交给傅兰芽，迟疑了一下，笑着摇摇头，不肯作声。

陈尔升也绷着脸不说话。

平煜皱眉，停下脚步，回头看向李珉。

李珉一凛，这才想起平大人最不喜下属在他面前支支吾吾，只好硬着头皮道："属下下午轮休，见府中无事，便出去给我祖母及母亲买东西。在街上时，见到这玩意，想着傅小姐或许会喜欢，便顺手买了回来，现请平大人过目，不知可否转交给傅小姐。"

说罢，从怀中取出一物，不过巴掌大小，展开来，却是个小小的走马观花琉璃灯笼。出奇的是，里头许是放了萤虫，灯罩忽明忽灭，亮时，灯壁上便有小人缓缓转动，做得极精巧有心。

李珉见平煜久久不作声，暗暗一觑，不出所料，平煜的脸色果然一点也不好看。

李珉一急，连忙解释道："属下是在给我妹妹买东西时，无意中见到此物，想起傅小姐整日困在府中，怕她憋得慌，这才顺手买来给傅小姐解闷。属下绝没旁的意思，大人若不信的话，陈尔升可以给我做证，这灯笼我共买了七八个，不单单只给傅小姐买了。"说话时，恨不得指天发誓。

平煜默了许久，扯扯嘴角，接过那灯笼，放入怀中，淡淡道："今日时辰太晚，改日我有话要问傅小姐时，再替你将这东西转交给她。"

李珉大松了口气，笑嘻嘻道："那就有劳平大人了。"

三人便一前两后往外院走。

等到了正院，平煜稳如泰山地在李珉和陈尔升的目光中进了院。又在屋中不紧不慢地饮了一盏茶，听得外头再无动静，这才从屋中出来，到了府外，转一圈，最后总算掩人耳目地回了内院。

到了傅兰芽门外，他停步，掏出那灯笼细看，心里说不出是什么滋味。这些街头上的小玩意他一贯认定是小儿所喜之物，以往从不屑于留意，难道竟可用来讨人欢心吗？

他盯着看了一会儿，越看越觉得那灯笼做得讨巧，隐约有一种预感，傅兰芽没准一见到此物，就会打心眼里喜欢。

如此想着，脸沉了几分，李珉这小子从哪学来的哄人本事？

他收起灯笼，闷闷地敲了敲门。少顷，有人应声，却是傅兰芽亲自过来开门。

平煜往屋内一望，未见到林嬷嬷，便问："嬷嬷呢？"

傅兰芽眨眨眼，道："嬷嬷在净房中沐浴呢。"

平煜点点头，看了看夜空，见满天星斗，沉默片刻，忽然近前一步，俯身在她耳边低声道："我带你上屋顶看看可好？"

傅兰芽只觉他气息拂在耳垂上，热热的，痒痒的，心中一荡，呼吸都乱了几分。

好不容易明白过来平煜话里的意思，正要赧然作答，平煜却已经不容分说地拉了她手，快步下了台阶，到了院中。

抬头望了望星空，难得无云无雨，当真是好时节。低下头，将她搂在怀中，道一句："别怕。"提气一纵，轻轻往屋檐上掠去。

傅兰芽听得耳旁风声呼呼，忙紧紧闭上眼，等脚下站稳，刚一动，便传来咯噔一声钝响，果然踩着了瓦片。

她定了定心神，扶着平煜的胳膊，睁开眼一望，就见两人正立在高高的屋脊上，头顶星光熠熠，微风拂动两人的衣袂，四下里一片寂静。

再一抬目，就见越过东侧的重重院墙，不远处竟是一条繁华街道，馆肆鳞次栉比，灯光莹亮得堪比夜空繁星，首尾相连，游龙一般，点亮了整条长街。

在这火树银花照耀下，虽已入夜，街上行人却络绎不绝，笑语声不时随风飘来，宝带香风，灯影幢幢，十足盛世景象。

傅兰芽久困樊笼，许久不曾见到这等安宁富贵的场面，只觉目光所及之处，人间烟火气息扑面而来，胸中激荡，眼圈都有些微微发红。

从未有过一刻，她像这般盼望着恢复从前的生活。

傅家未倾覆，母亲未亡故，父母和哥哥都在身旁，她尽享天伦之乐，无须惶惶度日，就像……秦勇或是什么旁的女子那样，过着再寻常不过的生活。

然而这个再简单不过的愿望，无论对当年的母亲还是对于眼下的她来说，都是那么遥不可及。

但至少，今夜是她自父亲出事以来，离"自由自在"的状态最近的一回。

那些鼎沸人声，仿佛触手可及。

良久，她收回目光，抬头看向平煜。他正专注地望着她，眸子跟头顶星星一般灿亮。

她喉头微微有些哽意，轻声道："谢谢。"

平煜没料到自己的举动竟会让她如此触动，错愕了一下，瞬间改变了主意，一点也不想将李珉的灯笼拿出来了。

至少今夜不想。

只笑问："还想站得更高吗？"

傅兰芽甚少见平煜在她面前展颜，只觉他眉眼说不出地诱人，刹那间有些失神，哑了片刻，无声地点点头。

平煜嘴角笑意加深，将她揽在怀中，双足轻点瓦片，如飞鹰掠过水面一般，直往最高处的庑顶奔去。到了顶点处，搂着傅兰芽，稳稳立住。

傅兰芽重新将目光投向锦绣之处，果觉视野又开阔了不少。

正看得出神，忽听平煜在耳畔道："绸缪束薪，三星在天。"声音低沉，有些缠绵悱恻之意。

傅兰芽心神一震，抬头望着他。

他的目光郑重，神情却柔和。

良久，她微微一笑，压着满腔羞涩，目光盈盈，轻声道："今夕何夕，见此良人。"

平煜的心剧烈地跳动起来，只觉她的眸子仿佛盛着漫天星光，一触上便难以移开，再也忍不住心中渴望，低头吻住她，喃喃道："子兮子兮，如此良人何。"

他的气息瞬间覆盖了她。她身子微微一颤，轻叹一声，闭上了眼，放任自己沉溺在这缠绵亲昵中。

难得有这等柔情蜜意的时刻,平煜自是恨不得就这么一直跟傅兰芽温存下去。

然而理智告诉他,两人所处位置颇高,并不隐匿,府中又布防严密,若继续在屋顶延宕,迟早惹来旁人不说,就怕林嬷嬷在院中聒噪起来。

于是跟傅兰芽缠绵了一会儿后,不得不抱着她下来。

傅兰芽倚在他怀中,脸如云霞,眸子亮晶晶的,一等站稳,便微微扭着身子从他怀中挣出,提裙往台阶上走去。

平煜怔了一下,以为她出于羞涩在他面前使小性子,心中一荡,抬步欲追。忽听得房中传来急促的脚步声,忙又止步,咳了一声,负手立在院中,镇定自若地观看那几株在夜晚显得黑乎乎的秋菊。

须臾,果听房门打开,林嬷嬷从房内奔出,满脸仓皇之色。

看见沿着走廊婷婷走来的傅兰芽,林嬷嬷大松了口气。不料一走到近前,发现小姐虽然竭力做出云淡风轻的模样,但脸颊上透着堪比芙蓉的胭脂色,嘴唇更是嫣红欲滴,美得不可方物。

林嬷嬷心中咯噔一声,飞快一瞥,就见平大人立在廊前,侧头望着前方,神色也有几分不自在。

林嬷嬷顿时明白了几分,忙拉了傅兰芽近前,悄悄地、隐含责备地看她一眼,本想说些什么,但想起小姐心性坚韧,并不是那等三言两语便能被唬住的深闺弱质，平大人又素来珍视小姐，心又安定了少许。

最后什么也没说，只看了一眼平煜，干巴巴地笑道："平大人，时辰不早了，大夫交代说小姐宜早眠，奴婢这便服侍小姐睡下。"说罢，领着傅兰芽进了房。

平煜何等机敏，见林嬷嬷不如往常自在，顿时有所领悟，只是他脸皮到底厚些，只尴尬地咳了一声，跟在二人身后，不紧不慢进了房。

其实自那晚跟傅兰芽第一次缠吻以来，他充分体会到了什么叫色令智昏，若有可能，恨不得时时跟傅兰芽待在一处。

外头网已撒下，暂且无事，他打算早些歇下。

眼见傅兰芽主仆放下帘幔上了榻，屋内重新归于寂静，他走到榻前，正要解衣裳，一想到刚才跟她相处时的情形，心又热了起来。

他定了定神，为避免身上起些不可言说的变化，忙将思绪转向旁事。他开始全神贯注回想今日之事。

刚才李珉和陈尔升过来时都说了什么？

是了，他们说林夫人已到了府外，倒来得比预想的还要快。若无意外，明日便可安排她跟林之诚见面。林之诚见了林夫人，也可守诺继续吐露坦儿珠之事。

一边想一边解衣裳，想着想着，动作便缓了下来，心中掠过一丝不安，方才他因急于跟傅兰芽相会，好像有些不妥之处被他自动忽略了。

静了一晌，忽然汗毛一竖，忙将腰带重新系上，握着刀，冷着脸快步走到房门前，拉开门出去。

傅兰芽在榻上听到动静，诧异地想，难道外头出了什么纰漏？

平煜到了门外，微风迎面吹来，透着秋夜特有的凉意，让他思绪变得越发清晰。

他施展轻功，跃上一棵大树，轻点树梢，屈指成环，呼哨一声。随后，沉着脸从树上一跃而下，用最快速度往外院奔去。

刚行到一半，便听四面八方传来轻微的脚步声，知道属下已应召而来。

"平大人，出了何事？"许赫等人满脸戒备，从暗中奔来。

平煜快速扫一眼，来人共八个，个个脸上有些初醒之意。

这八名属下，是他留在府中应急的后备，因着此刻暂且无事，多半已歇下。

未见李珉和陈尔升，他心一沉，越过他们疾步往前走，口中问："看守林之诚夫人的是何人？"

许赫等人忙跟上，道："本是属下和林惟安，下午陈尔升和李珉轮休，刚才时辰一到，他们便过来跟属下等换了班。"

平煜脸色微变，冷声道："你去通知府外诸人，府内多半混入了内奸，立刻加强防守，绝不能让那人逃出。剩下几个，跟我一道去西跨院。"

说话间已经拔出刀，片刻不耽误，往前疾行而去。

众人一惊，不敢多言，忙遵照嘱咐行事。

刚到西跨院，秦勇等人似是刚从府外回来，见情形不对，快步走来，道："平大人！"

平煜见院中厢房灯光亮着，心知李珉和陈尔升都在房中，心突突直跳，顾不上回答秦勇的话，只阴着脸低喝道："围住西跨院，莫让那人逃了。"

说罢，握着刀，敛声屏息到了房前，一脚踹开房门，里头却死一般地寂静。

他看清屋中情形，怔在门口。就见屋子当中站着一名"美妇人"，白肤明眸，艳丽至极，身着黑纱裙裳，满头乌发如云，鬓边却斜斜插着一朵不该是这个季节出现的艳红牡丹，全身上下有一种诡异和明媚交织的美。

在"她"脚下不远处，有一张软软的人皮面具，显然因易了容，这才混过了先前许赫等人的排查。

那妇人见平煜进来，并不回头，只一边一个将李珉和陈尔升举得更高些。

"她"满脸媚笑，看着似乎再轻松不过，然而李珉和陈尔升浑身仿佛被看不见的绳索紧紧捆住，满脸紫涨，全无挣扎的力气。

若是他来得再晚片刻，李陈二人会被这妇人活活掐死。

情势危急，平煜眯了眯眼，二话不说，便假意挥刀朝那"妇人"喉间刺去。

若未认错，此人正是昭月教如今喜欢男扮女装的教主金如归，一身密不透风的内家功夫，唯有下腹三寸是其软肋。

金如归转头朝平煜看来，这回离得近，将他相貌看得仔仔细细，眼中闪过一抹惊艳之色，可眼见他直朝自己喉头刺来，又鄙薄调笑道："听说你不到二十便当上了锦衣卫指挥使，能跟王令分庭抗礼，原以为你有些本事，没想到也是个中看不中用的绣花枕头。"

他话还未说完，平煜一笑，手中绣春刀来势不变，另一只手中却忽然

鹿门歌

变出一柄匕首，不动声色地朝金如归下腹刺去。

此招怪异无比，且与江湖做派大有不同，几乎可以称得上暗算。

连行事向来不按常理出牌的金如归都诧异非常，因平煜刺的是他的要害，顾不上多想，整个人如灵蛇般一动，向一旁纵去。

因这一闪一避，他注意力转移，手上力气微松，李珉和陈尔升总算得以大喘了两口气，缓过劲来。

平煜却根本不给金如归松懈的工夫，一脚踩住他的裙角，横刀挡住他的去势，左手匕首依然毫不留情地刺向他下腹，嘴里嗤笑道："金教主，外面早已布下天罗地网，你若是识相，趁早放开我的属下，要不然的话，今日你怕是别想走出这房中一步了。"

金如归心中微惊，腹部硬生生往后一缩，躲开了平煜的招式，右手将举着的李珉远远抛开，出手如鬼魅，一把扣住平煜持着匕首的手。

他稳稳箍住平煜的手，不给他挣扎的余地，似笑非笑地看一眼自己被平煜踩着的裙角，媚声道："平大人看着是个正经人，谁知竟这般心急，你说你好端端的，踩我裙子做什么。"

见平煜五官轮廓如刀刻，眸子黑曜如宝石，越发叹赏，忍不住轻轻摸了摸平煜的手背。

平煜万没想到金如归武功这般出神入化，一时挣脱不出，又见他言行轻浮，怒极反笑道："不过是见你一个大男人穿着裙子，觉得碍眼罢了。"

说话时，已抬腿屈膝，狠狠地朝金如归小腹撞去，另一只空着的手却掉转绣春刀刀柄，砍向金如归覆在自己手背上的手。

金如归侧身一避，轻轻巧巧化开这一左一右的攻势，右手出掌，劈向平煜的胸骨。

可还未等他逼至跟前，平煜忽然出其不意地加重脚下之力，硬生生将他那条上好的轻罗纱百褶裙给踩裂。

就听一阵裂帛响，金如归腿下一凉，露出只着了亵裤的腿。

他来势稍滞，不得不松开平煜的手，往后退了一步，低头看了看白生生光溜溜的腿，横一眼平煜，嗔道："啧啧，这下都让你看光了，平大人说说吧，该如何是好？"

话未说完，露出一抹笑意，身子前倾，朝平煜怀中作势倒去，还未到他怀中，却转而化掌为刀，劈向平煜的脖颈，掌风依然雄厚如故，半点不留情。

平煜并无退路，不得不横刀挡住金如归的招式，只觉大力袭来，虎口都被震得几乎裂开，咬牙讥讽道："我倒觉得，金教主还是不穿裙子来得顺眼。"

金如归掌风被绣春刀挡住，微一使力，那刀刃却出奇坚韧，一时不能随心劈成两段，只在平煜怀中一旋身，背对他，屈肘撞向他腹部，娇笑道："是了，在平大人心里，自有觉得穿裙裳好看的人。我真是好奇，不知什么样的娇娇美人，能让平大人亲自去铺子里买衣裳。我既来了，怎么也要瞧上一瞧。若是真比我生得好，倒不妨带回去藏起来，让平大人也疼上一疼。否则，我养了十八年的红棠，岂不是白死在平大人府外？"

平煜冷笑道："你的红棠并非死在我手下。"

金如归眸光闪了闪，嘴里却笑道："你这家伙看着就不正经，满嘴谎话，我偏不信你。"

恰在此时，只听锐响破空传来，却是秦勇带人部署好外头防务，进到房中施援。

金如归只觉剑气如虹，劈面而来，不得不硬生生收回挥向平煜的招式，往旁一躲。只觉耳旁一凉，那剑堪堪贴着他的脸颊擦过，去势如流星，突的一声，钉入了身后那张拔步床的床柱，剑身雪亮，嗡鸣不断。

金如归眸光一厉，眼见来人不在少数，且个个武功不弱，不敢稍有懈怠，不得不将陈尔升远远抛出，以便腾出手来。随即使出摧心掌，劈向平煜，一双妙目却不忘朝秦勇上下一瞟，见她唇红齿白，分明是女子，便笑道："好好的女儿家不做，偏做男子打扮。"

李由俭奔在最前面，听他语带调戏之意，大怒，纵身一跃，使出铁砂掌朝金如归击来。

平煜惯会把握机会，见金如归分心，双手连刀带掌，向他攻去。

金如归托大，任平煜和李由俭左右夹击，并不闪避，反倒双手齐举，面色一沉，使出分筋错骨手，只听骨头咯咯作响，他双臂突然暴长数寸，一眨眼工夫，已经抓向二人的喉头。

李由俭出自江湖名门，功底扎实，见状并不后退，反灌注全身内力于掌中，将铁砂掌瞬间催到极致。他低喝一声，手掌忽而变得炽红，硬生生与金如归对上。

然而下一刻，便觉一股怪异无比的内力自掌心侵袭而来，心脉骤然被绷得紧如琴弦，只要稍有不慎，便会暴毙而亡。

他心中一惊，没想到这么快便陷入命悬一线的境地，一时懊恼不已，想起金如归毕竟是一代枭雄，他委实不该低估了此人的内力。

然而他也知道，此时绝不能后退，若有半点灰心丧气之意，只会被金如归的怪力趁势追击，全身功力尽丧，最后成为废人，于是拼尽全力，硬着头皮跟金如归硬抵。

平煜却深知金如归的厉害，不敢直接跟其对拼，见他杀至，俯身沉肩，随后往后跃开数步，好不容易躲开这要命的一招。

一抬头，瞥见李由俭面如金纸，蹙了蹙眉，正要绕至对侧，好帮他对付金如归。

谁知金如归不知练了什么功夫，右手正跟李由俭对掌，左手却仿佛长了眼睛一般，并不给平煜逃脱的机会，转眼间便化爪为刀，往后一探，斩向平煜的后背。

正在此时，金如归右掌突然压来一股巨力，李由俭原本渐渐式微的掌力重新变得炽热，仿佛滔天巨浪一般，无穷无尽地向金如归涌来。

他眉头一皱，就见那少年身后多出两人，一个正是那名女扮男装的女子，另一个，却是一名鬓发斑驳的汉子。二人齐齐出掌抵在那少年背上，显见得在把内力渡给那少年。

平煜见白长老和秦勇已及时给予李由俭援助，微松一口气。

而另一边，秦晏殊及柳副掌门等人也已前后赶至，瞬间便将金如归围了个密不透风。

平煜得以脱困，不再恋战，快步绕至门前，往外一看，脸色微沉，击了击掌。

他心知金如归即便再狂妄，也断不可能独自一人前来，多半还有后招。

少顷，便见许赫等人从墙头跃入院中，急声道："平大人，府外来了好些刺客。"

平煜面色无改，道："还等什么？弓箭早已备下，箭上抹了毒，你们立于墙上，不管来多少人，只管射杀便是。"

许赫等人领命而去。

秦勇对柳副掌门道："柳副掌门，速带人去府外加强防守。"

平煜正要亲自出府查看，听得此话，回头看了看秦勇。

这时，李攸持剑从外头奔来，远远嚷道："平煜，来人约莫有四五十个，个个妖里妖气，武功不弱，多半是昭月教的教众。"

金如归听得真切，双手抵挡众人招式，脚下却倏地分开，勾了勾足尖，他脚上那双珍珠白缠金线海棠花鞋的鞋尖忽然变出两把锋利至极的尖刀，刀锋闪着幽蓝暗光，分明有毒。

他随后在半空中团团旋了一周，双脚上的尖刀划出一道雪亮的弧线，刺向围住他的人。

众人面色微变，忙不迭往后闪避，以免被这刀刃划到。

如此一来，金如归总算得以突围，他一把揪住离他最近的余长老的衣领，将余长老如破布般甩将开来，随后双臂一挥，腾空而起，破开窗棂，往外纵去。

众人见他成功逃脱，忙施展轻功，拼命追上。

金如归到了外头，就听身后掌风呼呼，却是白长老已经抓向他肩头。稍后，秦晏殊的剑也已刺向他背心。

他不得不暂且停步，分心对付秦门等人。

秦勇见状况棘手，怕一时不防，叫金如归掳走傅兰芽，不免有些焦心，问秦晏殊道："洪掌门呢？"

秦晏殊正极力用剑格开金如归的摧心掌，听见此话，吃力道："洪掌门跟万梅山庄的文庄主一道饮酒，暂未回府。"

金如归冷笑道："你们只管叫帮手！洪震霆和文一鸣都曾是我手下败将，便是一起上，又算得什么？今晚我势必要称心如愿。"

说完，再不耐烦被这些人绊住手脚，面色一阴，双手合掌，身上内力暴涨，生生将秦晏殊等人逼退两步，随即清啸一声，势如破竹，朝夜空中纵去。

平煜和李攸到了府中，果见外头从四面八方拥来了不少昭月教的教徒，个个手持弯月长刀，正与外头的护卫缠斗得不亦乐乎。

许赫等人背着箭囊，弯弓搭箭，立于墙头，正全力对付来势汹汹的教众。

然而那帮教徒却越来越多，且当中有十几名女子，身轻如燕，招式狠绝，竟能以一敌三，不过片刻工夫，便突出重围，跃上了府墙。

李攸惊讶地收住脚步，立于树梢上细看。见这些女子每人衣裳不同，有的着绿裳，有的着黄裳，倒是都生得相貌出众。忽然想起昭月教那十二名奉召，冷笑道："看来这就是金如归的那十二名养女了，听说都得了金如归的真传，单只其中一人，便可与当今武林大派的掌门人相较量。今日一见，此言非虚。"

平煜暗暗数了数，一共十一个，看样子，独缺了那名死在府外的红棠。

见许赫等人勉强还能支撑片刻，便对李攸道："金如归还在府中，你先帮我抵挡片刻，我将傅小姐藏于密室中，免得她被金如归掳走。"

李攸知道平煜极在意傅兰芽，便笑道："去吧，我正要会会这些'仙女'呢。"说着提剑在手，先平煜一步跃下。

平煜不敢耽搁，朝另一个方向而去。

到了内院，刚要去往傅兰芽的院落，却听见前方不远处树叶簌簌作响，黑影一纵而过，与此同时，白长老等人的喝声从身后传来："金如归！"

平煜一惊，这才知道金如归竟已到了内院，看情形，过不了多久，便会摸到傅兰芽所在的院落。

他太阳穴突突直跳，直往前方那黑影追去。然而金如归轻功当世少有人能及，他追了一晌，始终还有数丈之遥。

而这时秦勇等人也已赶到了平煜身后。

他们皆知金如归手段残忍，唯恐傅兰芽落入其手中，彼此顾不上说话，一路紧紧咬住他不放。

片刻，金如归果然跃过层房叠瓦，将目标锁在傅兰芽所在的那个并不起眼的小小院落。

他目力极强，见院中光线昏蒙，几间厢房黑漆漆的，悄无声息，然而几丛秋菊点缀其中，雅静非常，分明是个极宜颐养之处。

他心中一动，跃上墙头，正要巨枭般往院中俯冲而下，就听耳后传来锐利响声，直直朝他后脑勺袭来。

那东西来势太凶太厉，躲已经来不及，他不得不收住脚步，一凝神，将内力运至后脑勺处。

只听噗噗数声响，金如归竟硬生生顶开平煜射来的透骨钉。

然而就是这一耽误的工夫，秦晏殊又冷冷掷出一剑，形意庄一位长老更是甩出一条银白长鞭，去势如蛇，缠住了金如归的腰身。

秦勇等人见得手，忙齐力往后一拉。

就见金如归被拉得身形一晃，他索性顺势往后一翻，稳稳地落于地上，扫众人一眼，轻蔑地笑了声，正要运力将此鞭绷断，谁知此鞭里面夹着银丝及钢刃，极为坚硬，一时竟未得逞。

再要运力，平煜已经从他身旁掠过，正色道："金教主，你可想明白了，坦儿珠牵涉甚广，你若只是出于好奇来蹚这浑水，惹恼的可不只是锦衣卫，往后你昭月教再想在江南横行无忌，恐怕是不能够了！"

说罢，不等金如归惊讶地扬眉，单臂撑着围栏跃入廊下，疾步到了房前，踹开房门。

与此同时，秦勇也已撇下众人，紧跟在平煜身后进了院。

傅兰芽主仆早已听得院中动静，正手忙脚乱穿衣裳，好不容易穿好，平煜便已进了房，几步到了跟前，一把抓住傅兰芽的手，只道："走。"

说着，匆匆拉着傅兰芽走向后窗，将她托举到窗沿上。

傅兰芽从未见平煜如此急迫，心知外头之人恐怕非同小可，不敢多问，自顾自吃力地从窗上爬下，立在后窗外，等着平煜和林嬷嬷出来。

谁知就是这短短工夫，金如归已绷开那条银鞭，风一般进到房中，见房中情形，心知傅兰芽已逃走，出掌如风，二话不说缠斗上平煜。

口中不忘调笑："平大人，你踩了我的裙子，却一句话不说就走，未免太不地道，怎么着都得赔我一条裙子才行。平大人眼光不差，不如，改日亲手给我挑一挑？"

平煜讥笑："金教主真是病得不轻。"

傅兰芽在外头听见，扶着窗沿，往屋内一望，就见说话之人似乎是个妇人，可惜出招快如闪电，看不清相貌。平煜持刀招架，锐光交错，虽暂时看不出颓势，却说不出地惊心动魄。

她惴惴不安地看了一会儿，担心林嬷嬷在房中受伤，悄声喊道："嬷嬷。"

恰在此时，秦晏殊等人追入房中，见状，忙从四面将金如归包围住。

平煜一得脱困，便奔到窗前，撑臂跃过窗户，不由分说地将傅兰芽背起，快步往外奔去。

傅兰芽趴伏在他背上，紧紧搂着他的脖颈，忍不住回头往后看："嬷嬷。"

平煜没好气道："金如归没空对付她，秦当家他们也不会眼睁睁看着她受伤。我先将你藏到密室，旁的事，稍后再说。"

傅兰芽便不再说话。强敌当前，平煜保护她一个也是不易，好不容易带她出围，若再返回去找林嬷嬷，只会前功尽弃。

只是心里仍七上八下，不断在心中祈求，林嬷嬷万莫有什么闪失才好。

平煜刚背着傅兰芽进到外书房所在的院中，便听身后打斗声传来，显见得金如归已追赶而来。

他忙上了台阶，推开外书房房门，拉着傅兰芽往那几排顶天立地的书柜走去，机关正藏在书柜后的墙上。

这宅子还是当年还未从金陵迁址京城时，太祖皇帝赏给西平老侯爷的老宅。

西平老侯爷因征战多年，饱尝战火，甚喜研究秘道机关，在世时，曾在宅子里做了不少手脚。

当年平家出事时，这宅子被罚没，恢复爵位后，新皇又将平家一众家产发还。

平煜生长在京城，几乎未来过金陵老宅，却也知道府中都有哪些密室和机关。

譬如书房这间密室便设得绝妙，一旦藏入其中，锁好里头的暗锁，水火不进，就算外头人找到暗门，也无从闯入。

他打算先将傅兰芽藏在里头，等逼退金如归再说。

谁知刚到书柜前，窗口便传来炸裂声，却是金如归已破开窗户，闯入房中。

平煜面色一沉，眼看已来不及藏入密室中，左右一顾，转而拉着傅兰芽绕过书柜，拉开墙上一个隐形门，趁金如归未发现前，将她塞入嵌在墙上的一个小密室中。

这密室极小，也比不得那间大密室固若金汤，却可暂时掩人耳目。

傅兰芽心惊肉跳，任平煜安排，一句话不敢说，乖乖地抱着膝在门后坐好。

平煜听秦勇等人杀得激烈，正要将门关好，谁知刚一动，眼前一花。再一运气，胸中气息却无比滞涩。

正自惊疑不定，手背上传来一阵锐痛，低头一看，却见不知何时已划破了一道细长的口子。

这才想起，刚才跟金如归近身打斗时，曾险些被他脚上的尖刀划到，原以为已躲开，没想到竟还是着了道。

念头闪过，毒素侵入心脉，他意识昏沉起来，思绪变得极为混乱。

僵了一瞬，他出于本能，吃力地抬起手，想用最后一丝力气替傅兰芽关上门，免得她被金如归发现。

无论如何，护得她一刻是一刻。

谁知手刚一抬起，便重重地落下，紧接着，眼前也模糊起来，连背上都沁出一层细细密密的汗。

傅兰芽见平煜面色不对，一惊，忙倾身向前，细看他面色。就见不过一眨眼工夫，他瞳色便染上一层淡蓝，身上肌肉更是僵硬如铁，说不出地诡异。

她看得心中直颤，低声道："是不是中了毒？"

平煜此时已口不能言，喉间如塞了异物，连呼吸都有些困难。

傅兰芽一颗心骇得几乎要从嗓子眼里蹦出，见他面色发青，呼吸急促，越发笃定他中了毒。

正急得不知如何是好，忽然脑中白光一闪，想起她片刻不离身的那包母亲留下的解毒丸，那药连上回镇摩教的烈毒都能对付，不管平煜遭了什么暗算，都不妨一试。

想到此处，目光一定，忙从袖中取出那荷包，拿出药丸，给平煜服下。

那药入口便化，服下未多久，平煜眸中的淡蓝便退了几分。稍后，呼吸也沉缓了下来。

傅兰芽看得真切，心中大喜，扶着平煜，用帕子替他拭汗。

所幸的是，金如归被白长老等人围了个密不透风，他嫌屋中狭小，一边打一边往外退，几招过后，一行人已退至书房外的廊下，无暇发现藏在房中的平煜和傅兰芽。

那药有奇效，平煜身子渐渐松弛下来，意识却仍未彻底醒转。他怔忪了片刻，有些僵硬地转头一望，见傅兰芽正焦急地望着自己，而自己嘴里分明有些药气，恍然意识过来，怕是傅兰芽用她母亲留下的药丸救了自己。

他怕金如归突然闯入书房，忙要将傅兰芽藏于墙内，可一动，胸中气息仍旧紊乱，可见余毒仍在慢慢化解中，一时未彻底消退。

傅兰芽看在眼里，也知平煜一时半会不能完全恢复，正要说话，只听一声巨响，书房两扇门齐齐破开，却是余长老被金如归一掌击中，整个身子跌入房中。

下一刻，一双光溜溜的雪白玉腿在月光的照耀下进到房中。

傅兰芽汗毛一竖，只觉这情景诡异无比，平煜却已经掩住她的口鼻，一把抱着她藏入了墙中暗门，顺手将门关上。

门一关，便跟周围的白墙融为一体，半点痕迹也看不出，别说此时屋内未点灯，便是在日光下，也断难发现端倪。

他眼下内力未恢复，若跟金如归硬拼，无异于自寻死路，便打算在墙后稍歇片刻，等功力恢复后再出去。

因墙后暗室狭窄，傅兰芽只得坐在他腿上，两人贴在一起。

暗室内黑得伸手不见五指，打斗声却隔着墙板，清晰无比地传进来。

傅兰芽僵着身子坐在他腿上，极想问问他身子如何，却不敢开口。

平煜唯恐传出动静，让金如归发现傅兰芽，也沉默异常。

初始时，他全神贯注留意内力的变化，自觉冻住一般的内力渐渐如坚冰遇热般化开，心知不过片刻便能恢复如常，暗叹那药果真有奇效，越发对傅兰芽的母亲好奇。

念头刚一起，便觉她不知是羞涩还是不自在，在他腿上微微调整了一下坐姿。于是他清晰地感觉到了她浑圆柔软的曲线，身子深处仿佛涌过一阵暖流。

他顿时生出一种不好的预感，忙将注意力放到外头的战况上。

谁知到底晚了一步。

他脸热得直发烫，再顾不上旁的了，忙扶着傅兰芽的胳膊，将她推开一些，打算趁她未发现前，借故避出去。

傅兰芽这时也已发现身子底下有东西，不禁微讶。

只觉那东西不依不饶，极像武器，默了默，既诧异于这东西的不请自来，另一方面，心底存了许久的疑问也越发跃跃欲试。

静了片刻，再也忍不住，不动声色地往下探去。

因平煜无处可避，地方又委实太过狭窄，她终于在他起身前得偿夙愿——握了上去。

傅兰芽握上的那一刹那，平煜脸色大变，只觉身子一个激灵，一股热浪瞬间从脊背直冲天灵盖，整颗心更是嗖的一声腾空而起，颤颤巍巍地飘浮在半空中，久久未能落下。

销魂和羞耻的感觉同时涌上心头，那滋味简直无法形容。

汗，滚滚而下；脸，红得如同煮过的虾一般。

身上的几件衣裳，里三层外三层，瞬间全部湿透。

什么叫魂飞天外，大抵如此。

平煜胸膛里仿佛有什么跃跃欲试的东西在拼命叫嚣，万般煎熬，进退两难，恨不得立时将她不管不顾按倒在自己身下，随心所欲。

亏得暗室门板极薄，外头的激烈搏斗声声声入耳，让他仍残存了最后一线理智。

饶是如此，他仍需拿出全部意志力，不，是拿出全部内力，才能无比艰难地固住某处，倘若傅兰芽再有半点风吹草动，他势必会当场交代。

不能再任由她再继续摆弄下去了，他咬了咬牙，往下一捞，扣住她的手腕，坚定缓慢地，把她的手从自己的腿间挪开。

所幸的是，傅兰芽这时终于意识到有什么地方不对劲，并未挣扎。

是的，到了眼下，她已明白那东西不是冰冷的武器。不但有温度，还拔不动也挪不走，显见得就长在他的身上。

她惊疑不定，怔了一会儿，脑海里原本模模糊糊的概念开始有成形的迹象。

难道是——

脑中一空，心恐慌地狂跳起来。

她虽然自小跟哥哥一道启蒙，但因母亲去得早，哥哥疼惜她，父亲整日忙于朝堂之事，家里清净又安宁，她所能接触的事物，全都在父亲和哥哥的控制范围内。

哥哥处处都不拘着她，唯独除了那些"污秽"的事物。

因此她对于男女之事上的认知，几乎可以算得一片空白。

记得她以往读诗时，曾问过哥哥"云雨"是什么意思。看到书上写到"行房"二字，她也曾想方设法寻找过答案。

可是无论是从书房里还是哥哥嘴里，她始终未能得到过关于这方面知识的只言片语。

所以，她虽然隐约地知道夫妻之间约莫要行"周公之礼"才能育有子女，可具体的周公之礼是什么情状，她毫无所知。

虽如此，到了眼下，结合他的反应，她不难猜到平煜那物事恐怕跟周公之礼有关。

难怪每次这东西不请自来时，他的反应会那般奇怪，有两回对她的问题避而不谈，甚至还恼羞成怒地冲她大吼。

可她竟然还不依不饶，一再追问。

尤为让人无地自容的是，她刚才……居然还握住了那东西。

羞愤顿时涌上心头，她从未如此不知所措，连身子都颤了起来。若是眼前有地缝，她便会毫不犹豫地跳进去。

不知该用什么表情面对他，她眼圈一热，忙松开他，重重地用手捂住脸，可手刚碰到脸颊，猛然想起刚才手还碰了他的物事，心弦一颤，又转而用袖子掩面。

平煜虽看不清她的表情，可是从她微微发抖的身子和加重了的呼吸来看，不难猜出她已明白是怎么回事。

脸上顿时火辣辣的，身子僵在原地，连看她一眼的勇气都无。

她固然太过好奇，可是，若不是他先起了不该起的念头，又怎会引得她一再追究？

犹豫了一下，决定厚着脸皮起身。

他的内力，经过刚才那热血沸腾的一遭，不自觉地加快了运行速度，短短时间内，便冲破了毒素的藩篱，甚至比中毒之前来得更加通畅平顺。

此事太多诡异，他却来不及多想，听得外头打斗声稍低，心知一群人多半又从屋中打到了廊下。

机会稍纵即逝，他打算抓紧时间出去。

便扶着她的腰肢，将她小心翼翼地从腿上放下，又飞快地看她一眼，见她依然用袖子掩着脸，心知她此刻必然万分羞恼，不由得怜意大盛，忍不住附到她耳畔，想说些什么。末了，只轻轻吻了吻她的耳垂，便利落起身，替她将门关上。

傅兰芽本就无地自容，察觉他吻她，脑中血液一冲，羞得险些晕过去。

好不容易听他走了，心依然撞个不停，慢慢地将袖子放下，可一想到方才的光景，羞窘之意又如高高的浪头打来，忙又重新将头埋在双膝之间，再也不肯抬头。

平煜到了外头，握着刀凝神往门外一看，正好瞥见金如归正探爪抓向秦勇的胸口。

这招式阴狠下流，摆明了金如归见秦勇是女儿身，有意为之。

平煜眸光一冷，二话不说掷出两枚透骨钉，一枚掷向金如归的腕上大陵穴，另一枚，则飞向他的右眼眼珠。与此同时，纵身一扑，挥刀朝他胸膛刺去。

金如归一边打斗，一边不忘用眼睛在书房内外四处找寻平煜的影子。找了一晌，连块平煜的衣角都未看到，正自心头火起，不料平煜却斜刺里冒了出来。

他眼睛一亮，忙撇下秦勇等人，转而杀向平煜。

对他来说，平煜虽然武功和内力都不算最出众，却机变百出，两人交手一回，明明他武功远在其之上，但因平煜招式古怪，常常出人意料，他竟未能一举将其拿下。

他素来喜欢这样的聪明人，只觉跟平煜交手远比跟旁人交手来得有趣，故他除了要找那名做"药引"的女子外，眼下最感兴趣的事，便是跟平煜周旋。

秦勇见平煜替她解围，感激地朝他看一眼。

李由俭因离得远，未能第一时间逼退金如归的下流招式，被平煜抢了先，见秦勇对平煜投去感激的目光，不满地瞥平煜一眼，旋即挥掌击向金如归的背部。

一行人重又混战在一处。

金如归见平煜五官在月光下显得俊美绝伦，当真赏心悦目，越发起了逗弄他的心思，招招直逼平煜，恨不得将他缠个密不透风。

平煜边打边退，一路退到围栏处，再无退路，眼见金如归一掌挥至胸口，忽然福至心灵，内力随之一炽，竟硬生生拔地而起，往后翻了个筋斗，展开双臂，轻飘飘地后退着掠往院墙，到了墙头，稳稳立住。

众人大吃一惊。

这招式离奇不说，且需极强的内力，平煜不过是情急之下勉力为之，没想到竟能随心而为，自己都吃了一惊。

只有秦晏殊略有所悟，若有所思地朝书房里看了一眼。

金如归大笑道："好好好！好小子，之前我倒是小瞧了你！"

说完，一脚踏上围栏，在半空中连踩数步，如飞鹰一般滑翔而去，扬臂探向平煜的肩头。

平煜见势不妙，正要刺出一刀，忽听李攸的声音远远传来："平煜，洪掌门和文庄主带了好些江湖人士来了！外头昭月教的教众已经被打得七零八落了。"

话未说完，便见半空中几人飞纵而至，势如流星，迅如闪电，直直地朝金如归包抄而来。

不过一眨眼工夫，对方已经逼到眼前，轻功之高，委实叫人咂舌。

金如归看清来人，眸色一厉，冷笑道："文一鸣！"撇下平煜，于半空中硬生生掉转头，转而杀向来的那几人。

离得近了，众人才看清，来的三人，除了洪震霆之外，其中一个，年约四十，面容和善，相貌堂堂，着一身紫袍，身躯昂扬，出手如风。从年龄和相貌上来看，大约就是那位万梅山庄的文一鸣文庄主了。

而另一个，才二十左右，眉眼与文一鸣有七八分相似，略清秀些，也跟文一鸣一般未语先笑，十分潇洒出众。

秦晏殊等人看清那年轻人，讶道："文少庄主。"

平煜便知这人多半是文一鸣的公子了，听说单名一个峥字。

这时，金如归已经跟洪震霆和文家父子过了好几招，招招蕴藏雷霆之势，若对方武功稍差些，顷刻间便可要人性命。

李攸到了院外，见状，有意扰乱金如归，故意笑嘻嘻谎称道："金教主，你的十一个奉召已经被我等杀了七个啦！真是痛快！你继续在这待着，我要去杀剩下那四个了！"

金如归虽然并不在意手下这帮女子的死活，但听李攸语带挑衅，仍勃然大怒，忽然变掌为刀，使出全力，劈向武功稍弱的文峥。

文峥见此招甚为了得，不敢硬接，提气退开一步。

出乎意料的是，金如归得以突出重围，并不去找李攸的麻烦，反转头朝书房飞掠而去。

他没料到今夜万梅山庄的人会出来捣乱，情况顿时棘手不少。加上里外又都是锦衣卫和秦门的人马，心知再缠斗下去，断然讨不到什么好处，索性最后一搏，趁乱将药引掳走再说。

方才他分明看见平煜背着药引到了书房，而等到平煜出来时，身旁却不见那女子的踪影，因此他料定书房内另有暗室。

众人原防着金如归追袭李攸，不想他竟然掉转头，往书房逼去，一时都有些措手不及。

平煜离书房最近，见状一惊，忙从一旁飞扑而至，举刀便朝金如归腰上砍去，然而到底晚了一步，只见那刀刃堪堪贴着他衣襟划过，却未能起到半点阻拦作用。

金如归一路没有阻碍，轻轻巧巧便掠到了书房中，一进门，便开始四处搜检傅兰芽的藏身之处。

平煜怎肯让他得逞，人未至，已经将绣春刀朝金如归后背掷去，等他俯身闪避，便纵身一跃，抓向他的肩头。

金如归并不回头，只就着平煜的手劲一旋身，掉转身子，屈爪抓向平煜的胸口。

平煜往后一倒，躲过这一抓，矮身回脚一踢，狠狠攻向金如归的下盘。

恰在此时，外头忽然又闯进一人，声如狼嚎，招式拙朴，速度却极迅猛，箭矢一般朝金如归扑来。

金如归吃了一惊，见那人武功了得，不得不全力迎敌。

平煜转头一望，却是王世钊。

只一皱眉，便猜到他多半是见金如归太过难缠，怕傅兰芽被金如归掳走，叫自己叔父的一番安排打水漂，不肯再坐山观虎斗，这才冒了出来。

这时，文一鸣等人也已拥入。

因这一回众人打斗之处离那处暗门甚近，一时不防，叫王世钊一掌劈碎了暗门。

众人都是一惊，就见一名绝色女子抱膝躲在墙内，身着鹅黄色薄纱裙裳，虽满脸惊惶，却眉目如画，楚楚动人，当真美得夺人心魄。

文峥眸中闪过一抹惊艳之色，再要细看，平煜却已经俯下身，将傅兰芽一把拉了出来，将她护在身后，道："走。"

两人刚奔到门口，便听身后扑来一股劲厉的疾风，势不可当，直往傅兰芽肩上袭来。

平煜忙按住傅兰芽的肩膀，帮她矮身躲过一击，左手却迅疾掉转刀柄，刺向金如归的下腹。

金如归急于掳走傅兰芽，早失了跟众人周旋的耐性，见眼前刀光一闪，并不闪避，反倒张开五指，徒手握住那锋利至极的刀刃。

另一只胳膊却再次使出分筋错骨手，瞬间暴长数寸，不依不饶抓向傅兰芽的后背。

平煜手中刀刃被巨力握住，抽不出也刺不动，眼见金如归已逼向傅兰芽，咬牙抬起右肘一撞，将金如归的胳膊格在半空，口中对傅兰芽低喝道："跑！到外头等我！"

傅兰芽听得真切，二话不说跑到门外，蹲下身子藏在走廊上的廊柱后。

金如归出乎意料，一是没想到平煜会舍命保护药引，二是没想到这少女看着娇滴滴的，反应竟如此迅捷。

眼见不过一招之间，竟再次叫傅兰芽从眼皮子底下逃脱，他脸色一阴，化爪为掌，重重落向平煜的肩头。

平煜此时左右手招式都已用老，避无可避，只得硬生生接了这一掌。

只觉一股辛辣古怪的力量沉沉压下，顷刻之间，如狂风般沿着他的肩部席卷至胸窝，将他的内息搅动起来。

摧心掌甚为狠绝，这一招下来，被击中之人就算没有当场内力尽失，也免不了遭到重创。

平煜一向坚毅过人，无论遇到何事，从来都是不到最后一刻，绝不灰心丧气。

正因如此，方能屡次绝处逢生。

可眼见摧心掌了得，心难免凉了半截，想着傅兰芽如今虎狼环伺，若自己有了不测，往后她处境该何等艰难，到最后，免不了落到王令等人的手中，脑子里顿时变得乱糟糟的。

念头一起，目光却是一定，不行，无论如何，不能让她身陷险境。

这么想着，胸膛里原本紊乱的内息竟如无数溪流汇集为大海，瞬间归于一处，而内力更是无端暴涨数倍，沿着脉络飞蹿至肩头，往上一顶。

这莫名而来的冲势虽不足以将摧心掌全数化解，却能将金如归的怪力勉力顶住。

金如归脸上诧色闪过，怔了一下，顿时有所领悟。转眸看向门外，虽一时看不见傅兰芽在何处，却露出狂喜之色。

因这一挡，洪震霆和文一鸣已包抄而来，一左一右逼向金如归，彻底将他困在原地。

金如归被三面围攻，不得不撇下平煜，双臂回收，往后一仰，在半空中翻个筋斗，放出脚上的利刃，没有刺向洪震霆和文一鸣，反对上身后的秦晏殊和文峥。

二人忙往后掠开一步，好躲避那锋芒。如此一来，金如归眼前便露出一片空地。

机会难得，他趁势便欲突出重围，谁知忽然斜刺里扑来一人，丝毫不顾忌他脚上的利刃，探爪朝他胸口抓来。

却是王世钊。

金如归见他来势汹汹，不得不挥掌与其对上。两人一个武功卓绝，一个怪招频频，一时间倒难分高下。

而旁人更是再不给金如归可乘之机，将他团团围住。

傅兰芽惴惴不安地躲在廊柱后，听里头呼喝声不断，唯恐暴露藏身之处，也不敢抬头往内看。

只听哗啦啦一声响，一个黑影如岩石般破窗而出，狼狈地落在廊下，直往后趔趄了数步，方才勉强稳住身子。

傅兰芽小心翼翼往外一瞄,就见那人是个身着乌纱裙的美貌妇人,单看上半截,端的是气度高华,跟寻常贵妇一般无二,可下半截却只着过膝的亵裤,一双长腿露在外头,细腻白皙不输旁人,偏偏脚上还穿着一双做工精致繁复的月白色金丝鞋,看着既滑稽又怪异。

傅兰芽还要细看,便见里头紧接着飞出数人,丝毫不给那妇人喘息的机会,各自使出招式,再次缠住那妇人。

饶是金如归武功盖世,被一帮高手缠斗了一晌,也不免露出颓势,外头一干教众又被制住,再斗下去,今夜少不得损兵折将。

眼见硬拼是不行了,他百忙之中从腰间取出一粒药丸,一掌拍开,一眨眼工夫,里头便放出浓浓的黄雾。

众人心知这东西带毒,忙捂住口鼻,往旁一退。金如归趁势腾空而起,一双锐目往廊下一扫,眼见傅兰芽藏身之处离他太远,再要近前,需得越过众人,风险太大,不得不作罢。眼风朝平煜一溜,笑道:"平郎,咱们后会有期!"

说罢,已经几个起落,身影翩翩,消失在院外。

他明明声音低沉,偏装出娇媚语气,一声"平郎"从半空中袅袅传来,众人都是一个激灵。

傅兰芽听得清楚,心里莫名觉得不舒服,不满地蹙了蹙秀眉。

王世钊却愣了一下,不怀好意地朝平煜看了看。

平煜全当金如归放屁,追了两步,眼见金如归跑得不见踪影,心知他轻功卓绝,一旦逃脱,断难追上。

提刀四下里一顾,见不远处廊柱后露着一角衣裳,似是因廊柱不够宽阔,傅兰芽又藏得太急,不小心露了痕迹在外头。

他便朝廊柱走去,谁知傅兰芽戒备心太重,因一时未能从脚步声分辨出是何人,便悄悄往旁一挪,将整个身子都藏匿在廊柱后的阴影中。

虽正是火烧眉毛的时候,平煜见此情形,仍觉好笑。走到近前,怕她害怕,唤道:"傅兰芽。"

傅兰芽听得是平煜的声音,心头一松,忙从廊柱后出来。

除了洪震霆及文一鸣以外,其余诸人轻功都不能与金如归相提并论,追了一晌,未能追上金如归,不得不去而复返,见到傅兰芽,齐齐朝她一望。

傅兰芽只觉各种意味不明的目光朝她瞥来,除了早已熟悉的秦门及形意庄等人，另有一名年轻男子，脸上含着一抹笑意，目光灼灼地打量她。

她眯了眯眼，刚要细看那人，谁知眼前一暗，视线被整个遮住。再往上瞧，便是平煜的肩膀。

秦勇及白长老迎上前，道："平大人。"

平煜见众人似要跟他商议的模样，一拱手，正色道："今夜一战始料未及，亏得诸位义薄云天，方未让金如归得逞。此刻昭月教教众仍在府外纠缠，容我出去部署一番，再议旁事。"

说话时，目光淡淡落在文峥身上，见他立在原地，并无离去之意，看他一眼，侧过头，低声对傅兰芽道："走。"领着她往外走。

正要下台阶，李攸的身影出现在院门口，见到平煜，他大步迎来，道："昭月教诸人倒是都撤走了，方才洪掌门和文庄主只差半步便能将金如归捉住，可惜叫他的教众搅了好事。"

平煜见李攸安然无恙，暂且放了心，只皱眉道："金如归还会再来，这回逃了，下回未必再能来去自如。"

他眼下最为挂心的便是林夫人的下落。金如归出现得太过蹊跷，里头大有文章。沉着脸思忖一晌，正要将许赫等人招来，便听一声清啸，却是洪震霆和文一鸣返转。

李攸唤道："师父！"大步走到洪震霆跟前。

文峥也快步下了台阶，对文一鸣道："父亲。"

傅兰芽这才知道这二人竟是父子。

洪震霆领着文氏父子到平煜身前，为彼此做介绍："这位是锦衣卫指挥使平大人。"

"这位是万梅山庄的文庄主。旁边这位，是文庄主的公子。"

文一鸣面容和煦，笑容里仿佛含着春风，叫人一望便生好感。他一拱手，笑道："久闻平大人大名，今日一见，果然是人中龙凤。"

文峥一礼，诚恳道："平大人。"

平煜笑道："今日多谢文庄主出手。"

又冲文峥点了点头："文公子。"

秦晏殊姐弟及李由俭、白长老等人，也纷纷近前，含笑见礼。

洪震霆朗笑一声，对平煜道："不瞒平大人，其实今夜我偕文庄主前来，正是为了金如归之事。不想刚到府外，恰好撞见昭月教的教众前来滋扰，文庄主一向疾恶如仇，见金如归如此猖狂，便跟我一道进府，这才有了后头的事。平大人，我有个提议，既然金如归已出手，势必还有后招，我等不妨连夜商议个万全之策。"

平煜心中另有计较，脸上却笑着点点头，道："我正有此意。"

傅兰芽垂眸静立在平煜身后，回想起方才的惊心动魄，只觉自到金陵之后，局面愈加复杂。金如归虽然是目前最大威胁，却未见得便是持有最后一块坦儿珠之人。

对方如此沉得住气，也不知平煜该用怎样的手段，方能在迷雾般的表象里窥得一点真相。

想到此处，看向平煜的侧脸的目光里不自觉透着几分心疼。

这时，不知是不是平煜有所感应，转头朝她一望，又对洪震霆道："经过刚才一役，外书房已经一片狼藉，诸位不如同我一道去花厅议事。我这便吩咐下人做些消夜，诸位若不嫌弃，不如先填填肚子，再议事不迟。"

众人忙应是。

文一鸣笑道："平大人当真豪爽。后日武林大会，我等也置下了薄酒，还请平大人务必赏脸，前来一聚。"

平煜笑应了，令人下去安排。

一行人便往花厅走。

傅兰芽为着不引人注目，有意落后平煜几步。

半路上，林惟安过来，对平煜耳语几句。

平煜略落后两步，等傅兰芽走近，低声道："林嬷嬷无碍，一会儿我便让他们将她领来。你们主仆所在的厢房家具大多损坏，无法安置，花厅后头有个房间，你跟嬷嬷先到那房中歇息。一会儿我们在外头说话，你有什么想听的都可听见。"

傅兰芽先听得林嬷嬷无事，再听得说一会儿可在一旁听平煜跟江湖人士议事，更生出几分希冀，嘴角翘起，轻轻应道："知道了。"

第二十五章 林夫人

傅兰芽眼睛亮亮地暗自筹划，浑然不觉一旁秦晏殊正打量她。

他刚才一眼不漏地将傅兰芽和平煜的情形看在了眼里，早前的疑惑变得越发具体，一颗心怅惘得简直无处安放，连脸色都黯淡下来。

在此之前，他虽早已看出平煜对傅兰芽心思不一般，可他一向乐观，总觉得即便如此，平煜毕竟位高权重，又是侯门公子，真到了京城，未必肯许傅兰芽正妻之位。而以傅兰芽的品性，怎肯委身平煜做妾？

故而他总认为，不论平煜对傅兰芽态度如何，都只能是剃头挑子一头热，傅兰芽断不会给他半点回应。

谁知经过今日一遭，他意外地发现傅兰芽看向平煜的目光里，清清楚楚含着倾慕和疼惜，当时便觉胸口仿佛被重锤击中，闷胀得无从排解。

秦勇瞥见弟弟的神情，暗叹口气。弟弟素来关注傅小姐，经过今日一遭，不难看出平煜和傅小姐已是两情相悦。

不过这倒未见得是件坏事，弟弟越早知道，越能及时抽身。此时虽免不了有些失落，总好过惘然无知，最后泥足深陷。

几人各怀心事，沉默地走了一晌，连开口说话的兴致都全无。

秦晏殊眼看走到花厅，忽然想起一事，深觉此事重大，不得不将对傅兰芽的心思暂且放下，对同样寡言的姐姐和李由俭道："对了，有件事我觉得很奇怪，早就想跟你们说了。"

164

秦勇和李由俭朝他看来："何事？"

"上次我中毒之后，曾服过傅小姐给我的解毒丸。"秦晏殊道，"自那之后，我内力便精进不少。初始时，我总认为是因我突破了秦门心法第九层的缘故，可我问过大姐，姐当初练到第九层时，内力并未短时间内大增，是以我也有些糊涂。直到今日，我才明白我先前想岔了。"

秦勇疑惑道："此话怎讲？"

秦晏殊抬头看了看傅兰芽的背影，轻叹一声道："今夜我等在傅小姐房中跟金如归交手时，我曾亲眼目睹金如归鞋上利刃划到了平大人的手，本想提醒平大人，谁知不等我出声，平大人便带傅小姐从后窗走了。"

秦勇面色一白，一时间担忧得无法正常思考："平大人中了毒？"

李由俭立在一旁，目光复杂地望着秦勇焦切的脸庞。平大人若是已毒发，焉能像现在这般生龙活虎？这么简单的道理，阿柳姐却因关心则乱，自动忽略了。

秦晏殊点头道："我等追着金如归到了外书房，平大人和傅小姐却不见了踪影。我们跟金如归打斗了一盏茶工夫，平大人才再次出现。

"我因担心平大人毒发，曾仔细打量他的神色，却发现他没有半点中毒迹象。想那金如归残暴成性，既在刀上抹了毒，想必毒药十分了得，平大人又怎会安然无恙？是以我当时便猜测平大人之所以消失这么久，没准是傅小姐发现他中毒，给他服了药丸。如我所料，后头对付金如归时，平大人的轻功陡然拔高，一点也不输于金如归，我也就越发肯定他服了傅小姐的药丸。"

秦勇听了这话，高高提着的心这才落下。

李由俭却道："可傅小姐那药丸既是用来解毒的，又怎能增长内力？"

三个人都觉纳闷。

白长老在后头听见，虽未搭腔，却陡然想起一事。当年元人统治中原时，曾搜罗天下奇珍异宝用来熬炼丹药，听说有一味丹药名赤云丹，因集元人之大成，是珍药中的珍药。

后来元人被驱逐出境，北元贵族在民间四散逃亡，不慎遗失了不少宫中秘籍。自那之后，某些北元秘术才公之于众，而其中便包括关于赤云丹的记载。

傅小姐既是药引，手中持有蒙古人的赤云丹并不奇怪。

听说此药虽能解毒，于滋长内力方面，却因药材至精至纯，只对未泄过元阳的男子有效。

让他颇为纳闷的是，掌门尚未婚娶，仍是童子身，倒还说得过去，万没想到平大人竟然也是……

他胡思乱想了一通，忽又大喜。据他所知，用来炼制赤云丹的七彩芍药及雪鹿均已绝迹，当年虽然有人得了方子，却因缺少药材，无从复炼赤云丹。傅小姐所持有的多半是当年北元太妃所残留的那几粒。

此药一旦注入体内，便会如藤蔓般蔓延滋长，渐至没入五脏六腑，日复一日，春雨般无声无息益养功力。

因赤云丹的药性不易把控，初始时，服药之人时常会有力不从心之感，等融会贯通之后，内力才会越发宏大，最后渐臻化境。

他忙将此事告诉秦勇等人，末了笑道："恭喜帮主！赤云丹乃当时奇药，早已在世间绝迹。没料到因缘际会，倒叫帮主得着一粒，真乃秦门之幸。"

秦勇等人都惊讶莫名。

白长老又悄声道："此事有百利而无一害。上京路上，不说那些层出不穷的争夺坦儿珠之人，光那一个虎视眈眈的王同知，就足够叫人头痛了。而王同知所练的正是北元邪术，万物相生相克，说不定这至阳至纯的赤云丹，正可用来克制王同知。"

秦勇等人仍要细问，已到了花厅门口，王世钊立在台阶上，阴着脸看着他们。

众人一凛，掩了口，目不斜视越过王世钊，到花厅依次落座。

那边傅兰芽早被领到花厅旁一个小小厢房里。

在榻上坐下，正默默想心事，林嬷嬷被林惟安给领来了。

主仆相见，自是分外唏嘘。

然而经过这一路的磨砺，林嬷嬷心性大胜从前，抹了一会儿眼泪，很快便镇定了下来。

少顷，仆人呈了消夜来。两人用了，林嬷嬷劝傅兰芽和衣在榻上躺一躺。傅兰芽却惦记着要听外头的谈话，只摇摇头，悄悄贴到房门前，竖着耳朵静听。

可花厅中只偶尔传来几句低低的交谈声，久久未听到平煜开口。

未几，忽听廊下传来平煜和李攸的说话声，她忙转身走到窗前，悄悄推开一道缝往外一看，才知平煜暂未进花厅，仍立在外头跟李攸议事。

就听李攸道："去渡口的人已然返转。咱们果然没料错，林夫人所坐的船才到金陵不久，刚才我已叫人护送她到了府中，我亲自前去查看，这回再无差错了。我就想不明白了，此事如此机密，金如归究竟从何处得知的消息？不说他竟能掐准林夫人来金陵的时机，就连林夫人的相貌他都能伪造得惟妙惟肖。"

李攸说着，从怀中取出之前在西跨院捡到的一张人皮面具，举起细看。

平煜听到身后动静，心知傅兰芽在偷听，并不露痕迹，然而目光触及那张面具，仍生出几分赧然。

若不是今夜他一心想着跟傅兰芽缠绵，怎会不亲自查看金如归假扮的林夫人，竟然叫此人混入府中？

往那人皮面具的鬓角边缘看了一眼，未见黑色的胶状物，沉吟一番道："你可还记得，那回我们在岳州城的树林中遇到林之诚的陷阱时，有一名暗卫被镇摩教的教徒调了包？"

李攸扬眉道："自然记得，从那名细作的易容手法来看，那人正是镇摩教的教徒。"

顿了一下，讶道："你是说，此事与镇摩教有关？"

平煜不置可否道："当日林之诚落到我们手中之事，除了东厂，镇摩教和邓安宜也知之甚详。据我前日所得的消息看，金如归久居金陵，近年来未曾出过江南，不大可能这么快便得到林夫人的消息，多半有人故意泄露消息给他，只是不知究竟是东厂还是镇摩教所为。"

李攸道："若说是东厂引了金如归来，从王世钊的反应来看，又有些说不通，今夜王世钊可是头一回出手帮咱们对付外敌。再者，东厂的目的是为了引出持有坦儿珠之人，金如归行事如此嚣张，不大像那种肯蛰伏二十年的人，东厂何至于旁生枝节，引一个手中根本没有坦儿珠的人出手？我倒觉得此事颇有些邓安宜的作风。这厮素来喜欢迂回作战，若将局面搅得混乱不堪，他正好称意，也好坐收渔翁之利。"

平煜皱眉道："邓安宜前日才到金陵，这两日都在邓家的金陵旧宅中，未曾出过府。来往的几封书信，不是本地官员的拜帖，便是邓家留在金陵的亲眷家书，怎么跟金如归递的消息？"沉吟一番，忽然想到一个可能，"难道是邓文莹？"

他虽日夜派人监视邓安宜，却无暇盯梢邓文莹，若是邓文莹假借出府之便，替她二哥送信，倒也未尝不可。

李攸惊诧莫名道："她？她一个娇滴滴的千金大小姐，为何要跟她二哥同流合污？"

这时，洪震霆派人来请平煜和李攸，二人只得将此话题放下，来到花厅中。

两人落座后，洪震霆笑道："平大人，不瞒你说，今夜文庄主前来，正是要跟你和攸儿商议后日的武林大会之事。不巧一进府，便遇见了金如归这个魔头，好端端的搅了谈兴。也罢，既然这魔头已出手，咱们不如借武林大会之机，商量个共同对付他的法子。"

文一鸣温煦一笑："平大人，李将军，二位难得路过金陵，本该设宴款待二位，谁知因着一个二十年前的传言，江湖中再起波澜。为今之计，最要紧的便是防备金如归再来侵扰。经过今夜一役，金如归的本事，诸位想必都已领教。在下有个提议，恰逢武林大会召开，咱们不如放出假消息，好将金如归引至武林大会上，集众人之力将其一举拿下。"

"哦？"平煜眸光动了动，饶有兴趣地道，"什么假消息？"

文一鸣道："自是故意放出傅小姐在武林大会的消息。金如归在江南作恶多年，我等早有除去此人之心，奈何他狡诈多变，武功又奇高，我等奈何不得他。难得他如此执着于傅小姐，如若让他知道傅小姐也在武林大会上，此人断不会置之不理。"

文峥眉头不易察觉地蹙了蹙。

平煜目光落在文一鸣的掌上，凝了一下，忽然转头，似笑非笑地看向王世钊，道："不知王同知对此事有何见教？"

王同知瞥瞥文一鸣，冷笑道："这主意不妥。万一出了什么差错，叫金如归掳走傅小姐，咱们岂非前功尽弃？"

平煜见王世钊说出他想说的话，甚合心意，只摸了摸下巴道："看来此事还有些商榷的余地。"

秦勇心领神会地牵牵嘴角，估摸着平煜根本不想让傅小姐成为武林大会上的靶子，故意引王世钊回绝文氏父子。

文一鸣笑容不变，只道："金如归自小就被养在昭月教前教主底下，听说天生雌雄同体，又是难得的武学奇才，颇受前教主青睐。金如归弑杀前教主后，搜罗了不少武功秘籍，二十年来，练就了一身奇功，放眼当今武林，便说是天下第一也不为过。照在下看，也就是当年南星派的林之诚勉强可与其一较高下。可惜的是，林之诚二十年前便已销声匿迹，如今，是再也找不到单凭一己之力便可与金如归相抗衡之人了。"

平煜听文一鸣提到林之诚，垂眸饮了口茶，并不接话。

李攸好奇道："文庄主，这回的武林大会共发了多少帖子？"

文一鸣道："共计一百余张英雄帖，不止江南一带，连中原的名门正派都会前来赴会。若是武林大会上众英雄齐心协力，不怕不能将金如归擒住。"

秦勇见他句句不离武林大会，一时不好接话，转眸看向平煜，看他如何应答。

平煜默了一会儿，笑道："这等武林盛事，听着就叫人神往。到了后日，我和李将军必定前往。"

一句不提用傅兰芽做饵之事，态度已然十分明朗。

陆子谦意志消沉地走到大街上，打算随便找间酒肆，借饮酒浇浇心中烦郁。

夜色深深，街上却仍十分热闹。他沉着脸在街上走了许久，好不容易寻到一间清净的酒肆，正要一头扎进去，忽听得一旁马车上传来一声低唤："益成。"

陆子谦听这声音颇为耳熟，想了想，意识到是邓安宜，便停步，讶道："子恒？"

就见有人从车帘内递出一张帖子。

一名立在车旁的下人接过，递给陆子谦道："我们公子染了风寒，不便吹夜风。难得遇见公子，想请公子去酒楼一聚。"

陆子谦疑惑地看一眼那厚厚的车帘，见帖子上的落款的确是邓安宜，踟蹰了一会儿道："哪间酒楼？"

那下人便笑着往后一指。见陆子谦并无反对之意，便领着他进入酒楼。

不远处有一名衣着朴实的男子看在眼里，若有所思地从怀中取出一物，对一名车夫模样的男子道："速给平大人送信。"

陆子谦落座，又等了半盏茶工夫，就见邓安宜从屏风后闪身出来，满面笑容，衣饰高华，只鬓发有些松散，似是方才匆忙束起，跟他平日整洁儒雅的外表略有些不同。

"益成。"

"子恒。"

邓安宜上前一礼，撩袍坐下，热络道："万没想到我们竟能在金陵城中偶遇。今夜既能于茫茫人海中碰上，算得有缘，势必一醉方休。"

说罢，令人呈酒。

少顷，便有两名女子抱着琴进到房中，放于琴架上，袅袅婷婷走上前，含笑给两人行礼。

陆子谦不经意往那两名女子一瞥，汗毛一竖，惊讶地定在原地，久久无法动弹。就见其中一名女子明眸如水，肌肤胜雪，乍眼看去，竟跟傅兰芽生得一模一样。

邓安宜淡淡一笑，拂了拂袖，对身旁婢女低声说了句什么。

那婢女便走到屋角，打开熏笼，放了一样物事在其中。转眼间，袅袅幽香在屋中飘散开来。

邓安宜饮了口酒，细看一眼陆子谦，关切道："益成近日似乎清瘦了不少，可是舟车劳顿的缘故？"

陆子谦却仍在盯着那女子细瞧。暖黄的灯光朦胧了她的五官，乍一看去，简直跟傅兰芽一个模子印出来的，可再仔细分辨，才发现这女子鼻头比傅兰芽略宽，红唇略薄，下颏处的线条也不如傅兰芽精致流畅。气质上，更流露出几分傅兰芽身上所没有的轻浮媚态。

他怔了一晌，说不出是失望还是松了口气，皱眉端酒，仰脖一饮而尽。随后便勉强一笑，接过邓安宜方才的话头道："这些时日的确忙于奔波，疏于饮食，晚上睡得也不安稳。"

说话时，只觉那熏笼中的香气直钻鼻尖，无端扰人，不易察觉地蹙了蹙眉。

他数月前曾于此事上吃过大亏，对焚香一事极为嫌恶，只是在他心中，邓安宜一贯是京中有名的德行俱佳的君子，故虽起了一丝疑心，却也不好拉下脸面拂袖而去。

邓安宜嘴角弧度加深，不经意看一眼那名跟傅兰芽生得相似的女子。

那女子会意，缓步走到琴旁，撩起长袖，低头轻拨琴弦，一曲《良宵引》便流水般倾泻而出。

陆子谦并不肯再看那女子，然而这琴声婉转悠扬，韵味深长，他听了一晌，竟至失神，酒盅放于唇上，许久未饮下。

恍惚间，想起一年前在傅家时，曾无意间听过傅兰芽抚琴，琴声如黄莺出谷，分外灵动，当真是琴人合一，堪比天籁。

然而经过这一年来的种种，想听她抚琴，怕是再也没有机会了。

思及此，心绪顿时变得紊乱至极。

也不知是被这琴声牵引，还是屋中气闷，头骤然昏沉起来。再循着那琴声抬眼，就见眼前那名女子竟渐渐跟傅兰芽的容貌重叠在一起。

就听邓安宜低低的声音传来："益成，你为何千里迢迢来寻傅小姐？"他声音很低，吐字却清晰，一字一句传到耳朵里，竟还含着些惑人的意味，直抵人心。

"自是……自是为了来救她。"陆子谦以手抚额，拼命保持清明道。

"哦？怎么救？"邓安宜饶有兴趣地接话，"傅小姐如今处境不妙，单只叫来几名武林高手，恐怕不能助她脱离困境，也不知益成打算用什么法子来救她？"

陆子谦只觉那香气越发刺鼻，数月前的经历突然涌上心头，腻烦感加上警惕心，促使他迅速清醒起来。他胡乱撑住桌面，晃晃悠悠起身，往外走去："今日……我身子不适，下回……再与你一道饮酒。"

走到门旁，身子一时不稳，轰然倒下。察觉身后有脚步声传来，忙又支肘爬起，仓皇拉开房门。

只觉走廊上气息无比清爽，意识越发清醒。立在门旁，回头一望，就见邓安宜本已追到身后，见房门启开，又倏尔止步。

两人对望片刻，邓安宜忽然歉意一笑："看来益成身子的确有些不适，我却茫然无知，只顾拉着你饮酒。我先向你赔个不是，望益成莫要见怪。今夜这场酒是续不下去了，也罢，我这就派人送你回府。"

他语气谦和诚恳。陆子谦望他一会儿，心中惊疑不定，少顷，勉强笑了笑，道："不必，我这便回府了，下回再聚。"

说罢一拱手，避之唯恐不及地转身下楼而去。

因着平煜态度明确，洪震霆等人在花厅中商议了一番，话题始终围绕武林大会的筹备，无人再提起让傅兰芽做饵之事。

不知不觉间，外头天色透出一种拂晓特有的深沉幽蓝。

诸人先是打斗了半夜，又议了一回事，到了这个时候，都已疲乏不已。商量到后头，虽极力强撑，到底露出了些倦意。

文氏父子见状，忙起身告辞。众人送了他二人出门，各自回下榻处歇息。

平煜令人将傅兰芽主仆领去另一个院落安置，自己却跟李攸往前院看望李珉和陈尔升。

大夫才给两人上了药，两人虽然依旧声嘶得说不出话，但万幸未受内伤，再将养几日，也就无碍了。

这时许赫进来，对平煜道："大人，林夫人领来了，可要立刻带她去见林之诚？"

平煜跟李攸对视一眼，点点头，往外走道："这便安排两人见面。"

出了房门，一抬眼，就见院中立着一名缁衣女子，身边环绕着十来名护卫。一眼望去，那女子白皙清秀，直如二十许人。

走到近前，平煜才发现这妇人虽面庞秀婉，眉间及眼角却已有了淡淡纹路，似是常有愁绪萦绕心头，经年累月，留下了抹不去的痕迹。

平煜静静望了她一会儿，见她身上一无易容痕迹，审慎开口道："林夫人。"

林夫人毫无波澜，双手合十行了一礼，垂眸道："贫尼性空见过大人。"

平煜见她整个人如泥塑木雕一般，忽然想起二十年前痛失双儿后，林夫人便因伤心欲绝遁入了空门。二十年来，林之诚虽每年都会在林夫人生辰时去她出家的尼庵寻她，林夫人却不曾见过林之诚一面。

听说每回林之诚都会在尼庵外沉默地立上几天，在得不到林夫人半点回应后，又沉默地离去。

李攸也在一旁打量一番林夫人。

记得师父曾说过，当年林之诚初初在江湖中名声大噪时，因武功卓绝，相貌出众，不少江湖名宿看中了他，有意将女儿许给他，林之诚却一一回绝。最后出乎众人意料，林之诚求娶了一位落第举人的女儿。

如今看这位林夫人的温婉气度，倒也不难明白当年林之诚为何会跟她那般恩爱了。

本该是一对让人艳羡的神仙眷侣，谁知世事无常，原本鹣鲽情深的夫妻最后竟反目成仇，长达二十年时光都未能消融两人之间的隔阂，可见当年之事，在这对夫妻心头留下了多么深的烙印。

"有位故人想见见你。"沉默了一会儿，平煜斟酌着词句道。

林夫人淡淡应了声："是，贫尼已经知道了。"

平煜见她一副不以为然的模样，厚着脸皮咳了一声。林夫人自是来得不情不愿，可他急于诱林之诚再次开口，行事时免不了含了几分胁迫的意味，如今总算目的达成，旁的他却顾不上了。

便对围住林夫人的护卫使了个眼色，示意他们领着林夫人往关押林之诚的院落而去。

他和李攸则跟在后头。

到了林之诚的房外，许赫在门口说了句："林掌门，林夫人已经接来了。"

就听房内发出一声钝响，仿佛什么东西落了地，透着几分狼狈之意。

林之诚经过密林一战，伤得极重，功力至今未恢复，几乎算得半个废人。

饶是如此，平煜为防他逃脱，仍用铁链锁住其脚踝，将他限在房中。

那铁链用玄铁制成，极坚极韧，便是内力极高之人也无法绷断，放在往常，只用来禁锢穷凶极恶的犯人。

这倒不怪平煜行事太过决绝，只因坦儿珠事关重大，林之诚作为当年曾亲历过夷疆之战的证人，对弄清事情真相至为关键。平煜好不容易才将其擒住，委实不想中途出任何差池。

所幸的是，这链条放得极长，不至于限制被锁之人的行动，林之诚可随意在房中四处行走。

门一开启，平煜往内一望，就见林之诚立在房中，定定地朝这边看过来。因身子尚未复原，他须得用双臂撑在圆桌上方可勉强站稳。面上沉静如前，可落在桌沿上的衣袖分明已微微抖动起来。

在他身后不远处，一张春凳倒在地上，似是方才起身太急，不小心碰倒。

等到林夫人垂眸进了房中，林之诚再也维持不住，扶着桌沿，趔趄往前走了几步，张了张嘴，似要说什么，可眼看林夫人走近，又停步，半晌未开口。

平煜听洪震霆提过林之诚的为人和性情，知道他一贯寡言，就算心绪大起大落，也甚少在脸上流露出来。

此刻见到林夫人，林之诚的反应倒是比自己想的还要激烈几分，可见洪掌门所言非虚，林之诚果然极为爱重这位发妻。

相形之下，林夫人却异常淡漠安静，不但未曾抬头看林之诚一眼，脸上更不见半点变化。走到屋中，在离林之诚尚有一段距离时，便已停步。

平煜只觉氛围仿佛凝固了一般，不愿继续在屋中逗留，便开口道："林之诚，我已将你夫人毫发无损地接来，一会儿你二人可在房中叙旧，其间不会有人前来相扰。往后这一路，我会遵守约定，竭力护你夫人周全……"其余的话，他因知林之诚心高气傲，不肯再赘述。

林之诚眼睛仍望着林夫人，低了嗓音道："放心，我自会守诺。"这话却是冲平煜说的。

平煜点点头，不再多话，转身出门，将门掩上。又令护卫将门窗守好，眼看连只苍蝇都飞不进，这才放了心，跟李攸往外走。

两人一道去看了李珉和陈尔升，见二人已然能吃能睡，松了口气。平煜因挂心傅兰芽，一从李珉处出来，便跟李攸分道扬镳，回到正房。

为着昨夜的变故，府中几处院落都已被打坏，不少人的下榻处重新做了安排，傅兰芽主仆也被挪到府中西北角的一处小小院落。

所幸的是，这住处不比之前那小院，离正房不算远，若有变故，几步便可赶到，再方便不过。

平煜回到正院，沐浴换了衣裳，又胡乱用了些早膳，便往傅兰芽处而去。

绕过一个转角，沿着小径走到尽头，到了傅兰芽的房外。他立在门边，凝神听了一晌，见里头鸦雀无声，心知傅兰芽多半在歇息，略放了心。回到正院，将许赫等人招来，重新做了一番安排，等几人离去，自己也上床睡下。

平煜一觉睡至晌午方醒，起身后，正立在床前穿衣裳，许赫过来找他。

进屋后，许赫回禀道："林夫人在林之诚房中逗留了许久，在此期间，屋中曾传来争执和啼哭声，持续了许久。后来林夫人出来时，眼睛含泪，似是哭过。林之诚脸色却比先前还要差，见了属下，他只说有话要对平大人讲，余话一句不提。属下便将林夫人安排在林之诚隔壁厢房，又安排了饭食，这才过来给大人回话。"

平煜点点头道："你先带人去安排，我一个时辰后再来。"

等许赫退下，唤了下人进来，立在桌前饮了口茶，若无其事地问："傅小姐处可安排了午膳？"

下人忙回道："回公子的话，因大夫吩咐傅小姐的药膳须得掐准火候，免得影响药效，故厨房熬制了两个时辰，刚刚才做妥，正要给傅小姐送去呢。"

平煜听傅兰芽仍未用膳，正合心意，便点点头，放下茶盅，拿了刀出门。

路上却想着，傅兰芽的那两道药膳用来给她补身子正好，对他来说却过于滋补，吃了之后，气血太旺，夜间偶尔还会流鼻血，下回索性让厨房再添一道寻常的菜，也免得每回得空去找她时，都得陪她一道吃药膳。

到了傅兰芽房前，他左右一顾，确定周围无人，便上前敲门。

少顷，便听一阵细碎脚步声，林嬷嬷过来开门，见到他，忙道："平大人。"

平煜进了房，就见傅兰芽香腮带赤，双眼微饧，正坐在榻上揉眼睛，似是浓睡刚醒，脸上还有些怔忪之态。

平煜走到榻前，将刀放下，望着她道："饿了，先用膳吧。"

傅兰芽望向窗外，见果然日头正耀，转过头，刚要接话，外头便有下人来送膳。

饭毕，平煜饮了口茶，沉吟一番，忽抬眼对林嬷嬷道："嬷嬷，我有话要对你家小姐说，你出去一下。"

傅兰芽正由着林嬷嬷净手面，听了这话，主仆二人都是一怔。

林嬷嬷见平煜态度从容，语气平和，不像是要冲小姐发火的模样，心知平煜多半是为了那什么珠的事要跟小姐商议，便忙应了一声，快步出了房，掩上门，立在门外，屏息留意房中的动静。

傅兰芽眼见林嬷嬷出去，正要问平煜要说什么，蓦然想起昨夜之事，脸上血液一冲，羞得恨不能双手掩面。好不容易略定了心神，窘迫地起身走到榻旁立住，看着窗外，慢吞吞道："要说什么？"

平煜估摸了一下时辰，眼见跟约好去见林之诚的时间还早，便想问问傅兰芽可要跟她一道去旁听林之诚的供词。

谁知见到傅兰芽这副娇俏模样，心里莫名有些发痒，摸了摸鼻子，走到她跟前，低头望着她长长的睫毛，踟蹰了片刻，索性一把将她搂到怀中，低哄道："昨晚是我唐突了你，我向你赔不是。"

他素来心高气傲，像这样诚心诚意地给人赔不是，可是头一回。

傅兰芽万没想到平煜竟主动提起此事，越发羞窘，忙用袖子掩着脸，声音都有些发颤，道："你……你不许再说。"

她并不知道男人这反应并非自己所能控制，只觉平煜对她存了轻薄之心，因此对他很有些怨怼，万没想到平煜哪壶不开提哪壶，竟还敢来招惹她。

平煜心知她多半是因无知，有些想岔了，见她比他还要躁，不好继续纠缠此事，只苦笑道："好，我不说了。"

说罢，低头一看，见她紧紧闭着双眼，睫毛微颤，脸红得恍若天边晚霞，娇媚不可言状，胸膛里一热，忽然起了捉弄她的心思，忍不住在她耳畔道："往后你自然就明白了。"

傅兰芽琢磨了一瞬，只觉这话极不庄重，羞到极致时，反生出几分愠意，跺了跺脚，抬眸瞪向他："平煜！"

触上他如黑宝石的眸子，见他一副一本正经的模样，又疑心自己想多了，歪头看他一会儿，明眸一转，看向旁处，微怒道："没想到你竟这么……坏。"

最后一个字，却因太过羞怯，怎么也说不出口，只剩一个含含糊糊的尾音。

平煜头一回听她直呼自己的名字，心里刹那间仿佛有小虫爬过，说不出地酥麻。望了她一会儿，正要低头狠狠吻她一回，眼看就要贴上她的唇，忽听外头林嬷嬷敲了敲门道："平大人，刘总管说许千户在外院给您传话，您跟那位林掌门约的时间已到了。"

"林掌门？"傅兰芽错愕了一下，忙从平煜怀中挣出，等回过神，脸上桃红般的氤氲迅速褪去，眸中只余一片沉寂，看向平煜道，"林之诚总算愿意交代了？"

平煜心中的燥热也已平静下来，见她并无回避之意，默然一晌，问道："你可愿跟我一道去听林之诚的供词？若愿意，我这就让人安排。"

傅兰芽回答得毫不犹豫："愿意。"

对她而言，母亲的事直如一根深深扎进心中的刺，只要稍有碰触，伤口处便会汩汩流血，自责愧疚自不必说。

可比起一味的追悔，她此刻更想尽快弄清母亲之死的真相，而林之诚的供词，无疑是窥探当年之事的一扇重要窗口。

平煜道："好，我这就让人安排，你让嬷嬷给你戴好帷帽，等我一会儿。"

说罢，离了她，开门出去。

林嬷嬷依照平煜的吩咐替傅兰芽戴好帷帽，因外头有风，怕傅兰芽衣裳单薄，又找出一件薄薄的湖蓝色绣白梅的披风给傅兰芽系上。

收拾妥当，主仆二人在屋中候着。

过了不一会儿，平煜去而复返，在门口对傅兰芽道："走吧。"

出了屋，傅兰芽才发现院中不知何时多了许赫和林惟安，二人见她出来，忙低下头，敛息静立在一旁。

傅兰芽回头对林嬷嬷轻声道："嬷嬷在屋里等我，我一会儿就回来。"

林嬷嬷点点头。

傅兰芽便跟在平煜身后下了台阶。

一行四人出了内院。

因平煜吩咐许赫和林惟安在一旁跟随，架势做得颇足，旁人远远望去，只当平煜要提傅兰芽去审问。

到了看押林之诚的院子，平煜令许赫领着傅兰芽去院中一个耳房中静候，自己则亲自前去提审林之诚。

推门进去，果如许赫所说，林之诚正木雕般坐在房中，脸上笼着一层暮色，浑身上下都散发着消沉阴郁的气息。看得出来，他跟林夫人的一番谈话，进行得一点都不顺利。

不过这也难怪，他们夫妻之间的龃龉长达二十年都未解开，又岂是三言两语便能出现转机的？

平煜在林之诚对面坐下，淡淡道："林之诚，你的要求我已经如数做到。不必我多说，你也该知道东厂正日夜在我府外窥伺，而另几名手持坦儿珠之人更是时刻虎视眈眈。到了今天这境地，你就算不想替你一对无辜夭亡的双生儿报仇，为你夫人日后的安宁，也该将你所知道的尽快说出来。"

说完这番话，林之诚脸上依然毫无波澜。

平煜审问犯人时，一贯沉得住气，见此情形，并不催他，只是不紧不慢伸指叩桌，脑中揣摩刚才下属向他汇报的昨夜陆子谦跟邓文莹见面之事。

据报，昨夜邓文莹乘马车出府后，在金陵城一座名唤仙林池的酒楼外"偶遇"了陆子谦，特意停车，唤住了陆子谦。稍后二人便一前一后进了酒楼，直在酒楼内停留了大半个时辰方出来。

据他对邓安宜的了解，此人虽然惯会装模作样，对邓文莹这个妹妹似乎还算疼惜，就算想利用邓文莹替自己传递消息，多半也不至于丧心病狂到让她跟外男见面。

因此，昨夜的邓文莹十有八九是邓安宜假扮的。

在昨夜之前，他虽然派人时刻盯着邓安宜，却从未想过盯梢邓文莹。若不是昨夜金如归突然闯入府中，他因而知道林夫人来金陵一事被泄露，也疑心不到邓安宜利用邓文莹传递消息。

邓安宜虽与邓文莹面貌不同，若稍作些易容，再换上妹妹的衣裳，一眼看去，并不能立刻识别真伪。且邓文莹但凡出门，必会乘坐马车，加上每回出门都是傍晚时分，光线昏暗，更难以看出不妥。

所幸的是，这两日他除了派人监视邓安宜，还另派人盯着陆子谦，否则的话，焉能通过昨夜仙林池之事进一步证实自己的猜测？

看样子，邓安宜也对陆子谦产生了兴趣。

只是不知他是跟自己一样，宁可广泛撒网也不放过一个可疑之人，还是他从陆子谦的身上发现了什么端倪？

无论如何，邓安宜对坦儿珠之事的涉入程度，似乎远远比自己想的还要深。

想到此处，他忽然生出一种极为陌生的怪异感觉。

记忆中最后一次认真跟邓安宜打交道，还是在他家出事前的那年夏日。那时的邓安宜还是个只爱读书不爱刀枪的瘦弱少年。跟寻常的将门子弟不同，邓安宜大部分时间都用来在私塾读书，甚少跟他们在一处骑马射箭。

在他家出事那年，永安侯去京郊狩猎。等从京郊回来，邓安宜便生了一场大病，足足在床上躺了三个月都未能痊愈。

记得他那时隔三岔五便去永安侯府探望邓安宜，却因长辈怕传染，只获准在房外给邓安宜带声好，从未能进去亲眼探视。彼时邓文莹似乎格外关心她二哥，人虽进不去，却常常在房外头叽里呱啦地跟她二哥说话。

邓安宜好不容易康复了，他整个人却因这场病脱了相，比病前憔悴了不少，性格也变得格外木讷寡言。

母亲回来后还说，亏得邓安宜底子还在，虽然如今有些变相，将养一段时间就能恢复如前。

也就是那段时间，他和邓文莹的亲事再次被两家长辈提上日程。眼看要定下过聘的日子，他家却突然因数十条贪腐罪状被傅冰当廷弹劾，获罪发配。

他三年之后回京，邓安宜已经跟他记忆中的文弱少年有了明显的不同，不但高挑精壮了不少，且武功比三年前大有进益。不过，这倒没什么好奇怪的，毕竟不论邓安宜愿不愿意，既然身为将门子弟，最后少不了会子承父业，走上武将这条路。

只是，从这一路上自己跟邓安宜交手的情形来看，邓安宜老谋深算的程度远超出他的想象，比起朝中那几个难缠的老臣都不遑多让，跟记忆中那个文弱寡言的少年怎么都挂不上钩。

难道一个人的性情和谋算真能短短几年改变这么多？

正自思量，忽听林之诚道："当年我在蜀山之所以诛杀布日古德一行人，是因为他们为了练邪功，偷了当地百姓的婴儿来食，故而我下手时毫不留情。"

鹿门歌

179

平煜一凛，凝神静听。

"在用御琴术杀了布日古德一行人后，我从其中一人身上搜到了一本用蒙古文记载的书籍，因那书扉页上写着'宫制'的字样，故而我猜多半是北元宫中之物。当时鞑子政权被推翻未多久，我勉强识得一些蒙古文，翻阅了一晌，见书上大多记载着一些奇药或是奇珍，内容荒诞不经，不知真假，且越往后翻，记载的物事便越是珍稀贵重。

"到了最后一章，书上画着一块五棱镜状的物事，底下记着此物有起死回生之效，也就是坦儿珠。在取了那本书后，我本想确认那群蒙古败类是否都已气绝，谁知洪震霆忽然率领八卦门的弟子前来找我拼命，说我的御琴术使得他大哥再度受伤，眼看就要成为废人，让我务必有个交代。我这才知道自己的御琴术无意中伤到了旁人，无心恋战，带领众徒下山而去，故而让布日古德侥幸捡回了一条命。"

平煜皱了皱眉。这林之诚性子真是孤高太过，伤人之后，明知做得不妥，却一句道歉都无，难怪后来洪震霆会恨他入骨。也因此埋下祸根，致使几年后他一双儿女夭亡。

不过，听林之诚的描述，那书应该是宫中之物无疑。林之诚多半也是对书中内容将信将疑，所以才会在痛失双生儿后赶赴云南，试图从镇摩教手中夺取坦儿珠。

"几年后，也就是我一对儿女夭亡的那年，不知谁在江湖中走漏了消息，说坦儿珠现在镇摩教教主手中。我本对所谓的起死回生之术并不关心，谁知布日古德为了引我去夷疆，竟从云南来到岳州，扮作货郎毒死了我一双稚儿，之后又嫁祸给洪震霆。我惨失儿女，一时间无法接受事实，这才将主意打到了坦儿珠之上。

"不料到了夷疆后，我发现除了我们南星派，另有旁的门派前来夺宝。一番血战后，我见众人对坦儿珠志在必得，越发对坦儿珠的功用深信不疑。

"初到夷疆时，穆王爷和其他几位朝中大将正在云南镇压夷民。除此之外，还有一名新晋的年轻官员，也就是傅冰，在曲靖守城。"

平煜眸波动了动，心道，来了，一番周折后，二十年前曾出现在云南的人，终于一个不少，全都用一根记忆的绳索串联在了一起。

"因当时云南境内极为混乱，曲靖封了城，我扮作流民沿山路绕过了曲靖，跋涉数日，这才到了镇摩教位于大岷山中的老巢。我深知镇摩教多有异术，不敢轻举妄动，先是在山脚下蛰伏。数日后，趁山脚下的山民给教中送补给，混入车队，掩人耳目地进了镇摩教。"

平煜不语。虽说镇摩教戒备森严，南星派无法全数混入镇摩教，但林之诚轻功算得数一数二，分筋错骨手练得已臻化境，他若只身想要闯关而入，并不见得做不到。

"镇摩教在进山路中设置了无数关卡，而所谓'宫殿'则坐落于峰顶。我杀死一名镇摩教低等教徒，换上了他的衣裳，潜进外殿。谁知在奉香之后，我听得殿旁密室有人说话，这才发现自己竟无意中遇到了老熟人布日古德。

"当年我在蜀山中对付布日古德一行人时，因此子生得眉清目秀，通身气派与旁人不同，又听那群蒙古人唤他'阿达'，故对他印象深刻。几年不见，此人已摇身一变，成了镇摩教的中等头领。我见到他时，他正跟一名年轻女子说话，两人似在商议着给穆王爷的军队施引蛇术，说让右护法趁夜用毒蛇将大部分将士咬死。我后来才知道，那名女子便是镇摩教大名鼎鼎的左护法。

"我以往虽从未跟镇摩教打过交道，但也曾听说过那名右护法的引蛇术甚是邪门，见他们商量得有模有样，担心一旦右护法使出引蛇术，穆王爷的军队会因此大受折损。正想着要不要暂且将坦儿珠之事搁置，连夜下山去给穆王爷送信。转念一想，我既已混入教中，何不干脆趁乱将右护法杀死，一了百了。

"左护法和布日古德说了一晌话后走出密室，我怕他二人发现不对，假装低头擦拭殿中大鼎。谁知左护法走了两步，无意中朝我看了一眼，似乎起了疑心，正要过来逼问我几句，不想布日古德却用旁话打岔，引着左护法去了内殿。

"我先是不解，想了一晌，才隐约猜到布日古德许是有意引我前来，所以才处处放水，也难怪我潜入教中会那般畅通无阻。我本就深恨布日古德，见既已露了破绽，便想不管不顾，先要了布日古德的性命再说。可一想到坦儿珠还未找到，布日古德又暂未发难，只好先按兵不动。

"我料定布日古德必有后招，在目的未达成前，此子不但不会揭发我混入教中的事实，还会有意给我打掩护。果然未过多久，布日古德去而复返，指着我说：'阿满，你进来帮护法搬竹简。'

"我便跟随他进了内殿一间布置奢靡的房间。后来才知，那便是左护法的卧室。我一边搬竹简，一边暗自观摩布日古德的步态，发现他功力远在左护法之下，不禁纳闷。想他几年前便开始习练邪门至极的五毒术，几年下来，早该练得出神入化，谁知功力竟无半点长进。

"之后听左护法跟他说话时轻声慢语，似乎对他颇为信任。从她话语中，我多多少少猜出布日古德几年前被我伤得太重，一身功力几乎散尽，左护法路过蜀山时，无意中救了他一命。布日古德想来是怕镇摩教的人认出他是蒙古人，所以才不敢在背地里习练五毒术。

"我搬竹简时，看了一眼竹简上的内容，见上头都是夷人文字，无法辨识。搬好后，布日古德令我去旁边耳室候命，说夜半教中会举行仪式，届时所有的教徒须在殿外集合。我听得他话里有话，只好先退下。

"我到了房中，见床上有一张人皮面具，便胡乱戴上。镇摩教也委实奇怪，教徒似是因日日操练易容术，彼此间甚少以真面目示人，加上布日古德有意无意替我遮掩周全，直到半夜，都无人发现我并非所谓的'阿满'。

"到了子时，内殿果然大起喧哗，不知什么乐器齐声奏鸣，似箫似埙，不绝于耳。我听见这声音，心知布日古德所说的仪式已然开始，便从房中出来，这才发现教徒正如潮水般从四面八方出来，会集在殿中后，又鸦雀无声地往外走去。一直出了外殿，数百教徒便在门口集合。

"不远处便是悬崖峭壁，临崖筑着一方高台，看样子多半是平日镇摩教用来祭祀之用。怪异的是，此时高台上却绑着一名极为貌美的年轻女子，从相貌上看，跟而今的傅小姐生得有七八分相似。"

平煜一默，看来这女子多半便是傅兰芽的母亲了。

母女二人如此相似，难怪王令当年无意中在流杯苑见到傅兰芽后，即刻便认出她便是当年药引的女儿。

姑且不论是不是王令害死了傅夫人，单说这药引，难不成真有血脉相承之说？否则在傅夫人死后，王令何以笃定傅兰芽也可做药引？

当时王令不过是太子身边的一个掌事太监，人力及物力均有限得很，就算发现药引的下落，他手中却只有一块残余的坦儿珠，为了引出所有握有坦儿珠之人，并将坦儿珠悉数据为己有，他首先得有与之相应的能力。否则还未集齐坦儿珠，他便已身首异处。

而这滔天权势，直到王令成为司礼监掌印太监之后，才慢慢握在了手中。

想到这，平煜越发起疑：王令究竟想要复活谁？坦儿珠真有起死回生之用？否则王令为何会对坦儿珠这般执着？

"那名女子当时被绑在高台上，脸色虽差，却一点不见惊慌之态，一双眼睛滴溜溜的，似乎时刻在找寻逃脱的机会。不知是不是因为这个缘故，她明明不过是个弱女子，镇摩教却派了足足数十名教众在高台周围，将她围得插翅难逃。"

平煜听到这，眸光柔和了一瞬，听林之诚这描述，看来傅兰芽不但相貌遗传自她母亲，连聪明狡猾也有家学渊源。

"我一时不敢轻举妄动，只得跟随其他教徒在殿门口默立。稍后，众教徒忽然伏地叩拜，大呼'教主万岁'。我心知是教主来了，也跟着一道叩拜。就见一行婢女用肩舆抬来一个高眉深目的玄衣男子，那男子明明已是花甲之年，却满头乌发，脸若白瓷，似是练了什么奇功。

"他身边跟着左护法和布日古德，却未见传闻中的右护法。我后来才知，彼时右护法已下山去对付穆王爷。

"到了殿前，教主半闭着双眼，举了举手中拐杖，就听左护法扬声道：'教中近日有一件大喜事，欲令尔等知晓。教主耗时百日，总算勘破了镇教之宝的秘密。数月前，右护法又按照教主的指引，历尽千辛万苦潜入鞑靼草原，抓获了当地古月异族的一名女子做药引。如今万事俱备，只欠东风，趁今夜月圆，便要正式启用这不世秘宝。'

"我听得此话，便知她所说的不世秘宝便是坦儿珠了。左护法一说完，教主忽然睁开眼睛，拍开那拐杖的宽大龙头，从里头取出一件物事。我这才得知，原来教主竟随身携带坦儿珠，难怪王令蛰伏镇摩教数年，始终无法将坦儿珠偷到手，最后不得不将主意打到了旁的江湖门派上。

"当夜月光极亮，将前殿门口照得皓如白雪。镇摩教教主一将坦儿珠取出，那物事便折射出一道锐光。我转头一看，就见布日古德死死盯着教主手中的坦儿珠，满脸垂涎之意，完全忘了掩饰。他身边的左护法有所察觉，满脸狐疑地望着他。

"虽然坦儿珠已然现世，但我因急于听取这坦儿珠的具体用法，只得暂且按兵不动。随后，就听教主指着高台上的女子道：'取了她的心头血来，记得趁热取，不可有半点凉意。'"

平煜听得此话，面色一变，猛地从椅上站起。

他此前虽已猜到傅兰芽做药引恐怕需付出生命的代价，但万万没想到竟是活活挖心这般残忍。

想起在相识之初，他全无心肝，不但未对她有半分同情，竟还屡次放任镇摩教对付她，险些叫她落到那帮异类手中。思及此，说不出地后怕，连掌心和后背都迅速沁出了一层汗。

在他这念头生起的同时，隔壁耳房也发出一声钝响。

平煜一怔，心知傅兰芽恐怕是听到这说法，一时害怕起来，这才失态。

他再也待不住，抬步欲走，想去隔壁耳房好生宽慰她，可林之诚的声音再度响起："当时我见坦儿珠、药引及用法都已齐备，再也不想忍耐，趁众人不防，直朝教主扑去。"

平煜并不停留，快步出门，到了隔壁耳房，推门进去，果见傅兰芽正贴着墙面细听，脸色白得出奇。

见他进来，傅兰芽强笑着摇摇头，又指了指隔壁，示意他林之诚正说到紧要处，她急于听后文。

平煜见状，暗松了口气，冲她点点头，转身回到房中。

林之诚默了默，继续道："谁知我刚一出手，众教徒中竟又暴起数人，从武功招式看，都算得一流高手，且目标齐指教主手中的坦儿珠。我正自惊疑，忽听有人惊慌大喊：'有刺客！'我这才知道除了我之外，另有几位武林中人也潜入了镇摩教，从先前布日古德对我的态度来看，不用想也知是他的手笔。可惜那几人都戴着人皮面具，且他们隐藏了原有的招式，一时看不出究竟是什么门派的高手。

"未等我等杀至跟前，教主已然一纵而起，往一旁退去。而左护法见突然生变，倒也有些急智，忙使出镇摩教的秘术对付众人。

"布日古德初始时也虚晃了几招，帮着左护法解围，其后便趁乱突围而出，跑到那高台下死死守着那女子，似是既怕她逃脱，又知自己武功抵不过旁人，怕混战中受伤。

"我见教主及左护法身手了得，又突然冒出好些高手，担心今夜无法顺利夺走坦儿珠，便想先将左护法引开，于是有意变换了声音大喝道：'布日古德，你这鞑子，将我等引到大岷山来，自己却做缩头乌龟。你不是说好了要跟我等一道夺取坦儿珠吗，此时一味躲在一旁做甚！'

"左护法听得此话，果然转头目眦欲裂地看着布日古德，突然甩开众人，扑向他，厉声道：'竖子！你竟敢骗我！'

"因她出手太快太厉，布日古德躲避不及，只得往高台上一纵。左护法本就内力奇高，加之急怒攻心，一掌击去，竟将高台上绑住那女子的阔柱生生震歪，那女子身上的绳索也因之一松。

"布日古德见状，极力想将那女子重新缚住。可是左护法似是伤心欲绝，一个劲地缠住布日古德。布日古德疲于奔命，不得不暂且放开那女子，一边躲一边哄骗左护法道：'休要中旁人的离间之计，我对你怎样，你难道不知吗？'

"左护法却痛骂道：'亏我还救你一命，没想到你竟是条白眼狼！'她一身红衣，眼睛似能喷出火来，咬牙骂道：'布日古德、布日古德……怪不得你识得鞑靼文，原来你竟是鞑子！我真恨，当初我就该趁你伤重时，再狠狠捅上几刀，结果了你的性命！也好过几年后任你引狼入室，残害我镇摩教！'

林之诚虽面容木讷，却记性奇佳，短短时间内，便将当夜情形一字不漏地复述出来。

"彼时，我和其他几个武林头目一样，为了夺取坦儿珠，全都已经杀红了双眼。为了占取先机，将镇摩教教主围了个密不透风，恨不得即刻将坦儿珠抢到手中。

"左护法追杀了布日古德一晌，见迟迟未能将其拿下，教主这边又情势危急，不得不撇下布日古德，转而来帮教主脱困。

"近天亮时，教主不知是不是之前就已染病或是受了伤，内力本就大有折损，在我等围攻之下，渐渐左支右绌，无力抵挡。

"一片混乱中，不知谁放了毒雾，镇摩教中一些武功低微的教徒承受不住，顿时死伤不少。经此一遭，山崖顶几乎成了修罗地狱，而教主更是终露颓势，不慎被近身一人击中胸口，坦儿珠脱手而出。我等见此情形，立即一哄而上，抢夺中，坦儿珠一分为五。

"电光石火间，我抢得一块，教主手中留得一块，而另两块则被旁的武林高手所得。剩下一块，因争夺太过激烈，从人群中飞出，落到了高台上。布日古德正好在高台下面，见状，忙飞纵上去抢夺。

"当时高台上那女子已将身上绳索悄悄解开了大半，见布日古德纵到台上低头捡坦儿珠，暂且无暇顾及她，竟出乎意料挣脱绳索，趁其不备，一掌将布日古德推下了悬崖。"

平煜诧异莫名。原以为布日古德是被一众高手重伤，万万没想到当年他竟是被傅夫人亲手推下悬崖。

"我等见骤然生变，怕药引趁乱逃跑，顾不上再抢夺其他坦儿珠，忙又掉转头去擒拿那名女子。可不知是不是布日古德提前做了手脚，突然之间，又从山下拥来不少武林人士。崖顶本就地方狭窄，经此一遭，越发变得拥堵不堪，哪怕武功再高之人，也难以施展手脚。

"那女子本就有些武功，身手颇为灵活，见一众高手被人潮堵住，近不了她的身，转眼间便在人群中消失不见。

"我等正要追着那女子而去，那个下山去对付穆王爷军队的右护法去而复返，见教中生变，忙跟左护法联手，使出了引蛇术。短短时间内，二人便将漫山遍野的毒蛇悉数引至崖顶。我等一方面急于找寻药引，另一方面见这毒蛇委实难缠，不得不边打边退。

"等退到山脚下，那女子早已不见踪影，而镇摩教旋即启动机关，封了进山之路。我等进退两难，只好暂且守在山脚下。因崖顶一战，诸人多少都受了伤，虽然一刻都未放弃从旁人手中夺取坦儿珠的打算，但因功力尚未恢复，都不敢轻举妄动。

"我等又想起布日古德坠崖时，手中也有一块坦儿珠，便去往崖底，试图找到布日古德的残躯。谁知找了许久，最后只找到了布日古德的外裳，根本未见到那块坦儿珠。

"在整个找寻的过程中，我和其他武林高手为了怕对方突然发难，始终处于全神戒备的状态。从崖底出来后，我等本欲再度攻打镇摩教，谁知当时因蓟州战事告急，西平侯爷奉旨率军回蓟州，碰巧路过大岷山——"

他说着，看平煜一眼。

平煜惊讶地扬了扬眉。他只知道二十年前镇夷一战时，祖父曾在云南盘桓过一月，没想到祖父竟也参与了当年镇摩教的这场厮杀，心中腾起一种说不出的怪异感。

"老侯爷早听说镇摩教作恶多端，在云南当地恶名昭著，而昨夜大岷山中更是刚刚经历了一场血战，一夜之间死伤无数，将大岷山周围搅得乌烟瘴气。老侯爷听得火起，明明已过了山脚，又杀了个回马枪，率军朝山脚挺进，想趁此机会一举剿灭魔教教徒。

"我等身为江湖人士，本不欲与朝廷有任何瓜葛，然而西平侯带兵素来雷厉风行，不等诸人退去，便杀进了谷中。

"军队作风又与江湖门派不同，来势汹汹，难以抵挡，顷刻间便将山脚下围了个水泄不通，片刻工夫，诸江湖门派便被冲得七零八落。我见事态越发棘手，再也顾不上打坦儿珠的主意，匆忙中突围而出，一路奔到镇中，将守在镇上等候消息的南星派一众弟子集结在一处，即刻往曲靖而去。

"谁知彼时曲靖战事正酣，因不少守军受伤，军营中一时放不下这么多伤兵，不得不转至他处，故而曲靖城的十数家客栈全都人满为患。

"我等好不容易找到一家客栈下榻。刚歇下，无意中听得邻房两名军士说守城的傅冰大人不慎被镇摩教的毒蛇咬伤，如今身中奇毒，命在旦夕，也不知能否活过明日。

"我因在崖顶领教过右护法的引蛇术，听了此话，心知傅冰多半活不过今夜。翌日，曲靖周围战事又起，客栈被夷民围住，我等不便久留，便起程离开曲靖。

"路上，我始终在找寻那名做药引的女子，又派了门下弟子四处打探。哪知找寻了一路，那女子似乎消失在茫茫人海中，再也觅不到踪影。而那晚跟我一同抢夺坦儿珠的几个高手，更是有意隐藏了行踪，直到出了云南，我都未能碰到一个疑似那晚参与过夺珠之战的人。

"不料我刚回岳州，便听傅冰因镇夷有功，被朝廷授予高官，连升三级。我这才得知傅冰竟未毒发身亡，一时惊讶莫名，也不知谁能有起死回生的本事，竟能解那样的剧毒。如今想来，多半是当年傅夫人从大岷山逃出，混入了曲靖城中，因她手中持有什么灵药，机缘巧合之下救了傅冰一命，故而傅冰才会安然无恙。也因这个原因，两人才得以结为夫妻。"

平煜不语。听林之诚的描述，傅夫人手中所谓灵药恐怕就是留给傅兰芽的那包解毒丸了。

也难怪以傅冰的精明强干，竟会娶一名来历不明的女子。两人不但在云南完婚，傅冰还分外慎重地请穆王爷做了保媒。在回京后，傅冰更是想方设法为傅夫人打点身份。

以上种种，除了傅冰本身对傅夫人倾心外，想来也与傅夫人当时救了傅冰一命脱不了干系。

"数月后，我内力恢复，因不甘心坦儿珠和药引就此没了消息，便再次回到云南。可惜的是，我在云南境内找寻了小半年工夫，都未能打听到半点消息。而镇摩教也因那次混战受了重创，将进山之路死死封住，有一年时间都未曾重开。

"奇怪的是，崖底下不知何时竖起了一块布日古德的墓碑。我见墓碑上落款似是夷人名字，疑心这墓碑是左护法所立，以为她终于找到了布日古德的残骸，念着旧情，给布日古德下葬。可等我打开墓穴一看，发现墓穴的棺材空空如也，也不知是一开始便是一座假冢，还是中途出了什么变故。

"我疑心布日古德未死，便离了大岷山，在云南境内辗转打听。几经周折，好不容易从一个客栈伙计处打听到，数月前有一个身受重伤的年轻男子被一名军士所救，两人似是一道去往了京城。我听伙计描述，那人的相貌跟布日古德有些相似，便连夜离开云南，安排好教中事务，随后即刻进京找寻布日古德的下落。

"谁知这一找便是十一年。直到五年前，我无意中在城门口看到太子一行去京郊狩猎，在太子随从中看见布日古德，这才得知此人已化名王令，摇身一变，成了太子身边最得用的太监。

"更可恨的是，这十一年来，因他重拾五毒术，功力早已今非昔比。我找到他后，几次欲取他性命，却因太子府守卫森严，布日古德武功一流，始终未能得手。我只得继续蛰伏，静待时机。

"然而就在两月前，不知何人传出消息，说可做药引之人再次在云南出现。与二十年前不同，因着血脉相传，如今的药引不再是二十年前那名女子，而是获罪的前任首辅傅冰的女儿。我听得此消息，心知当年抢夺坦儿珠的其他门派势必会有所动作，便召集了教中弟子，在路上设下埋伏。"

他说完，久久沉默，显见得已将自己所知道的悉数说了出来。而后头的事，不必他说，平煜也已知晓。

平煜见林之诚再不开口，便从怀中取出一张空白供状，令林之诚画了押，这才道："若想起什么旁的，立刻叫我手下通知我。"说罢，转身出了屋。

到了邻房，见傅兰芽正怔怔地坐在桌旁，脸色变幻莫测，显见得方才林之诚的供词太过震撼，她一时间未回过神来。

见平煜进来，傅兰芽木着脸道："他刚才所说的，可都是真的?"

虽是提问，却是陈述的语气，多半也知道到了这个时候，林之诚为了保住妻子的性命，断不至于扯谎。

平煜走到傅兰芽身边，见她脸色委实难看，忍不住将她搂住，沉声道："林之诚的供词，我稍后会细细与你一道剖析。我先送你回内院，你歇息一会儿，莫要胡思乱想，傍晚时我再去找你。"

傅兰芽心中虽然仍惊涛骇浪，半晌不能平静，但听得此话，心知平煜恐怕还有别的安排，便贴着平煜的腰身点了点头。

平煜拉了傅兰芽起身，替她戴好帷帽，两人一前一后出去。

许赫和林惟安见两人出来，忙跟在两人身后，仍像来时那样"押送"

傅兰芽回内院。

路上，两人都在细细回想及揣摩林之诚的话。刚走到外书房处，远远听到说话声，似是有人刚进府。

稍后，府中管事含着笑意的声音传来："公子正在府中审问犯人，世子可要小的去通报公子？"

"不必。"一个阔朗的男子声音道，"是他自己找我来的。我这边也正有急事要找他。"

傅兰芽转头一望，就见一名三十岁左右的男子龙行虎步而来，生得长眉凤目，英气逼人。

从这人面目上来看，跟平煜生得有些相似，只是脸部线条稍粗犷些，面皮也略黑，不如平煜招眼，但两人一望而知是一母同胞的兄弟。

那人看见了傅兰芽，不由得一怔，脚步顿住，迅速上下打量了她一番，肃容冲她微微点了点头，便转头朝平煜看去。

傅兰芽这时已猜到这男子是平煜的大哥，忙屈膝回以一礼。

平煜眼睛看着那人，嘴里却低声对许赫道："速将傅小姐送回内院。"

说罢，便朝平炼迎去，口中道："大哥。"

第二十七章 万梅庄

傅兰芽见两人显然有要事要商议，不便再留在原地，跟在许赫和林惟安身后进了内院。

林嬷嬷见傅兰芽回来，忙迎着她进房，觑了一回她的脸色，也不敢贸贸然挑起话头，只道："外头这秋风吹得人嗓子都干了。小姐累了，先坐下饮杯茶润润嗓子再说。"

傅兰芽此时除了推敲林之诚的供词，更好奇平煜大哥来找他做甚。坐下后，令林嬷嬷将平煜给她的纸笔找出来，饮了口茶，摊开纸。可真对上雪白的笺纸，她却千头万绪，半晌都无法落笔。

在听完林之诚的那番话后，她直到现在情绪都未平复。只要一想起当年母亲曾有过那番遭遇，心中就一阵酸楚，直想落泪。

好不容易提起笔，还未落墨，眼泪已经猝不及防地滴落在纸上，在毫端洇成一团湿漉漉的痕迹。

她忙定住神，抬手拭了拭泪，等心绪稍稍镇定些，提起笔，一边回想，一边将林之诚话中的要点一一列出。

林之诚的供词中，最让她震惊的，不是当年王令曾在镇魔教中蛰伏过数年，而是西平老侯爷竟也参与过大岷山脚下之事。

也不知当时老侯爷在率领麾下军士对付那帮江湖门派时，那两块本被匿名江湖人士夺走的坦儿珠，是否在混战中易了主？

若果真如此，其中一块，有没有可能落在老侯爷或是其他军士手里？

此事已过去二十年，当时林之诚又及时撤离，对后头的事并未亲睹，因此根本无从考究，但此事可以算得上是推算最后一块坦儿珠下落的关键点。要知道事到如今，五块坦儿珠中有四块的下落几乎已经可以下定论。

除了王令、林之诚和镇摩教之外，邓安宜手中可能也有一块。也就是说，五块坦儿珠，很有可能仅剩最后一块未能确定下落。

而照当年之事看，这个人会不会根本不像她和平煜当初料想的那样是江湖人士，而是西平老侯爷？

她凝住眉头，一边盯着纸上的字迹，一边无意识地轻轻用手指绕着笔端的红穗子。

良久，摇了摇头。

此事距今已有二十余年，要想探查清楚，自然极为困难，但假如其中一块坦儿珠真落在了西平老侯爷的手中，平煜身为西平侯府的嫡子，怎会对此事毫不知情？

可是，从当时平煜擒获林之诚的反应来看，他还真是第一次见到坦儿珠。否则以他的性子，一到曲靖便会直奔心中所想，不会白白走了那么多弯路，还险些被镇摩教及南星派所暗算。且这一路来，争夺坦儿珠的人层出不穷，平煜因着押送她回京，无端被卷入其中，如今可以算得强敌环伺，西平侯府若是真持有其中一块坦儿珠，怎么也不会坐视平煜身陷险境。

那么有可能老侯爷虽得了坦儿珠，却根本不相信这等无稽之谈，所以从未跟家人提及过。要么当年得到坦儿珠的是老侯爷底下的某个将士。

也不能排除最后一块坦儿珠根本未易主，仍在那个神秘的武林人士手中。可这个人……究竟会是谁呢？

金如归？此人行事如此嚣张，真能沉下心来蛰伏二十年？

其他江湖门派？那为何这些门派在他们来到金陵之后都未有动静？

她想来想去，没有头绪，直到晚膳时分，仍在纸上写写画画。

一番剖析下来，倒是将二十年前的事摘了紧要处一一列在纸上，看上去一目了然。单等着平煜晚上过来，再跟他好好商讨了。

本以为平煜有要事跟大哥商议，多半会来得极晚，没想到戌时一到，平煜便过来了。

一进房中，平煜便开门见山道："后日便是武林大会，我想趁此机会将最后一块坦儿珠引出来。晌午我请我大哥来，正是为了跟他商议此事。"

傅兰芽怔了一下，看来平煜是打算亲自去一趟武林大会了。她点点头，抬眸看向平煜："你是怎么跟你大哥商议的？"

那日平煜跟洪掌门及文庄主商议时，她就在邻房，自然对事情的来龙去脉再清楚不过了。

记得当时在商议对付金如归时，文一鸣屡次提起用她做饵，说既然金如归觊觎坦儿珠，用药引引金如归前往武林大会再妥当不过了。

这个法子听着似是有理有据，但明明白白透着鲁莽和冒失。平煜听了后，当场便借着王世钊的口，不软不硬地回绝了文一鸣。

事后，她不是没对文庄主的态度起过疑心。

怎么说呢，于此事上，文庄主似乎太过心急了些，心急得忘了掩饰。

也不知他如此急于对付金如归，真是为了替武林除害，还是有什么旁的目的。

听说金如归在金陵横行二十年，文一鸣身为万梅山庄的庄主，一直有意铲除昭月教，却始终未能如愿。

由此可见，这二十年来，文一鸣一定没少在金如归手下吃亏。好不容易借召开武林大会，引来一众武林高手，文一鸣想必不肯错过这个除去金如归的绝佳时机。

单从这一点来说，文一鸣的失态，倒也勉强解释得通……

正想着，就听平煜道："后日武林大会，无论我留在府中，或是前去赴会，东厂和邓安宜都会有所动作。我不打算坐以待毙，适才跟我大哥商量一番，打算借调都尉府的兵力守在府外，而我跟李佽及秦门中人一同前往武林大会，好引那人出来。"

"你是说，让我留在府中？"傅兰芽思忖一番，讶然道，"然后借用都尉府的兵力，将我这个药引护住，也免得金如归或是握有坦儿珠之人前来滋扰时府中毫无防护。而你则可专心前往武林大会，想法子在一众赴会之人当中揪出最后一块坦儿珠。"

平煜望着傅兰芽，微微一笑，不置可否。

傅兰芽摇头："不对，单将我留在府中毫无意义。无论是金如归还是那个最后一块坦儿珠的持有人，一旦打听到府中的安排，不但无心前去赴会，反倒会掉转头来对付我。就算你们去武林大会，多半也只会扑个空，根本无从找出那人。难道说……"她咬了咬唇，又说："难道说你打算假装采纳文庄主的建议，让人伪装我，跟随你前去武林大会，而实际上我仍留在府中。做好安排后，你再让你大哥领了都尉府的军士潜伏在府外，以防生变？"

平煜挑了挑眉，身子靠在椅背上，一边把玩着手中茶盅，一边笑道："很接近，但仍猜得不对。"

"这也不对？"傅兰芽这回是真的有些糊涂了，一双明眸望着平煜，见他一副不可一世的模样，轻轻嘟了嘟唇，起身，不满道，"都到了这个时候了，何苦再瞒着我？你不告诉我就算了，反正我自己总能猜出来。"作势欲走。

平煜见她失了耐性，气焰顿时消了一大半，本能地便想起身拦住傅兰芽，眼角余光瞥见林嬷嬷，又勉强维持尊严道："真无趣，不过逗逗你而已，你好端端倒气上了。"

林嬷嬷见状，忙悄声闪进了净房。

平煜一眼看见，再也绷不住，忙拦住傅兰芽，低声哄道："好好好，是我不对。你附耳过来，我都告诉你。"

见傅兰芽瞪他，只好固住她的双肩，拿旁话引她道："真到了那日，你得乖乖的，凡事都得听从我的安排，半点差错都不能出。"

傅兰芽见他如此慎重，知道事关重大，嘟起嘴，揶揄道："说吧，我倒要听听，到底是什么不得了的好主意。"

傅兰芽问了那话后，平煜答完，见林嬷嬷仍未返转，一时心痒，将傅兰芽一把搂在怀中低头吻住，好一阵厮磨，直到将她的唇吻得红润欲滴才松口。

分开时，他脸上直发热。不得不承认，自己如今在傅兰芽面前脸皮是越来越厚了。

只要一闲下来，他满脑子想的都是她，从身到心都渴望跟她亲近。她身上的幽香叫他心中悸动，她口中的香唾比世间一切玉液琼浆都来得诱人。在遇到她之前，他从不知道此事这般让人沉迷，如今却是实实在在领会到了。

傅兰芽本还想就平煜所说的法子跟他探讨一番，万万没想到此人竟如此会见缝插针，吓了一跳。她生怕林嬷嬷突然从净房出来撞见，忙在他怀中挣扎起来。可是挣了好几下都未能挣动，反倒被他的气息所淹没，慢慢软在了他的臂弯中。

平煜虽越发意乱情迷，却没到失却全部理智的地步。尤其是他为了多跟傅兰芽亲昵，恨不得调动全部聪明才智用来防备林嬷嬷，这几日很是积累了一些经验，时机掐得极准，刚好在净房中传出冲水的动静时，便适时地放开了傅兰芽。

等林嬷嬷出来，傅兰芽已经在榻前坐下，若无其事地持着一叠纸笺在看，脸上要多专注便有多专注。可只有她自己知道，她装得虽好，裙下的双腿却仍在微微发颤，软得没有一丝气力。

平煜呢，更是早已金刀大马地坐在桌前，右手扶着绣春刀，左手持着茶盅，腰背挺直，镇定自如地饮茶。

林嬷嬷只当没看见他二人红得不正常的脸色，抿了抿嘴，目不斜视地走过。到了床前，想要假装让自己忙碌起来，四下里一顾，实在无事，只得将傅兰芽早已叠好了的干净衣裳一一展开，叹口气，认命地重新仔细叠上。

所幸未过多久，平煜便仿佛想起什么要事，对傅兰芽淡淡道："我还有些事要跟洪掌门和秦当家等人商议，你和嬷嬷早些睡。"

说完，在林嬷嬷狐疑的目光中起身，威严地走到门前，开门出去。

傅兰芽做贼心虚，眼睛盯着手中的纸，并不朝平煜看去，口里"嗯"了一声，算作应答，任他走了。

平煜到了外头，被夜风一吹，胸腔里的燥热彻底平复下来。事到如今，他已经分不出跟傅兰芽同处一室到底是煎熬还是甜蜜了，只觉得无论日里夜里，身心都备受折磨，只盼着立时将棘手之事处理妥当，好早些赶回京城，正式娶她为妻。

到了那时，他自然不必再为了怕冒犯她苦苦地把持自己，而是想如何便如何……

念头一起，他耳根一烫，深觉自己可耻，也不知道从前的操守到哪儿去了。明明一个月前他还对她嗤之以鼻，如今竟恨不得……

唉，此事当真无可溯源，真要细究起来，恐怕三天三夜也想不明白，也就不再浪费时间去想了。眼下还有更重要的事要应对，实在不是胡思乱想的时候。

思及此，他头脑迅速冷静下来，在心中计议一番，穿过院子去寻洪掌门。

到了后日，平烁果然一早便来了，点了手底下都尉府的兵，遮遮掩掩地在府外布下天罗地网。

秦门及形意庄见状，也留下一半弟子在府内外布防。

平煜犹不知足，又令许赫和林惟安带领十名暗卫将傅兰芽所在的院子团团守住，直将整座宅邸防守得铁桶一般，这才略放了心，跟大哥道了别，点了剩下的锦衣卫及暗卫，预备出发。

到了府外，门前却有两辆马车，一辆马车略宽，另一辆略窄，神神秘秘，不知坐的是何人，在一众高头大马中，显得格格不入。

秦门中不少弟子到了门口，见到这两辆车，都露出纳闷之色。平煜和李攸却视若无睹，将那两辆车一前一后夹在中间，随后便跟洪掌门及秦勇等人说说笑笑，起程前往千霞山。

王世钊今日倒算得和颜悦色，见众人将他撇在一边，竟难得地未甩脸色，不紧不慢跟在后头，只是目光触及那两辆马车时，脸上不时露出思索的表情。

千霞山是金陵有名的避暑之地，山脉绵延，风景秀美。其中有一座万梅峰，因每到隆冬，山中万株梅树齐齐盛放，蔚为壮观，故最负盛名。

文庄主名下的万梅山庄便建在万梅峰脚下。自前朝起，万梅山庄便是江南有名的武林望族，在金陵势力盘根错节，极有根基。百年下来，将偌大一座山庄建得堪比琼楼玉宇。

因今年的武林大会在万梅山庄举行，又由文庄主亲自主持，声势比以往任何一年都来得浩荡。

等一行人赶到万梅峰脚下时，早有上百个从各地赶来的江湖门派已然抵达。因同是武林中人，彼此大多认识，立在门前，或豪迈地打招呼——这是关系热络的；或不阴不阳地冷哼一声——这是以往有过节的。寒暄过后，再由万梅山庄的仆人引着依次往里走。

不等平煜一行人下马，文氏父子早已闻讯从山庄内迎了出来。

今日他二人均一身盛装，尤其是文峥，本就生得俊俏，此时着一身宝蓝色麒麟暗纹长袍，头戴金冠，腰悬宝剑，当真玉树临风。

"洪掌门、平大人、李将军。"文一鸣朗笑着跟众人一一打招呼，招呼完这边，接着招呼那边，"李少庄主、秦当家、秦掌门、柳副掌门、白长老。"一圈招呼下来，务求将温煦的眼风扫到每一个人身上，要多周全便有多周全。

平煜等人纷纷下马回礼。

等文一鸣打完招呼，文峥又上前一步，含笑跟众人见礼。

洪震霆朗声笑道："我虽是武林盟主，但以往忙于主持中原地区的武林大会，江南的武林大会还是五年前来过一回。今日幸得文庄主相邀，我正好前来开开眼界。不知今日来了哪些门派？"

文一鸣忙极言洪掌门太过谦逊，又道："下了帖子的江湖门派一个不少，全都来了，共一百二十家。如今已陆续到了大殿中，就候着洪掌门了。"

说着，请洪震霆一行人往内走，看一眼平煜身后的马车，笑道："没想到平大人到底还是采纳了在下的建议，带了傅小姐前来。用傅小姐引金如归出现这法子，真说起来，失了几分厚道。但是自从昨日平大人递了消息后，一来，在下已做了万全安排，务求将傅小姐护住，绝不会让她落到金如归手中；二来，金如归在金陵作恶多年，实乃武林一害，我等作为武林正道，早有除恶之心。虽然法子失之急躁，但两害相较取其轻，委屈傅小姐一时，换来的却是金陵的长治久安。"

王世钊抱着胳膊立在一旁，听见此话，极为不屑地嗤笑一声。

平煜点点头，负着手闲闲地往内走，一边打量两边景致，一边笑道："我跟文庄主的想法不谋而合，深觉此法算得一劳永逸，所以才会在昨日特地令人给文庄主送信，商量具体行事的法子。除此之外，我还带了不少人马过来，就是为了怕金如归闻讯前来趁乱掳人。另外，秦当家和李少庄主为了擒住金如归，也提前做了不少安排。"

前面秦勇听见，回头跟平煜对了眼色，笑道："金如归乃武林一害，我等身为武林中人，既有机会将其除去，自是义不容辞。"

文一鸣目露欣赏地仔细打量一番秦勇和秦晏殊，捋捋须，正色道："当年我曾与令尊切磋过武艺，当时便觉得令尊是难得的英雄人物。这也就罢了，不承想他能将后生晚辈也教养得如此出类拔萃，真叫我不钦佩都不行。相形之下，我这犬子就差得远了。"

众人都知文峥文武双全，文一鸣此话不过是自谦罢了，便忙夸赞文峥几句。

在一行人沿着宽阔的汉白玉砖路往前走时，那两辆马车始终跟在众人身后，平煜没有叫马车停在山庄外的意思，文一鸣也没有过问的打算。

穿过大门后的亭台楼阁，到得主殿，便见殿外熙熙攘攘，站着各大门派的弟子，而殿内，则是一百多个江湖门派的头面人物。

亏得这大殿极大，里头又布置得气势恢宏，一百多人坐在其中，竟丝毫不觉得拥挤。

可不等进殿，平煜便令那两辆马车停住。少顷，从其中一辆马车上下来一名气度高华的窈窕女子，虽戴着帷帽，但远远看去，正是那位傅小姐。那女子下了车，缓缓走到平煜身边，一言不发地立在一旁。

另一辆马车里头，却始终死气沉沉。

等几名护卫将那辆车的车帘掀开，众人都是一阵惊呼，连文氏父子都面色微变，就见里头装的竟是一具黑沉沉的棺材。

李珉等人合力将那棺材抬下，不顾旁人诧异的目光，将那棺材抬到大殿内，放在空地上，环立在侧。

平煜这才转过头，对文一鸣笑道："这里头装的是一具女尸。我等刚到金陵那日，该名女子曾前来府中夜探，不慎死在墙外，因死因有些可疑，我特地令人将她的尸首运来，打算在今日赴会的武林中人里头找出凶手。"

李攸见文一鸣不答，似笑非笑道："平大人虑得有理。此女身上的伤口委实奇怪，凶手内功之高，令人刮目相看。且这女子正是金如归手下的奉召红棠，故今日将她尸首抬来，说不定可以借武林大会查清当日真相。"

文一鸣和文峥对看一眼，诧异道："没想到竟有这等事！虽说这女子是昭月教的人，平日定是作恶多端，死不足惜，但平大人既觉得此女死因有些蹊跷，不妨趁此机会查个明白，我等别无他话。"

平煜淡笑道："文庄主果然明白事理。"说完，领着傅兰芽上了台阶，往大殿走去。

文一鸣等人几步追上，笑着引众人入殿。

平煜立在门口，迅速扫了一眼，见大殿明亮华丽，贵而不奢，而殿中诸人，有男有女，无一不是功力深厚的高手，牵牵嘴角道："今日当真是高手如云，平某可以好生开开眼界了。"

殿中的人饮酒的饮酒，寒暄的寒暄，说得正热闹，谁知外头竟无故抬进来一具黑黝黝的大棺材。

众人只当有什么邪魔外道前来砸场子，霍地齐刷刷起了身，抄家伙的抄家伙，摆招式的摆招式。一时间，全都如临大敌。

不料下一刻就见文一鸣和煦地陪着几名男子进了殿，神情轻松，笑语晏晏，一眼也不多看那具分外碍眼的棺材。可见棺材抬进殿中之事，早已得了他的默许。

等见到洪震霆，众人再顾不上猜疑，纷纷含笑打招呼。

洪震霆一边在文一鸣的引领下大步往殿中走，一边拱起手，笑着朝两边的江湖门派一一回礼。

瞥见诸如少林寺方丈这等武林中的老前辈，他还会特意停下脚步，走到几人跟前嘘寒问暖。

经此一遭，殿中氛围顿时变得融洽起来。

诸人笑了一晌，似乎浑然忘了大殿当中还有一口棺材，再次将注意力落到洪震霆身边那几人身上。

秦勇姐弟及李由俭等人，诸人都颇为眼熟，等他们从身边走过时，彼此都不忘点头示意。唯有平煜、李攸和王世钊几个，众人以往从未见过。

尤其那名戴着帷帽的女子，虽看不见面貌，但从背影及步态来看，当真是难得一见的窈窕佳人。

今日来的众武林高手中，虽大多是男子，却也有几名女子在列。

譬如峨眉派掌门及逍遥山庄的庄主，心思比旁人略细些，见这美人跟一名身着玄裳的俊朗高挑男子并肩而行，两人都是神仙般的人物，忍不住多看了几眼。

正暗自猜测这几人身份，就见文一鸣请其中那名男子坐了上首之位，跟洪震霆并列，而这名男子偏偏还毫无愧色地受了。

诸人这回再也掩饰不住自己的惊诧。

平煜坐下后，无视四面八方投来的审视目光，对文一鸣含笑说了句什么。文一鸣点点头，令下人领着傅兰芽到殿旁的珠帘后，设座请她坐下。

少顷，文峥朗声道："诸位前辈，这位是锦衣卫指挥使平大人，那边两位是明威将军李攸及锦衣卫同知王大人。他们三位因公干路过金陵，手头有几桩要案与江湖中人有关，闻得武林大会召开，故赏光前来。几位大人最是随和，诸位前辈不必拘束。"对傅兰芽却只字不提。

殿中鸦雀无声，平煜的名字他们以往多有耳闻，却万万没想到有朝一日竟会以这种方式见到这位年轻的三品高官。

洪震霆见大家都有些惊疑之色，笑道："实不相瞒，我也是因着故人之托，这才跟他三位一道同行。这位姓李的将军是我早些年收的关门弟子，算得我正儿八经的门徒。平大人如今掌管锦衣卫，是出了名的英雄人物，诸位想必早就如雷贯耳。今日一并向诸位引荐。"

许是顾忌王令在江湖上的名声，洪震霆踟蹰了一会儿，末了，到底未单独介绍王世钊。

他话一说完，平煜便端起酒盅，笑道："事急从权，来前未打招呼，众英雄莫嫌咱们唐突。"

李攸也大大咧咧笑道："论辈分，我需得叫在座各位前辈一声叔叔伯伯才是。"

众人见二人毫无架子，防备的态度多少有些松动，又听李攸说起称呼，历来爱开玩笑的太极宗掌门人王德忠大笑起来，一指不苟言笑的峨眉派掌门人刘玉子和逍遥庄庄主道："李将军，这还有姑姑辈的人物呢。"

众人哄堂大笑。

王世钊见洪震霆未向众人单独介绍他，只当有意忽略他，心中极为不悦，在一旁不冷不热地撇撇嘴。

这时文氏父子见殿中氛围重又活络起来，便令众仆从给诸人斟酒。

因万梅山庄处处种种梅花，山庄以"梅"为标识，这帮下人衣裳胸口处都绣着梅花，衣饰整洁，做起事来极懂分寸，论起体面程度，倒一点不比勋贵人家的仆从来得差。

等上了酒，文峥击了击掌，殿旁便有一行手持乐器的垂髫少女鱼贯而入。

也不知是不是提前得了嘱咐，这帮女子到了殿中，对殿门口那具棺材视若无睹，齐齐屈膝行了一礼。

文峥指了指那帮乐姬，笑道："武林大会虽每年举行一回，咱们万梅山庄却已经许久未做过东道了。难得今日高朋满座，我和父亲唯恐有什么招待不周之处，怠慢了诸位。趁大会未正式开始，不如一边饮酒一边听听丝竹，也好助助酒兴。"

平煜见那帮乐姬衣着华贵绮丽，奏起丝竹又分外空灵，也不知一年养下来需得多少花费，再垂眸看了看杯中价值不菲的百花酒，眯了眯眼，这万梅山庄的排场倒远比自己想的还要阔绰。

秦勇坐得离平煜不远，见他盯着酒盅，一副若有所思的模样，便笑劝道："平大人，万梅山庄的百花酒跟形意庄的武陵酒齐名，都有提升内力之效，平日断断喝不着，也就武林大会时能饮上一回。平大人不妨多饮几杯。"

平煜回过神，扬眉笑道："原来这酒有这等妙用，那我须得多饮几杯。"

李由俭见秦勇如此关注平煜的一举一动，心里头微妙地起了一丝酸意，手中端着酒，眼睛却定定地看着秦勇。

饮了会儿酒，平煜跟洪震霆对了个眼色。洪震霆会意，忽然起身，扬声道："诸位，我实不愿扰了大家饮酒的雅兴，但平大人手头有桩要案，还需借各位的眼力识别一二。"

众人静下来，不解地望着洪震霆和平煜。

平煜干脆起身，在众人困惑的目光中从殿中穿过，走到那棺材前，道："杀死这棺中女子的凶手，跟二十年前一桩奇案有关，只是此人太过狡猾，看不出行凶手法的痕迹。我查了几日，一无头绪，只得索性将尸首搬来，请诸位帮我鉴别鉴别这凶手究竟用的哪派功夫。想来就算那凶手行凶时有意隐瞒，以诸位的眼力，总能看出些蛛丝马迹。"

说完，静立片刻，不紧不慢地对着棺材盖击出一掌。就见那看似厚重的棺材盖从棺材上飞出，原以为会重重地砸在地上，偏偏似有外力牵引，稳稳地落在大殿当中。

众人不知平煜服了赤云丹后内力已今非昔比，只觉平煜这手功夫怪得出奇，一时间瞠目结舌，竟忘了要上前查看那棺中究竟装的何许人。

平煜露出这手功夫后，秦晏殊和秦勇因早就知道赤云丹的首尾，并不见得多么诧异。可王世钊却瞠目结舌，险些呛出一口酒来。

他这些时日因练了五毒术，武功突飞猛进，很有些自得。虽说身子也因练功有了些说不清道不明的变化，譬如对房中事的渴求似乎弱了不少，又譬如晨起时原本天天都会有的变化也变得稀疏了很多……但比起有朝一日能狠狠将平煜踩在脚下，这些暂时的不妥又算得什么？

当初叔父令人将五毒术的秘笈交予他时，曾经说过五毒术是世间难见的奇功，不但有延年益寿之效，且可短时间内将人全身气脉一一打通，迅速将武功提高至一流境界。

他相信叔父绝不会诓他，因此很笃定等完全练成后，全身精气也会浑然一体。到了那时，他想要夜御几人便可夜御几人，又何必急于一时。

虽如此想，心中到底有些不安，故一到金陵，便到珠市妓馆里找来几个大美人，轮番试了一晚。

怪的是，有时能成，有时却怎么也无法随心而为。到天亮时，他再也没能压住内心的疑惑，气急败坏地给一路跟随他们的叔父的心腹——东厂公公刘一德送了封密信，只因刘一德也在叔父的授意下练了五毒术。

刘一德来得很快，听到他的问题后，沉默了一会儿，目光闪烁道："练五毒术期间理应禁欲，若一味纵欲，功力难以精进不说，且因精气受扰，房事上难免会受到影响。公子为了速速练至最后一层，近日还是克制些吧。"

虽然跟一个太监讨论房事，让王世钊觉得格外古怪，但这个说法让他终于放下心来。

只是他也知道，五毒术的最后一层极难突破，非一年半载不能达成，而真到了那时候，傅兰芽就算不落在平煜手里，也早就被叔父拿去做所谓的药引了。

虽然直到现在叔父仍未告诉他全部真相，但他通过这些时日掌握的消息来看，不难猜出做药引之人就算不死，多半也不会好过。

总之，他这一路上是休想再打傅兰芽的主意了。只要一想到此处，他就惋惜得恨不得跺脚，但比起坏了五毒术和叔父的大事，他不得不选择做清心寡欲的"和尚"。

反正只要跟着叔父好好干，这辈子的荣华富贵是不用愁了。只要有权有势，到时候派了人满天下去寻找，不怕找不到姿色能跟傅兰芽媲美的。

可谁能想到不过短短几日，平煜不知练了什么秘术，功力竟也长进了这么多，且看这架势，很快便会追上他。

刚才平煜出手的招式，至阳至刚，跟五毒术又有不同，难道这世间竟有能跟五毒术一样进展迅猛的功夫？

他心里更不是滋味了。为了练五毒术，他付出了不少代价，谁知平煜竟在这么短时间内便找到与自己抗衡的法子，往后他还怎么将平煜打得毫无还手之力？

王世钊这边胡思乱想，平煜却根本无暇理会，立在棺材旁，好整以暇地望着殿中诸人。

静了一响后，终于有人从小几后起身，大步朝棺材走来，正色道："我来瞧瞧。"

却是文一鸣。

平煜似笑非笑地看着他走近，等文一鸣探头往棺材内看去，也跟着往内看了一眼，道："这女子是昭月教的奉召，名唤红棠，听说平日很受金如归的器重。文庄主多年来致力于除去昭月教，想来没少跟昭月教打交道，应识得这女子。"

这时，其他武林中人也开始陆续往棺材边走，有慢慢围拢的趋势。

秦勇曾亲自检视过红棠的尸首，此时却也坐不住，起了身，走到平煜身边。

文一鸣听得平煜的问话，并不抬头，只盯着尸首点头，露出恍悟的神色道："怪不得看这女子眼熟，没错，我的确跟这红棠交过手。"

平煜点点头道："伤在胸口，一招毙命，胸骨凹陷，心脉尽断，当场气绝……"

说完，转头看向文一鸣道："文庄主，你既跟这红棠相识，该知道此女武功委实不差，能将其一招除去之人，放眼整个金陵，恐怕也找不出几个。不知文庄主见了这伤口，可有什么线索提供给在下？"

此时别的掌门人已看清棺内尸首的情形，都纳罕不已。光从尸首的伤口来看，别说金陵，便是放眼整个武林，也找不到功力浑厚如斯者。

不知为何凶手杀了邪教之人后，需要这般遮遮掩掩。众人都觉得此事怪异，在脑中极力思索起来。

文峥皱了皱眉，挥手令那帮乐姬退下，走到文一鸣身旁，看了看棺中女子尸首，转向平煜道："平大人，这红棠虽死在金陵，凶手却未见得是金陵的武林中人，如果是旁处的邪魔外道——譬如镇摩教或是天麒教，有的是一招毙命的邪门高手。"一句话便将搜寻凶手的范围扩大到了整个武林。

平煜抬头看了他一眼，并不反驳他，只摸摸下巴道："文少庄主说得极有道理，只是查案须得一步步来，总归先得将金陵排查完，再说旁处的事。"

文一鸣见儿子被不软不硬地顶了回去，忙接话道："此话甚为有理。只是平大人问得突然，在下一时也想不起金陵有这等功力的都有哪些人。"

"不急。"平煜似乎早料到无法立时水落石出，一点也不焦躁，只抬头用目光缓缓扫过众人，从容道，"各位英雄可有什么见解？"

峨眉派掌门人刘玉子将目光从红棠的伤口处收回，冷冷道："此女胸骨凹陷之处是个圆坑，而非爪形，可见凶手惯用掌，且重心放在鱼际下端，着力点有限，跟八卦掌和飞鹰掌等传统掌法又有不同。"

这话一起头，霹雳门的钟老掌门也发话了："老朽惯用掌法，使掌时习惯使然，内力往往由外往内灌至落力处。若这女子的伤口是老朽造成，在胸骨凹陷周围势必会有因缓冲之势造成细小裂纹，可这女子的伤口却凹陷得锐利整齐，可见凶手的内力毫无缓势，一旦起招便是又急又冲。"

平煜见众人分析得头头是道，故作不经意地瞥瞥离他不远的某人神色，越发笃定自己的猜测，便笑道："两位掌门说得都极有道理，只是不知金陵惯用掌法又具刚猛内力的武林高手都有哪些……"

此话刚一出，众人便奇异地静默下来。

平煜笑意淡了一瞬，戒备地将内力灌注于握着绣春刀的手，防备对方突然发难，嘴里却闲闲道："文庄主，你是江南武林中最为德高望重之辈，不知你对此事怎么看？"

文一鸣干巴巴地笑了笑，正要说话，外头却传来一阵喧哗。

往外一看，却见一名锦衣公子手中持着一块令牌，穿过众人往大殿走来。

走了几步，那人又猛地停步，回身对紧追不舍的万梅山庄的下人道："我是洪震霆洪掌门的熟识，此来正是有急事寻他，尔等不必阻拦。"

说罢，分开人群，三步两步上了台阶。

"陆公子？"

洪震霆看清那人，诧异地说了一句，一撩衣摆，往外迎去。

文一鸣忙拔腿跟上洪震霆，问道："这位是？"

"陆大学士家的公子。"洪震霆道，"此次我来南方，正是受他之托。"

说话间，陆子谦已走到殿门口，一边走一边匆匆拱手道："洪掌门。"

"陆公子，出了何事？"洪震霆讶道，"对了，这位是万梅山庄的文庄主。文庄主，这位是陆子谦陆公子。"

陆子谦草草见过，来不及细说，便大步进了大殿。

见到棺材，他先是一怔，随后便用目光迅速找寻了一遍，等看到珠帘后的傅兰芽，暗自松了口气，随后便冷冷地瞪向平煜："平煜，你为了争权夺利，当真毫无人性。"

为了凑齐其他坦儿珠，竟不惜让傅兰芽身陷险境。

府中的所谓防护全是迷惑人的陷阱，在引得昭月教的金如归和永安侯府的人马往万梅山庄来之后，平燘的全部兵力已朝万梅山庄赶来！

由此可见，珠帘后的女子定是傅兰芽无疑了。

他越想越觉得焦心，死死盯着平煜，眼睛里简直能喷出火来。

傅兰芽当真是猪油蒙了心，才会舍了他不要，反被这么一个无情无义的男人迷住。

今日倒可叫她看清此人的真面目了。

平煜看待傻瓜似的看了看陆子谦，为免他坏事，不等他朝傅兰芽快步走去，便对李珉和陈尔升使个眼色。

二人上前，将陆子谦一左一右架住，口中道："吾等奉旨查案，闲杂人等不得在场。"

因着这一出，殿中氛围再次尴尬起来。

洪震霆万万没想到平煜行起事来如此不留情面，怕陆子谦下不来台，只得笑着打圆场道："平大人，陆公子之所以来万梅山庄找我，是有一桩极为要紧的事要与我商议。因事发突然，陆公子难免有些焦躁，实非有意干扰平大人办案。为着此事，陆公子一路马不停蹄，连一口水都未喝，眼下早就焦渴不已。平大人就看在洪某的三分薄面上，让陆公子坐下饮杯酒吧。"

话说到这个分上，平煜哪怕心中对陆子谦再不满，也不好让洪震霆一并下不来台。最重要的是，他忽然想起前几日邓安宜曾处心积虑与陆子谦"偶遇"，念及其中蹊跷，越发改变了主意，索性卖洪震霆一个人情，示意李珉和陈尔升松手。

随后转头对洪震霆笑道："洪掌门，别忘了咱们今日有好些要事要办，桩桩棘手，最怕出什么差错，还请洪掌门好好帮着把把关。"语气虽和善，话里的意思却比刚才陆子谦疾言厉色的那几句来得更重。

陆子谦脸色唰地一白，平煜分明是在暗讽他成事不足败事有余，刹那之间，积累了好些时日的担忧和无力感几欲爆发，张口便想狠狠回敬平煜几句。

但他不比王世钊之流，虽满心愤懑，到底还未完全失却自控。

他想起刚才平煜那番话说得奇怪，似乎暗含旁的意思，越发疑心起来，朝珠帘后投过去一眼，掸了掸衣袍，从容地对洪震霆道："洪掌门。"说话时，目光一直有意回避那口棺材，似有些忌惮之意。

洪震霆知他一介儒生，不比江湖中人及锦衣卫见惯了这等场面，便忙和文一鸣一道引着陆子谦越过众人，又令下人另添了一席，请陆子谦落座。

平煜心头掠过一丝疑惑，听说洪震霆因着一位故人的缘故，承过陆晟的恩情，所以上月才会应了陆子谦之请前来云南。从这一路上洪震霆对陆子谦的关照程度来看，这份恩情想来不薄，就是不知究竟是哪位故人，又是什么了不得的恩情，能让洪震霆这样的武林豪杰做到这般地步。

陆子谦坐下后，饮了口酒，愈加冷静下来，再不朝珠帘后顾盼。

平煜见状，便仍将注意力放在棺中女子尸首上，抬眼看向立在棺材对面的文峥，和颜悦色道："文公子见多识广，不知对红棠身上的伤口有何见教？"

文峥不急于答话，认真盯着棺材里头瞧了一会儿，道："说不定是有人为了栽赃诬陷，故意伪装成对方的招式，光从伤口上来看，委实无法下定论。"

平煜听到这滴水不漏的回答，几乎要为文峥喝声彩。

听上去轻描淡写的一句话，却险些将查案的重点移到旁处。不禁笑道："此话有理。但若沿着这思路往下走，恐怕排查到明年都无法找出凶手。照我看，眼下无非两个可能：一、有人栽赃；二、无人栽赃。姑且不谈是否真有人栽赃，我只想问问各位，若无人栽赃，光从这伤口来判断，可看得出是金陵哪位高手所为？"重新将话头强硬地拽了回来。

在场的都是武林中各大门派的翘楚，眼力与一般的江湖人士不同，尤其是那几位习练掌法的掌门人，虽因凶手有意做了掩饰，无法一眼看出究竟出自何门何派，但细看一晌后，多多少少有些起疑。只是碍于那人的品行和名望，他们怎么也不愿怀疑到他头上去。

且正派中人大多疾恶如仇，昭月教本就臭名昭著，就算那人真杀死了这名叫红棠的奉召，也可算作为武林除害，算得善事一桩。

静默了许久后，钟老掌门开口道："昭月教作恶多端，人人得而诛之。不知平大人好端端的，为何要执着于一名魔教女子的死？能否告知我等这桩案子究竟有何不妥。"

平煜见他话里话外有些为凶手开脱之意，越发笃定自己的判断，任由那棺材敞着，转身看向钟老掌门，闲闲道："此时尚不能相告。等此次武林大会的人都来齐之后，再向诸位说明缘由。"

众人讶然相顾，这回武林大会邀请的一百多个门派都已到全，不知这位平大人究竟还在等何人。

就听外头两名万梅山庄的仆从疾步进了殿，道："庄主，少庄主，永安侯府的邓二公子及一众护卫已到了山庄门口，可要前去迎接?"

因着皇后的缘故，永安侯府如今是炙手可热的勋贵人家，即便再不屑于理会朝堂之事的江湖人士，也多半听过永安侯府的名号。当下众人越发错愕，好端端的一个武林大会，为何会突然冒出来这么多不相干的人。

文氏父子对了个眼色，出殿迎客。

平煜了然一笑。人差不多已经来齐，只差一个金如归了。

他走到几后坐下，饮了一口酒，等着邓安宜进来，注意力却不动声色地放到不远处的珠帘后。

听珠帘后头偶尔传来几不可闻的衣袂窸窣声，似是帘后之人维持一个姿势久了，正悄悄地、不引人注意地调整坐姿。

他脸上依旧一副漠然之态，坚硬的心却柔软了一瞬。放下酒盅，竭力按捺着起身朝她走去的冲动，故作不耐地蹙了蹙眉。

就在他刚才借尸首引开众人注意力时，李攸留在原位，按照两人之前商量的法子做了一番手脚。

想到所有的安排都有条不紊地落到了实处，他越发心定，看着殿外，静静饮酒，就等着该来的人出现了。

少顷，邓安宜在文庄主及文峥的陪同下进了殿。平煜见邓安宜仍是一副谦谦贵公子模样，衣饰整洁华贵，可腰间所佩的长剑却比往日要沉上几分，心知他定是有备而来，挑了挑眉，又给自己斟了杯百花酒，看着邓安宜几个朝自己走来。

"则熠。"邓安宜果然远远就看见了平煜，含笑出声打招呼。

他又撇头望向正笑嘻嘻望着他的李攸，以及另一旁闷闷饮酒的陆子谦，笑道："廷麟、益成！没想到你们竟也在!"

在永安侯府的马车消失在进入万梅山庄的山径后，另一列饰玉垂香的车队在山路尽头缓缓出现，每一辆马车都美轮美奂，排场极为阔绰。

其中一辆车尤为夺目，里头的人正是金如归。

他今日穿着件桃红色裙裳，因颜色极鲜嫩，衬得他越发容光焕发。他整个人慵懒地斜靠在榻上，乌鬓斜斜插着一枝水红色海棠，面容娇媚，单手支额，阔大的袖子滑落下来，露出大片雪白细腻的皮肤。

他一边翻着眼前的画册，一边幽幽叹气道："无趣。这画虽算得细致，但画上人却面目可憎，若将这画上的男子统统换成平郎就好了。"一举一动无不蕴着万种风情。

闻得此话，正半跪在榻上给他捶肩的绿裳女子顿了一下，目光在金如归面前那卷大刺刺展开的画册上一遛，旋即笑道："这还不简单，教主只管令人照着平大人的样子画来便是。"

金如归叹气摇头："平郎是个皮薄面嫩的，性子又刚强，见我用他的模样画了春册，不定会多恼我呢。"

说着，从怀中取出一粒金灿灿的物事，拈在手中细觑了半晌，不知想起什么有趣的事，扑哧一声笑了起来。

这少女般的娇俏动作若换了旁的妇人来做，只会让人觉得惊怖不适，但因他相貌出众，这么展颜一笑，竟也十分赏心悦目。

绿裳女子见那金灿灿的药丸，也笑了起来："教主是打算一会儿扫荡了万梅山庄后，用金宵丸好好享用一番平大人？"

她自然知道这法子对平煜这样的人物而言，无疑是一种极大的摧折，可教主一贯如此，看中的东西从不肯罢手，且越是喜欢，越以折磨摧残为乐。

"他服了我这金宵丸，只有两条路可选：要么跟我一乐，功力暴增十年；要么便咬牙挺着，最后全身血脉暴裂而亡。他又不是傻子，自然知道该怎么选。"他越说越愉悦，再也躺不住，忽然坐起，持了菱花镜，兴致勃勃地揽镜自顾起来。他对镜摆弄了一会儿鬓边的海棠花，忽然似是听到了什么，瞬间换了一副神情，凝神细辨了一会儿，阴着脸道，"我们身后是不是有人跟着？"

绿裳女子也听了一会儿，摇头道："未听到。"

"去瞧瞧。莫让人坏了咱们的事。"

邓安宜跟平煜等人寒暄完毕，疑惑地瞧向殿门口那具棺材，不解地问："这是怎么回事？"

李攸心中暗笑。若不是这厮给金如归通风报信，焉能引得金如归扮作林夫人夜闯平府？这会儿倒装得全不知情。

他往身后珠帘瞥了瞥。

来时路上，他和平煜都不知道万梅山庄的内部构造，也不知傅兰芽进殿后究竟会被安置在殿中何处。

到了万梅山庄后，文氏父子为了避嫌，绝不会当着众人的面在傅兰芽周围安插仆妇，其余江湖门派在弄明白来龙去脉前，更不会无故靠近傅兰芽。也就是说，进殿之后至少有一段时间，傅兰芽身边是没有设防的。故而他们早就商量好了用棺材引开殿中诸人注意力的法子。

在平煜跟众人周旋时，他则用最快速度在珠帘周围撒下七绝粉。

七绝粉是御制的毒药，性极烈，有麻痹之用，中毒之人会如被看不见的绳索缚住一般，瞬间无法动弹。

药性之强，哪怕武功盖世之人也难以抵挡，故偶尔被锦衣卫用来对付负隅顽抗的犯人。

因此药造价极高，一两粉末便需万金，便是财大气粗如锦衣卫，也不过每年制上几两，以防万一。

平煜起程来云南时，未想到路上有这么多状况，也就未带七绝粉出来。在湖南遇到林之诚后，才去信京城，令留在京城的属下将此物快马送来。一来一去，耽误了许多工夫，前日才送到平煜手中。

珠帘周围撒下七绝粉后，无异于在傅兰芽周围竖起了一道铜墙铁壁。若有人突然靠近珠帘，未等接近傅兰芽，便会吸进七绝粉，顷刻间被麻翻在地。

他们自己自然早已提前服了解药。

除此之外，平煜还将金陵城内外的助力全都暗中调动起来，为的就是在此次武林大会上能有备无患。

加上这道屏障，平煜已经虚虚实实设了四道圈套。可是他们今日既要想方设法引最后一块儿珠出来，又要应对金如归和邓安宜，同时还须护住傅兰芽，如此棘手的局面，每一步都须算得极准，否则只会全盘皆输。

李攸这边想着心事，那边平煜却已经接过了邓安宜的话头，道："这女子是昭月教的奉召，名唤红棠，说起来，也算是作恶多端，死不足惜。但杀她之人牵涉到二十年前一桩大案，故我特意令人将她的尸首抬至武林大会，想借各位英雄的眼力看看她究竟死于何人之手。"

"竟有这等事！"邓安宜满脸诧异，一撩衣摆，在另一边坐下，"不知则熠眼下可得出了结论。"

平煜还未接话，霹雳门的钟老掌门却再次开口了，语气不冷不热："平大人还未给我等解释明白：昭月教是江南有名的魔教，凶手杀她许是为了除恶扬善，不知平大人为何如此执着。"

钟老掌门的话似乎颇有号召力，当即便有不少人附和道："请平大人把话说明白。"

平煜看了看殿外的天色，估摸着大哥已经悄无声息带人前来，而以金如归的脚程，大约也已赶至山脚下，火候已经差不多了，便从怀中取出一物，放于面前的矮几上。

众人的目光顿时齐刷刷地射来，均有灼灼之意。

他将众人神情一一看在眼里，心知在座的人就算未参与抢夺坦儿珠，也多多少少听说过坦儿珠之名，人的贪婪本性是怎么也掩饰不住的。

他笑道："除去一个昭月教奉召对江湖中人而言，也许算不得什么，可这红棠的尸首可是在我府外巷中发现的，可见凶手不仅仅是杀了红棠这么简单，而是已成功闯过我布置在最外层的防护，试图潜入我府中。"

原来如此。殿上氛围一滞，连咄咄逼人的钟老掌门都噎着了似的，再也说不出话来。只因这行径委实怪异，若不是心怀叵测，为何要半夜窥探平府？

平煜看了看立在殿中、脸上依然维持完美笑容的文一鸣，复又垂下眸子，将那块坦儿珠拿在手中把玩。

此时殿中光线略昏暗，一时看不出什么异样，但他知道，一旦将坦儿珠置于烈日下观摩，便可发现其漆黑的表面隐隐透出纵横交错的纹路，且从线条流畅精细的程度来看，似被人刻意雕刻而成。

此外，坦儿珠末端还有个凹槽，无论形状还是深度，看上去都像是盛放东西之用。

他有一种感觉，若真如林之诚所说，需以心头血做药引，可以想象心头血一旦灌入凹槽，极有可能会顺着坦儿珠的纹路扩散开来。到那时，坦儿珠表面的图案会清晰呈现。

纹路有些像山脉，又有些像河流，若五块集齐，也许会拼凑出一幅完整的地图。

难道这才是坦儿珠的真相？

他将坦儿珠举得更高些，任由四面八方的目光落在手上。

殿中一片寂静，若欲望有实质，恐怕整座大殿都已被众人隐藏的野心所充斥。

"近来甚嚣尘上的一桩江湖传闻，各位想必早已听过。时隔二十年，可用来做坦儿珠药引之人再度出现，好巧不巧，正是在下负责押送进京的前任首辅傅冰之女……而这东西，便是坦儿珠的其中一块。不瞒各位，这一路上，前来抢夺罪眷的各方势力层出不穷，到了金陵后也不例外。"

虽然无人相信平煜敢将傅兰芽堂而皇之暴露于众人眼前，听了此话，仍不自觉地将目光投向平煜身后珠帘内的女子。

"荒唐！"素来疾恶如仇的峨眉派掌门人刘玉子冷若冰霜道，"为了争夺一块不知所谓的破铜烂铁，连一个家破人亡的弱女子都不放过，简直全无心肝！"

她语气又冷又厉，殿上有些人被她戳中心事，脸上挂不住，冷笑道："刘真人，你话倒说得好听，但我若没记错，过去五年，你因着跟崆峒派的毕老头闹翻，从未参加过武林大会，为何偏偏今年带了你峨眉派弟子来了？我就不信，似坦儿珠这等不世出的宝物，你从不曾觊觎过！"

刘玉子横眉冷斥道："我来与不来全凭自己心意，与坦儿珠毫无关系，你休要以小人之心度君子之腹。"

洪震霆眼看她二人吵闹不休，忙制止道："二位，先听平大人把话说完。"

刘玉子这才一甩拂尘，重又坐下。

平煜道："那晚红棠之所以前来府外窥探，无非是奔着坦儿珠和罪眷而来，她之所以被杀，正是因为她无意中在府外撞见了凶手。那人不想让红棠将他觊觎坦儿珠之事宣扬出去，不得不使出杀招。"

听了这话，早先几个已经起了疑心的掌门人纷纷用不敢置信的目光投向文一鸣："文庄主……"

文一鸣不动如山地立在殿中，对周围的目光视若不见，只似笑非笑地望着平煜。

文峥却有些顶不住身旁人的目光，忍不住昂然道："平大人，红棠之死尚有许多疑点，光从伤口就下定论，未免失之草率。"

他话音未落，忽听殿外仿佛沸腾的水一般炸了锅。一时间，各种兵器铿锵交击的声音传来。

"不好了！"有人仓皇奔进来，"庄主，金如归带人闯进山庄了！"

众人面色一变。就见外头掠来十余个人影，个个轻功奇高，一字排开，从众人头上或肩上踩踏而过，极尽轻蔑污辱之能事。所过之处，如石击湖面一般，顿时激起阵阵唾骂声。

当中一人身着桃红色裙裳，衣袂飘飘，恍若仙人，正是金如归。他一左一右各有五六名女子，所着衣裳各有不同，都是如出一辙的美貌。

等越过了台阶，那帮女子稳稳落在廊下，金如归却并无停歇的打算，如猎鹰一般飞入殿中，直到了棺材上，这才稳稳立住。

"今日倒来得齐全。"金如归一双水眸缓缓掠过殿中诸人，最后定在平煜身上，媚笑道，"多谢平郎将我的红棠尸首还给我。也罢，等我先杀了这帮道貌岸然的败类，再单独好好谢你。"

说罢，面色一沉，重重一跺脚，竟将整具棺材霍地立了起来，不知有意还是无意，让棺中的红棠尸首面向众人。此情此景当真令人毛骨悚然。

随后他便冷笑一声，纵身往后一跃，不等众人出手，奋力一踢，将那具巨大的棺材重重踢向离他最近的文峥。

那棺材颇为沉重，放在平时，须得数名壮汉合力方能抬动。在金如归面前，却仿佛一块枯木，他踢起来再轻松不过了。此人内力之深，世所罕见，纵是如少林寺方丈这等武林前辈也免不了刮目相看。

金如归趁众人错愕，大笑起来，如飞燕般在梁上飞速绕了一圈，出乎意料地朝珠帘后的傅兰芽抓去。

可不等他近身，钟老掌门已经拔地而起，一掌劈向金如归："金魔头，你休要猖狂，今日你的死期到了！"

李攸和平煜眼见金如归就要中七绝粉的毒，正是乐见其成，谁知半路杀出个不要命的程咬金，平白坏了好事，不禁暗自蹙眉。连帘后的傅兰芽都惋惜地轻叹了口气。

这么好的一个不费吹灰之力对付金如归的法子，就这么被人给破坏了。

傅兰芽人坐在珠帘后，头上又戴着帷帽，然而透过眼前的两层屏障，依然可以将整座大殿的情形尽收眼底。

正因为她所在位置隐蔽，所以她能很清楚地看到离得较近的人的细微表情。

她适才没有漏看平煜引着几位掌门人分析棺中尸首的伤口时，文峥那只死死握住剑柄的手，也没有忽视平煜将坦儿珠放于几上时，邓安宜眸中那一闪而逝的炽光。连惯于维持完美风度的文一鸣，在听到钟老掌门用不敢置信的语气质问他时，表情也有一瞬间的僵硬。

其实早在两日前，平煜就已同她商讨过红棠之死的疑点，对金陵这几桩事也曾——剖析，故在刚才亲眼见到文氏父子露出马脚时，她丝毫不觉得意外。

她唯一没想到的是，在坦儿珠暴露于人前时，她因有心探究殿中诸人的蛛丝马迹，曾仔细揣摩每一个人的表情，其中也包括坐得离她不远的陆子谦。刚才坦儿珠一出，大殿诸人几乎都有触动，哪怕再自矜身份之人——譬如少林寺那位德高望重的方丈——都忍不住将目光投向那块乌黝黝的物事，独有陆子谦只顾闷闷饮酒，似乎连多看一眼的兴趣都没有。

他的反应……也太过平静了些。

疑惑蓦地浮上心头。

她记得陆子谦第一回在竹城出现时，曾对她说是为了救她而来。后来林之诚几回设阵掳她，他也曾从头到尾亲历或目睹。也就是说，坦儿珠的传闻，他不可能没听过。

面对这样一块传闻中能有起死回生之效的异宝，他就算没有觊觎之心，出于人之本性，难免会好奇地予以注目。

可陆子谦却只淡淡瞥过一眼，便漠然地撇过头，仿佛那东西跟寻常的金银珠宝毫无不同。

事出反常必有妖。她透过珠帘静静望着陆子谦的侧面，脑中却开始反复回想陆子谦在她眼前出现时的情形。

如果没记错，陆子谦曾经说过，他除了来救她，还可以设法救她的父亲和哥哥。

她当时听了，好生纳闷。父亲一案牵涉甚广，且因着王令的缘故，人人避之唯恐不及，几乎没有翻案的可能。

陆子谦身在朝中，不可能不知道父亲之所以这么快陷入孤立无援的境地，始作俑者便是王令。

换言之，要想替父亲翻案，首先得除去王令，而照王令如今在朝中的权势来看，此事可以说难于登天。

陆子谦凭什么说出将父兄救出的话呢？

可惜的是，当时因着平煜的阻挠，她未能听陆子谦把话说完。在陆子谦用鲛帕挑拨她和平煜的关系后，她越发憎恶此人，连多看他一眼都不愿意，更遑论从他口中套话了。

不过，今日这个无意中的发现，当真出乎意料，值得细细推敲。究竟是什么原因，让陆子谦对坦儿珠视而不见呢？

她细思了一回，忽然想到一个可能，抬眸看向平煜的背影。他正引诱殿上的江湖门派出面指证文一鸣，暂时无暇留意身后的动静。

为了不让旁人起疑，自进山庄后，她和平煜彼此之间连眼神都未碰过，到了眼下，自然也无法向他吐露自己的发现。

然而以平煜一贯谨慎的性格，有没有可能一早就对陆子谦来云南之事起了疑心呢？

正想着，就听外面一阵喧嚷，金如归在众目睽睽之下闯入殿中。

虽然知道身周撒下了七绝粉，算得万无一失，但金如归从梁上直往她抓来时，她仍有一瞬间的僵硬。然而下一刻，平煜便迅速起身提刀，宛如门神一般护在跟前，她提着的心又踏实了下来。

无论如何，他总能想办法护她周全。

平煜根本不知在他忙于对付文氏父子时，傅兰芽的小脑袋瓜已经转过这么多念头。

眼见七绝粉的计划宣告落空，他索性一脚踢开眼前的矮几，接连踩上一旁的廊柱，随后双臂一展，挥刀刺向金如归。

李攸会意，立即从另一侧与平煜形成包抄之势，口中骂道："金如归，今日可是你自己送上门来的，你的死期到了。"

金如归这时已经跟钟老掌门在半空中过了几招，已然看出钟老掌门招式中的破绽。

他向来残忍无情，忆起钟老掌门刚才坏他好事，更是气不打一处来。当下左掌一翻，使出摧心掌，闪电般劈向钟老掌门的肋间，右手却化掌为拳，狠狠击向钟老掌门的左侧太阳穴。两下里一夹击，便要叫这多事的老头当场毙命。

谁知钟老掌门虽然招式上变化不如金如归多而快，到底浸淫江湖多年，内力极为深厚，于拆招上颇有心得，见金如归使出杀招，不敢再硬拼，电光石火间，身子猛地往后一折，堪堪躲过金如归那一掌。却因太过险急，竟叫金如归从自己头顶一跨而过，实打实生受了一回胯下之辱。

眼见金如归的裙角拂过自己额角，钟老掌门老脸一红，一边狼狈地跌落在地，一边胡乱用袖子擦拭自己的脸，嘴里呒呒有声，等将脸擦得通红，这才愤愤然放下袖子，脸上青筋毕露，大吼道："金魔头，今日定叫你死在我手下！"

平煜这时已掠至金如归跟前，使刀的一招却是虚招，左手正要探入怀中，好取出最后一点七绝粉对付金如归。听钟掌门破口大骂，生恐他又要不顾死活地杀个回马枪，心里直窝火。对付金如归的机会稍纵即逝，焉能叫这厮一而再、再而三地破坏他的计划？

既然这老头非要凑上来，他也顾不上这么多了，干脆叫钟老掌门一道领受领受七绝粉的滋味。左右这七绝粉只会麻痹人一时，要不了人的性命。

脑中这般想着，手中的刀已经准确无误刺向金如归的下腹，脸上噙着一丝笑意，低声道："金如归，我早就警告过你，你只管在金陵做你的魔头，与我全不相干。但你却一而再、再而三地来招惹我，就别怪我不客气了，今日定叫你死无葬身之地。"

金如归左手伸出双指捏住平煜的刀尖，右手却屈爪抓向平煜的喉头，自动忽略了最后一句话，笑道："哦？平郎，你打算对我怎么个不客气法？"

李攸那边听见，身上汗毛竖了起来，啐道："金如归，你什么毛病！"

傅兰芽端坐在珠帘后，时刻留意平煜和金如归的战况。见金如归笑容轻浮，眼波滴溜溜地在平煜身上转个不停，情状要多古怪便有多古怪，她眉头忍不住蹙了起来。

这"妇人"嘴里不知还轻声细语说着什么，虽因离得太远，根本无法听清，但从他嘴角轻曼的弧度来看，绝不会是什么庄重的话。

傅兰芽素来善于控制情绪，此时却看得莫名恼火。

平煜自然比傅兰芽更加火冒三丈，眼见金如归抓向自己喉头，头一偏，左手抵住金如归的手，右手却丝毫不松，继续用刀尖抵住金如归的腹部。

那边李攸也已挥剑刺向金如归的腰间。

金如归一身金钟罩似的外家功夫，刀枪不入，然而跟平煜对掌之后，只觉一股浑厚内力袭来，似有源源不断之意，不由得面色微变。万万没想到短短几日工夫，平煜的内力又精进不少。

平煜见他有些错愕，冷笑一声，猝不及防地抬起一脚，踢中金如归的小腿骨，口中却用只有两个人能听到的声音道："今日不是要替你的红棠报仇吗？不妨告诉你，杀害红棠之人正在殿中，惯用掌法，内功习刚猛路子——"

待金如归往后翻一个筋斗闪避时，便迅速收回手，从怀中取出七绝粉，挥手一撒。

原以为金如归定会防不胜防，不料金如归反应奇快，瞥见平煜的动作，忙屏住呼吸，身子出乎意料地往下一沉，稳稳地落到殿中。

平煜和李攸怔了一瞬，很快便向金如归追击而去。

似金如归这等武功盖世之人，跟人近身搏斗时，通常不会等这等暗算人的粉末触到自己，便会屏住气息，全身而退，故七绝粉只能悄悄设在暗处，无法在明处拿人。只有金如归像之前那样掠向珠帘，才有可能会毫无防备地误中圈套。

可惜刚才平白叫钟老掌门给坏了打算，如今他们连手中最后一点七绝粉也已用完，只能等金如归再次主动向珠帘靠拢了。

这时金如归那十一名奉召也已杀入殿中，一时间满殿柳绿花红，娇叱不断。除此之外，殿外也已拥进昭月教的上百名教徒，跟各大门派的弟子打得正酣。

殿内殿外，人人都陷入混战中。

金如归早前便怀疑红棠之死跟文氏父子脱不了干系，听了平煜的话，更加怀疑文庄主便是杀死红棠之人，便暂且撇下平煜，转头来对付文一鸣。

剩下十一名奉召，有五名留下帮着金如归对付文一鸣，剩下六人，却轻飘飘、齐刷刷地掠过殿中，打算趁乱掳走珠帘后的傅兰芽。

平煜和李攸见状，唯恐她们误中七绝粉的圈套，叫金如归看出端倪，到了那时，就再也无法让他上当了，便一左一右从斜刺里杀出，将六名女子拦在圈外。

秦晏殊正好杀了一名刚冲到殿中的昭月教教徒，眼见这帮奉召欲对傅兰芽不利，忙也加入战局。

这些女子个个经由金如归亲手调教，姑且不论旁的本事，引逗男人的功夫倒是早已炉火纯青。她们笑嘻嘻地耐着性子跟平煜三个周旋，并不急于去掳傅兰芽了。

那边王世钊本打算作壁上观，眼见这帮女子貌美，一时心痒，也一个鹞子翻身，探向其中一名紫裳女子的窈窕腰间。

他心里却想着，看平煜这架势，功力只会一日比一日长进，若放任不管，迟早有一日连叔叔也不是他的对手。与其到时场面发展到无法收拾，何不趁金如归这大魔头也在，借金如归的手结果了平煜的性命？

216

这般想着，眼睛四处乱望，忽然一眼瞥见李由俭正跟秦勇并肩对付昭月教的教徒，想起前几日之事，计上心来。

这些奉召不知练了什么邪功，身子柔若无骨，招式却追风逐电，很是难缠。

最让人瞠目结舌的是，本来正该是皮薄面嫩的年纪，这些女子与人近身相搏时，出招却出奇地阴毒轻浮，尤其喜欢攻击下三路。

秦晏殊在几回险些被身旁那名绿裳女子和粉裳女子抓住要害后，连眉毛都气红了，使出全力震开那两名女子，又臊又怒道："不知羞耻！"

那名绿裳女再度缠上来，秦晏殊面色一沉，不由分说刺出一剑。

那女子却轻笑一声，腰肢如杨柳一般轻轻一旋，避开那剑梢。她身子出奇柔韧，本可全身而退，偏偏在交错的瞬间，任由那锐利剑锋挑破自己的前襟。只听哗啦一声，她胸前衣裳顿时被剑挑开大半，露出白花花的一大片丰盈。

这状况出乎意料，不光秦晏殊几个，连珠帘后的傅兰芽都瞠目结舌。

好不容易反应过来，傅兰芽羞得忙用手捂住脸，可眼睛却忍不住透过指缝看向平煜。见平煜正背着那名女子跟另两人过招，根本无暇往后顾盼，这才放下心来，借着手指的遮掩，忍不住偷瞄那女子胸前美景。

绿裳女子见周围投来无数道火辣辣的目光，连忙"惊慌失措"地捂住胸口，抬眸看向秦晏殊，嘴角噙着一丝微笑道："秦掌门，你说得比谁都正经，占起便宜来却一点也不客气嘛！"

秦晏殊百口莫辩，知道傅兰芽就在身后不远处，唯恐她因此误会自己的品行，怒不可遏地骂道："找死！"

因着前所未有的愤怒，他这段时日忽强忽弱的内力，竟突然之间大盛，仿佛被无形的力量所催发，意随心动地挥出一掌，狠狠击向那绿裳女子。

那女子身负奇功，见秦晏殊来势汹汹，身形仓皇间往下一沉，本可顺利躲开这一击，却因秦晏殊掌力雄厚，势如闪电，到底被拍中了肩头，整个心脉都被这一掌摧得一震。

她这才知道秦晏殊看着年轻，内力却丝毫不可小觑，再也不敢有轻慢之心，沉下心来一招一式对付秦晏殊。

这边秦晏殊一招逼退绿裳女子，那边李攸和王世钊也打得正酣。

李攸左躲右闪，边打边骂："好不要脸！没见过男人？"

"咦，你爷爷我还未成亲，你们知不知羞？"

"再不收敛，爷爷我这就把你们爪子剁下来，一个个丢到外头喂狗！"

浑无顾忌，骂得那叫一个响亮。

殿中不少人听见，饶是皮厚脸老，都臊得笑了起来。

太极宗余掌门笑道："李将军，你莫要臊，听说昭月教这帮奉召有法子可以帮人提升内力，不如先受用一番再说。"

平煜因先前跟金如归交过手，没少领教昭月教的下流伎俩，对这几名女子招式上的下流阴毒，并不觉得诧异。

且因他这段时日内力大有长进，过了几招之后，便叫那两名奉召再也无法近身，又见李攸尚能应付得来，便抽身往后一纵，落到珠帘前。

他立在台阶上，迅速一扫殿中情形。文氏父子正被金如归缠得密不透风。洪震霆将陆子谦护在身后，一人独对七八名昭月教教徒。邓安宜一边应付身边几名教徒，一边有意无意地往棺材边上走。

如他所料，除了金如归之外，无人相信珠帘后的女子便是傅兰芽。

连金如归在使出那试探性的一招后，见他和李攸反应平淡，便再也没有兴趣靠近珠帘。

邓安宜倒是时刻不忘找寻傅兰芽，且看这架势，似是又将主意打到了棺材上。

平煜将殿中各人神情尽收眼底，决定再加一把火，便故作讶异扬声道："文庄主，昭月教的教徒为何越来越多？山庄门口无人防护吗？"

这话说得模棱两可，似是在奇怪万梅山庄为何毫不设防。

峨眉等几个门派的掌门人本正杀得火起，听得此话，只当文一鸣惹上了金如归，这才会让好端端的一个武林大会乱成一团，便喝道："文庄主，你太不地道，窥探坦儿珠在前，杀死红棠在后，到了眼下，竟还任由昭月教的人屠杀我武林中人，枉你满口仁义道德！呸！当真自私自利！"

文峥沉不住气了，横眉回道："刘真人，程掌门，休要中了旁人的离间之计！你们有什么证据证明是我父亲杀的红棠？"说着，冷冷瞥一眼正似笑非笑望着这边的平煜，暗道，此人当真狡猾善变，分明是他同父亲一道商议的引诱金如归的法子，此时却倒打一耙。

刘玉子一剑挥退身边两个昭月教教徒，啐道："红棠身上的伤口分明是文庄主惯用的惊雷掌所致，就算他有意改变了出掌的方位，但内力路子是怎么也改不了的！"

"就是！"霹雳门钟掌门心里仍膈应着刚才的胯下之辱，又见外头霹雳

218

门不少弟子吃了亏，便将今日之事一并迁怒到文一鸣身上，插话道，"老朽习练掌法多年，对用掌之人惯用的遮掩伎俩再明白不过了。诚如刘真人所言，外头的招式或许可以变化，但内力是怎么也做不了假的。"

他声音洪亮，一嗓子吼出，整座殿中都清晰可闻。

因他言之凿凿，又素来有些名望，连原本不相信文一鸣便是凶手的江湖人士都信了三分。

平煜讶异地挑了挑眉。若他没记错，这个钟掌门正是刚才那个口口声声维护文一鸣的老前辈，没想到此人反起水来比谁都快。说得好听点，叫作疾恶如仇；说得不好听点，可不就叫翻脸不认人？

文一鸣见满殿嗡嗡的声讨声，有些绷不住了，沉声道："各位休要中了金如归的诡计，我文一鸣的为人各位难道还不清楚吗？今日当着诸位的面，我大可起誓，我父子二人从未打过坦儿珠的主意！"

金如归耻笑道："论起装模作样的功夫，满金陵找不到能与你文氏父子相比之人！你们文家人死要面子，素爱讲排场，万梅山庄名声好听，但这些年早已因经营不善，入不敷出，如今只剩个空壳子。好不容易听说坦儿珠这等北元宝物现世，你们父子焉能不起心思？"

洪震霆那边听见，狐疑地回头看向脸上青一阵红一阵的文一鸣，用不敢置信的语气道："文庄主，他说的可是真的？"

文一鸣勃然大怒道："胡说八道！"

说话间，拼尽全力跟金如归对上一掌，不顾胸膛里翻涌的血气，趁势往后一退。眼睛在殿中一溜，只见邓安宜不知何时已走到那具棺材后，身旁围着几名永安侯府的护卫。邓安宜借着身旁人的遮掩，在不动声色地用剑悄悄击打棺材下沿，似是在试探下面是否有隔层。

他眼睛微眯，忙道："邓公子，你在做甚？难道棺材下面藏着那位傅小姐？"

殿中人果然被这句话引开注意力，百忙之中齐刷刷往邓安宜看去。

邓安宜倒也不慌，只笑道："在下无意冒犯棺中人，只是方才打斗时，在下的剑不慎落在了棺材下头。"

陆子谦在洪震霆身后瞧见，冷冷地看一眼邓安宜，探手入怀，摸了摸怀中之物，垂眸不语。

金如归却被邓安宜这句话挑动了心思，撇下文峥及身旁几名掌门人，越过众人，飞到棺材上方，踮脚沿着棺材边缘快速走了一圈，随后一跃而下。紧接着，一边应付身边不断拥来的高手，一边沿着棺材边缘细看。忽然似是看出了什么，眼睛一亮，站在棺材一侧，猝然击出一掌。

就见棺材霎时分为上下两层，上面那层被金如归这一掌推得斜斜飞出，只听外头众人一阵惊慌的呼声，那棺材越过众人头顶，重重地砸在殿外，发出一声巨大的闷响。

因着这一变故，棺材的下面一层暴露在人前。只见下头原来有个抽屉似的空柜，里头躺着一名女子，脸上覆着一层薄纱。从那女子起伏的胸膛来看，分明是个大活人。

"平郎，原来你将药引藏在棺材里！"金如归如获至宝，不及细看那女子面容，一把将她捞在怀中，便欲一纵而去。

陆子谦脸色大变，撩袍欲追："兰芽！"

邓安宜却迅速退至一边，看样子，是打定了主意要作壁上观了。

平煜眼见棺材的机关被人发现，只好装模作样地试图阻拦金如归："将人给我放下！"

因他做得极像，秦晏殊及秦勇不知真假，唯恐那女子真是傅兰芽，忙率领一众秦门之人追上。

恰在此时，外头忽然拥来许多官兵，有人道："庄主，平都尉奉命来擒拿朝廷要犯，已将整座山庄围住。"

话未说完，只见外头原本混战在一处的人群蓦地向两边分开，一名男子扶着腰间的剑大步朝殿中走来，沉声道："将出口给我封死，今夜谁也别想出山！"

正是平烁。

金如归抱着那女子在殿前转上一圈，忽然笑道："孩子们，点火，将万梅山庄给我一把火烧了再说！"

说罢，俯身一冲，朝文一鸣胸口抓来："不用说，你身上定有一块坦儿珠！"

　　万梅山庄的几名大弟子眼见金如归奔着庄主而去，忙在台阶上呈雁翅
状排开，以最快速度摆出文家惯常用来御敌的寒梅剑阵，试图将金如归
拦下。

　　可这等剑阵或许能拦住寻常的武林高手，却奈何不了金如归。只听一
阵铿锵声，金如归绕着那阵法纵了一圈，竟将众人的剑引得绞在一处，而
他自己则展眉一笑，怀中抱着那女子，轻轻一跃，立于众人剑圈当中。

　　当那几名弟子狼狈地拼命往后扯剑时，他讥笑道："文一鸣，瞧瞧你养
的这帮酒囊饭袋！"

　　说完，面色一厉，身子先是猛地往下一沉，将众人的剑震落在地，复
又腾空而起，接连踩过众人的肩头，抓向立在廊下的文峥。

　　他料定文氏父子身上定有坦儿珠，决定暂不理会旁事，先将他二人身
上藏的那块坦儿珠抢过来再说。

　　然而万梅山庄名下弟子何止数百人，旋即又有十余名弟子摆出旁的剑
阵，齐齐刺向金如归。秦晏殊姐弟及李由俭这时也已率领门下弟子杀至。

　　金如归攻势再度受阻，只得耐着性子对付第二拨阵形。

　　殿外又比殿内开阔许多，众人打斗时更好施展手脚，于是都陆陆续续
跃到殿外，好对付四面八方拥来的昭月教教徒。

　　平煜虽然极愿意金如归和文一鸣厮杀，但因金如归出人意料地将假传

兰芽掳走，为了不引人怀疑，只好将戏做足，使出招式缠住金如归。因太过紧急，都来不及跟大哥打声招呼。

平烁立在殿前，先是拔剑刺死一名从身侧偷袭而来的昭月教教徒，随后将剑直指上空，沉声喝道："封住山庄所有出入口，任何人不得进出！防人点火！"

都尉府的军士素来训练有素，听令，立即如潮水般散开。

平烁说罢，按照先前跟平煜所约定的那样，率领几名得力之人，径直越过人潮，跨入殿中。

在平烁进来时，邓安宜和李攸正好一前一后出去。

时机掐得刚刚好。

旁人只当平烁有意在大殿中坐镇，无人想到他竟是为了保护珠帘后那位"假的"傅兰芽而来。

邓安宜见了平烁，倒是不忘见礼，却因急于查看殿外情形，只匆匆一拱手，便迈步出了殿。

他虽然已经认定金如归怀中那女子便是傅兰芽，但他素来审慎多疑，先前本已到了殿门口，又停步，疑惑地往珠帘后那名端坐不动的女子瞅了瞅。为求万无一失，他打算趁此时殿中人少，令手下不动声色地到帘前确认了一番。谁知刚一转身，就看见李攸从珠帘前径直朝殿门口走来，浑然没有留在原地看护帘后之人的打算。

邓安宜不知帘外撒了七绝粉，怔了一下，越发确定自己的判断，再也不肯浪费工夫理会帘后之人，回头便出了殿。

李攸咧了咧嘴，好整以暇地走到殿门口，跟平烁心照不宣地对了个眼色，跟在永安侯府一干人等身后出了殿。

傅兰芽人在珠帘后，正惴惴不安地朝殿门口张望，眼见平烁率人走到殿中坐下，一手持了几上的酒盅，另一只手却握着腿侧的长剑，一切都遵照平煜先前的安排，略松了口气。

这时，各派掌门人也到了殿外，他们见门前战得正酣，忙下令将各自门下弟子召集在一处。

如此一来，原本乱糟糟挤作一堆的各大门派弟子终得分散开来，在自家掌门人的带领下，合力御敌。

再加上都尉府的一众士兵强势加入，殿外局面终于稍稍得以控制，不再混乱不堪。

只是昭月教教徒行事惯来下作，招式防不胜防，兼之足有近百之众，一时间难以克制。

陆子谦眼见金如归怀中女子迟迟未被救下，忧心如焚，可惜他没有武功，自保都尚且困难，只得转头对洪震霆拱手道："洪掌门，金如归手段残忍，时间一长，恐怕他会对傅小姐不利。还请洪掌门帮忙尽快将傅小姐救下。"

洪震霆震开身边几名昭月教教徒，见陆子谦满面惶急之色，应道："金如归实乃武林一害，我等怎会看着他残害无辜？陆公子不必多言。"

说话间，将陆子谦交由他门下那几名长老看护，自己则拔地而起，直往金如归掠去。

金如归被一干武林高手团团围住，虽然武功盖世，时间久了，到底有些左支右绌。

十一名奉召赶至他身边，屡出怪招，替他解围。他总算腾出手来，在虚晃一招抓向文一鸣的胸口后，忽然掉转方向，出人意料地抓住文峥那柄明晃晃刺向自己喉头的长剑。接着，趁文峥来不及松手，将其猛地往自己身前一拽。

在万梅山庄弟子的一片惊呼声中，他左手扯住文峥的衣领，右手紧紧捉着"傅兰芽"，整个人如同箭矢一般冲天而起，几个筋斗，翻到了大殿的屋檐之上。

文一鸣心神大震，忙欲追上屋檐。

金如归却一把扣住文峥的喉咙，冷笑道："文一鸣，你的宝贝独子在我手里，若是还想让他多活几天，你好好回答我几个问题。若有半句虚言，就等着替你儿子收尸吧！"

文一鸣眼见文峥脸色发紫，心知金如归绝不会手下留情，且从他扣住儿子那只手的力度和位置来看，只需一眨眼的工夫，便能将儿子的喉咙掐断。他一时间肝胆俱裂，忙展臂拦住身后的一干弟子，咬牙道："想问什么?!"

"红棠是不是你杀的?"

此话一出，文一鸣眼皮不自觉跳了一下，握了握拳，面如死灰道："是。"

周围顿时如炸了锅一般发出嗡嗡声。

金如归眸色一厉，又道："你身上有几块坦儿珠?"

文一鸣猛地抬头，厉声道："一块都无！"

金如归手上力道加重，文峥被掐得眼睛一翻，鼻翼因着呼吸困难而翕动起来。

文一鸣声音发颤，铁青着脸，一字一句道："一块都无！你若不信，何不直接取了我的性命！"

平煜见文一鸣情状不似作伪，有些纳闷，难不成此人手中真没有坦儿珠？那最后一块又在谁的手中？

他思忖着，目光缓缓滑过廊下一干人等。

这时，只听金如归骂道："你以为我会放过你？这些年你处处跟我作对，背地里不知要了多少见不得人的伎俩，杀人越货半点不手软。人人都道你是大善人，我却知道你十足是个伪君子。等我先杀了你的宝贝儿子，再来结果你的性命！"手指屈起，欲要掐断文峥的喉咙。

文一鸣眼睛赤红，骂道："你这魔头，我跟你拼了！"

说时迟那时快，从不远的树梢处忽然传来一道锐响，一支铁箭破空而至，来势凌厉，直指金如归的后背。

金如归耳郭微动，不等那箭射中自己背心，猛地俯身往前一探。因他动作奇快，那箭险险贴着他的头顶擦过。

等他直起身，回头一顾，就见那树梢处人影一纵而逝，分明是都尉府的军士。

因着这番变故，他扣住文峥喉咙的那只手不自觉地松懈了几分。

文峥武功本就不弱，趁势屈肘往后一击，狼狈地就地一滚，在金如归再度抓住他之前，从屋檐上滚落。

万梅山庄的众弟子忙一拥而上。文一鸣将儿子一把扯到身后护住，示意身边几名大弟子速速护送他至山庄后头，再莫以身涉险。

金如归未能借文峥弄到文一鸣手中的坦儿珠，心知自己之前想岔了。默了一瞬，目光居高临下地扫过殿前，忽然瞥见远远立在一旁的邓安宜，心中一动，想起此人来金陵后的种种动态，暗忖：难道是这厮？

金如归从屋檐下跃下，越过向自己扑来的众人，直奔邓安宜。

平煜见金如归果然又将矛头对准了邓安宜，心中自是称意，忍不住跟李攸对了个眼色，只拔刀跟在后头，喝道："金如归，速将傅小姐放下！"

邓安宜没想到文一鸣手中根本没有坦儿珠，错愕了一瞬。眼见金如归说翻脸就翻脸，率领昭月教的一干教众朝自己杀来，连忙后退两步，低声道："迎敌。"拔剑，冷冷地看着金如归逼近。

本以为金如归多半会先解决外围的护卫，再来对付他，谁知金如归到了跟前，竟猛地掉转身子，重重地踏上一旁的廊柱，借着这势头，如破土而出的春笋般，一飞冲天，随后径直从空中越过永安侯府护卫，直冲而下。

邓安宜避无可避，为免被金如归一招毙命，只得出于本能击出一掌，与之硬抵，持剑的手却刺向金如归的肩头。

本已追至近前的洪震霆等人见邓安宜武功卓绝，眼中掠过一丝疑惑。尤其是跟镇摩教打过多年交道的白长老及秦晏殊姐弟，见邓安宜出招的手法有些眼熟，都诧异地停下了脚步。

平煜和李攸见状，先前的猜疑越发成形，这邓安宜果然大有古怪。

激战一晌后，因着邓安宜与金如归勉强可拼个平手，加之永安侯府护卫都身手不弱，倒未叫金如归占到便宜。而昭月教的教徒却因要同时应对几股势力，渐渐有些不支，一个下午过去，死伤不少。

到了日暮时分，十一名奉召终于被秦勇及李由俭率领的各派人士打伤了一半。

金如归顿时失去了左臂右膀，被十余名顶尖高手围在当中。

他苦战了一下午，见平煜始终未能近身将他怀中那名女子救走，终于起了疑心。

他脑中飞转，忽从怀中掏出一个流火弹，往身后的大殿掷去。这东西沾火就着，很快便会让整座大殿陷入一片火海中。

掷出后，他立即将目光投向平煜。果然，平煜一见殿中着火便面色大变，再也无心恋战，往后一纵，便直奔大殿。

"平郎，你竟敢耍我！"金如归心知上当，太阳穴突突直跳，猛地一掌拍向怀中那人，便欲当场结果了这人性命，再去找平煜算账。

谁知那人早有准备，不等他出招，早用手中握住的匕首刺向金如归的下腹命门。这招蓄势已久，一旦出手，断难抵挡。

金如归心知厉害，腹部出于本能往后一缩，加之身后已逼来洪震霆等人的浑厚掌风，他一心两用，怀中那人竟如灵蛇一般就此逃脱。

他来不及细看那人是谁，因此时平煜已背着傅兰芽从火海中奔出。

秦勇看见平煜情状，这时才确定珠帘后那女子才是傅兰芽。她见平煜舍命入火海救傅兰芽，心头微涩，又见平煜身后紧跟着平烁等人，想来傅兰芽因着平煜大哥在殿中相护，未有半点损伤，又暗自松了口气。

李由俭在一旁，将秦勇的神情看得一清二楚，眸光冷了冷。

"平郎！你将我骗得好惨！"金如归素来自负，由来只有他欺侮玩弄旁人，焉能被旁人耍得团团转？眼见平煜现身，怎能忍下这口气，便要突出重围，找他算账。

但围住他之人足有十余个，个个武功不凡，一时难以突围。离他最近的便是王世钊和李由俭。

见金如归气势汹汹欲对付平煜，王世钊正好称意，假装不敌，往后一闪，露出大片空隙，嘴里不忘道："秦当家，快来护住平大人，我这边已经抵挡不住了。"

此话一出，李由俭心头一刺，身形微滞。

金如归身手何等迅疾，当即挥出一掌，将李由俭劈飞至一丈之外。如此一来，他眼前再无阻拦，立时突围而出，攻向平煜。

因这番变故突如其来，所有的人都未反应过来。平煜更因背着傅兰芽的缘故，双手暂未得空。平炼在平煜后头，因视线阻挡，没能第一时间发现不妥。

金如归毫无阻碍地到了平煜跟前，往前一探，趁其不备，一把揪住平煜的衣领，将他整个人扯到半空中，冷笑道："今日我定要好好跟平郎算上一账。"

平煜见骤然生变，唯恐波及傅兰芽，忙欲松手，好让傅兰芽落地。谁知金如归趁他分神的工夫，快如闪电地将手中一物震碎，拍到了他的鼻下。

傅兰芽在后头看得真切，忙欲伸手阻拦，却怎么来得及？

金如归不怀好意地对平煜道："这东西专为了对付你这等不听话之人，一会儿你要么让我称愿，要么就全身血脉暴裂而亡。"

"放你的屁！"平煜急忙屏息，到底晚了一步，一时间躲闪不及，吸了个正着。

平煜只觉那东西辛辣无比，直冲喉管。他顾不得细究，四下里一看，忙将傅兰芽扔出，口中道："秦当家，接好傅小姐！"

秦勇听得平煜托付，不敢怠慢，一把将傅兰芽接了个满怀，扶着她站好。

傅兰芽扶着秦勇的胳膊，满心焦急地抬头看去，只见平煜已在半空中跟金如归交起手来。

再环视一周，就见四周的火势已然彻底失却控制，借着风势，沿着大殿，如火龙一般迅速朝周围的花木扩散开去，眼看便要将几座楼台亭榭一并吞没。

秋日本就干燥，加之风势相助，火势蔓延得极快。

梁上垂下的厚重帘幔加速了火势，大殿中很快传来梁柱被烈火焚烧的毕剥作响声，浓烟如黑云般滚滚而出，热浪如有实质，叫嚣着喷涌到殿外，扑到诸人脸上。

原本暗黑的天空被火光照得澄亮，焦灼刺鼻的味道在人群中弥漫开来。众人唯恐被大火卷裹在其中，再也无心恋战，边打边往台阶下迅速疏散。

文一鸣立在殿前，任由奔涌的人群冲撞着自己，眼见百年家业便要付之一炬，脸色难看得吓人，嘶声道："速救火！"

万梅山庄的众弟子闻言，留下一部分弟子跟昭月教教徒继续混战，剩余门人全都在文一鸣指挥下飞快地四散开去，汲水灭火。

峨眉等门派的掌门人虽对文氏父子的行为颇有微词，但他们也知道，若放任这火势不管，整座山庄都会被吞没在一片火海中，便吩咐底下门人奔到山庄周围的水池或是林中溪流汲了水，跟随万梅山庄的门徒一并灭火。

平烁军营出身，又与旁人不同，眼见场面迅速失去控制，立即在最短时间内挑了几名沉稳干练的都尉府军士，令他们带领众人灭火；自己则拔剑出鞘，接连踩踏上汉白玉围栏，追随着金如归和平煜的身影而去。

洪震霆及白长老、柳副掌门几个深知金如归了得，忙也拔出各自的兵器，纷纷跃上屋顶，瞅准金如归远去的方向，一路穷追不舍，也好早些助平煜脱困。

李由俭虽然刚才吃了金如归一掌，但因躲避得及时，并未受重伤，被一众形意庄长老围在当中，目光复杂地望着秦勇，欲言又止。

秦勇及秦晏殊怕火势波及傅兰芽，见李由俭面色尚不算差，中间又隔着大批往外挤的江湖人士，顾不上过去查看他的情形，只匆忙道："由俭，稍后会合。"便护着傅兰芽跟随人流往外走。

可刚走几步，李攸便带着李珉及陈尔升等人追上。

李攸拦住秦氏姐弟道："此处火势太大，为免伤及傅小姐，我们先去旁处避一避。"

傅兰芽心知平煜最为信重李攸，断不会任由秦门中人将自己带到旁处，便忙立住脚步，点头道："李将军。"

秦晏殊见傅兰芽的态度已然十分明确，面色不由得黯了黯。从头到尾，傅兰芽就不曾给过他半点希冀。

秦勇却从容应道："任由李将军安排。"

傅兰芽焦急地抬头四处张望，见屋檐跟夜幕融为一体，到处不见平煜和金如归的影子，也不知他二人缠斗到了何处，心急如焚。

想到刚才金如归似是给平煜服了怪药，她一颗心更是高高悬在半空，怎么也定不下来。她摸了摸袖中的解毒丸，里头还剩三粒，也不知是否可解金如归那怪药。若可，不知怎样才能送到平煜处。

正要请李攸想办法，就听大殿中发出一声巨响，似是什么东西被大火烧断，倒在了大殿当中。

聚在殿前的人群受到这番惊扰，立即如潮水般顺着台阶迅速往外撤，连秦勇几个都被人潮冲撞得险些立不住。

李攸不想让平煜有后顾之忧，大声道："走！"护着傅兰芽奔向偏殿后头的梅林。

万梅山庄背靠万梅峰，俯瞰金陵城，山环水绕，占地极广。山庄除了鳞次栉比的亭台楼阁，更有数千株梅树、绕庄而流的溪水及绵延不绝的翠林。

与寻常山庄不同，为了便于随时远眺山中美景，文家祖辈除了在山脚下设了正门外，并未在庄子四周堆砌高墙，反倒以暗含三元积数之相的翠林设下机关。

因此，山庄跟周围妙境融为一体，郁郁葱葱，一望无际，但火势一旦燃起，便有漫山遍野扩散之虞。

李攸及秦勇几个来参加武林大会之前，曾仔细研究过万梅山庄的布局，知道在主殿不远处，还有一座偏殿，而偏殿后头，则有一片梅林。最妙的是，梅林旁有一条潺潺流动的小溪，汲水御火甚是方便。

越过人潮到了林中，果然十分清静，与吵闹震天的主殿有着天渊之别。树梢还悬着不少灯笼，光影斑驳，明亮开阔，宛如白昼。

"先在此处歇一会儿。"李攸拭了拭汗，对傅兰芽道。

火还未烧到林中，昭月教那帮异类也暂未尾随而至。他们打斗了半天，正累得慌，趁此机会，也好好调息一晌。

左右平煜不见人影，他干着急也没用，不如全心全意将傅小姐护好，也免得两头都未顾上。

秦晏殊刚要令门人在林外布防，就听不远处传来一阵纷乱的脚步声，直奔溪边而来。

一抬眼，就见那几名昭月教的奉召集结了数十名从火中逃出的教徒，将梅林团团围住。

看得出，这几人已得了金如归的吩咐，迅速转移了战场，不再浪费时间跟别的江湖门派周旋，转而全心全意来掳傅兰芽。

李攸眉毛一竖，骂道："还没完没了了。"长剑一抖，刺向离他最近的粉裳女子。

秦勇和秦晏殊也立即兵分两路，拦住朝溪边拥来的昭月教教徒。过招时，不忘呼哨一声，召唤左右的秦门弟子。

万梅山庄本就极大，加上刚才火势一扰，诸江湖门派早已分散到各处。到了眼下，诸人要么正跟万梅山庄的弟子和庄丁一道灭火，要么便已厮打至山庄别的角落。至于洪震霆几个，则在到处找寻平煜和金如归的踪影，一时无人赶到梅林边来。

傅兰芽立在溪边，紧张地望着离自己不过咫尺之遥的那几名奉召，虽然身前有李攸及秦晏殊等人，仍觉毫无依傍。怔了一晌，想起所在环境，又忍不住四处张望，这才发现溪流对面的翠林有些古怪。

她心中一动，盯着树林细瞧起来，越看越觉得树木栽种的角度和距离是有意为之。

正看得出神，忽听不远处传来一声清啸。惶然转头一望，就见半空中远远掠来几人，速度堪比箭矢。从当先那人的身形和相貌来看，正是平煜。

离得近了，几人面目清晰暴露在林梢灯笼的照射下。傅兰芽焦急地定睛一看，心中一颤。就见平煜脸上潮红，隐约露出痛苦之色，似是在竭力忍耐着什么。

他身后正是金如归，短短半盏茶工夫不见，金如归眼睛赤红，满头乌发散开，披在肩上，随着他起纵的动作迎风飞扬，状似癫狂。他一路死死咬住平煜不放，似是今夜不将平煜抓住，绝不会善罢甘休。

在两人身后，洪震霆及平烁紧追不舍，却因金如归奔得太快，始终离他有一段距离。

白长老等人已然不见，不知是轻功稍差，以致不慎跟丢，还是去应付旁的昭月教教徒了。

傅兰芽见平煜情形不对，只当他已然毒发，心怦怦直跳，忙从袖中取出一粒解毒丸，紧紧握在掌中，只等平煜借机靠拢，便要将解毒丸递给他。

平煜匆匆一顾，见傅兰芽孤零零一人立在溪边，咬了咬牙，从树梢上飞纵而下，一把将她搂在怀中，越过溪流，往对面林中奔去。

"你是不是中了毒?"傅兰芽紧紧搂着他的腰身，只觉什么东西正硬硬地抵着自己，一时来不及细想，急忙将手中药丸塞到平煜口中，"快，服了这药丸再说。"

平煜这时已经煎熬到一句话都说不出来，全身血液都如滚水般奔涌不止，身上烫得堪比烈火焚身，恨不得在地上翻滚挣扎，或是被一盆冷水兜头浇下，好稍稍缓解胸膛里叫嚣滚动的欲望。

所幸的是，他神志并未丧失，见傅兰芽给他喂药，忙二话不说服下。虽然心底明知自己中的是金宵丸，傅兰芽的药丸兴许并不对症，仍生出一丝希冀。

服药后需得片刻工夫后才能起效，他往林中一望，打算先找个地方稍歇，等药性得解再从林中出来。免得内力被这媚药扰得乱成一锅粥，无法随心所欲调用，被金如归暗算。

刚奔到翠林边缘，身后掌风猎猎，金如归阴恻恻的笑声传来："平郎，我早告诉过你，这金宵丸神仙无解，除了行房发泄之外，别无他法。你若不从，只有死路一条——"

不料他还未说完，平煜怒极反笑道："今日我定让你死无葬身之地，你最好别落在我手里!"

金如归冷笑："平郎，你今日如此耍弄于我，就算拼掉我昭月教半数教众，我也势必要称心如愿。"

他武功本就卓绝，此时狂性大发，愈加难以对付，且他恣意惯了，又素来自负，一旦起意，不论身处何处，只管随性而为。

他此时只有一个念头，无论如何，今夜都要将平煜抓住，在林中或是何处，好好折辱他一回方才称意。

傅兰芽自然明白金如归这话什么意思，毕竟"行房"二字她还是听得懂的，不由得大为慌张。正要察看平煜脸色，就觉脸上一热，抬头，却发现平煜脸上已经满是汗珠，正顺着下颔边缘滚滚而落，且这汗烫得离奇。

药已经服了有一晌了，平煜的痛苦之色却丝毫不见缓。她心中一凉，姑且不论金如归说的是不是真的，至少母亲的解毒丸对金如归那怪药全无效用。

正心乱如麻，就听"嗖"的一声，什么东西破空而来，却是平炼人虽未至，剑已先至。

金如归听得身后剑鸣凌厉，面色一凛，不得不旋身一躲。洪震霆趁势扑到金如归身后，出招将其缠住。那几名昭月教奉召见此情形，忙也越过溪流，过来帮金如归脱困。

很快，溪边再次响起激烈的搏斗声。

得到支援，平煜忙又往林中狂奔了一段，彻底将众人甩在身后。他不慎遭了金如归的暗算，深以为耻，离去前，强作无事扬声道："大哥、洪掌门，我先将傅小姐安置在妥当之处，再来接应你们。"

说完，胸口突突直跳，似是心脏被什么重重地挤压了一下，险些瞬间爆裂开来。

他心知厉害，不敢再佯作无事，更不敢再扬声说话，沉默地抱着傅兰芽往林中走。

不料这林中似是藏有机关，走了几步，景物已然悄悄发生了变化。再一回头，连刚才还在不远处的平炼等人都不见了踪影。

他顾不上细究，身上太过难受，他急欲将傅兰芽放在妥当处，自己再用旁的法子纾解。

走了两步，树木越发繁茂，奇形怪状的山石也越布越多，似是特地用来迷惑敌人之用。

绕过一棵手臂粗细的古树，抬头一望，就见前方有个半人高的山洞。他松了口气，正要将傅兰芽放下，身上那种被烈火灼烧的感觉再次席卷而来，且比先前来得更为剧烈，他支撑不住，身子猛地一晃。

傅兰芽见他越发痛苦，忙从他身上下来，急得差点落泪，焦声道："金如归到底给你用的什么药，难道我母亲的解药没有半点用吗？"

平煜闷胀得说不出话，一把推开傅兰芽，想要迈步，身子却狼狈地往后退了两步。

好不容易定在原地，大汗涔涔而下，良久，挤出一丝力气道："你在山洞外头等我，我……进去一会儿，再出来……"

傅兰芽便是再不谙人事，但结合刚才金如归的话及平煜此时的情状来看，不难猜出平煜此时要做的事恐怕跟那事有关。

眼见平煜一路扶着树干，趔趔趄趄地往山洞内走，她急追两步，到了洞口，却又停下来，在外头绞着衣角，心神不宁地来回踱步。

少顷，忽听洞内传出一声痛苦的低哼，她心都漏跳了一拍，再也顾不得什么，提裙急奔到洞内。

就见平煜身上腰带已解开，衣裳半敞，一手撑在墙上，单膝跪地，满头大汗，正强挣着起身。然而不等他立起，便仿佛被人狠狠一击，直挺挺往后一仰，重又跌倒在地。紧接着，闷哼着在地上滚了起来，状甚痛苦，且脸色比刚才又涨红了几分。

看得出来，不论他刚才在洞中做了什么，那法子显然全无用处。

傅兰芽前所未有地恐慌，奔到平煜跟前，半跪在他身边，捧着他的脸，眼泪扑簌簌地往下掉："你快告诉我，怎么才能救你。"

平煜根本无暇回答傅兰芽，因为他全身血脉已经紧绷如弦，稍有不慎，便会暴毙而亡。

傅兰芽手足无措地望着平煜，忆起金如归刚才所说的话，望着他已经氤氲着浓重欲望的黑眸，颤声道："金如归说的可是真的？只要我……只要我……"

最后半句，却是怎么也说不出来。

平煜虽然痛苦得根本无法开口，心里却极为敞亮，见傅兰芽望着自己默默垂泪，他心中狠狠一揪。

因着这番变故，她已经惊骇到极致，自己却仍固执地坚守所谓的原则和底线。可是，若连性命都丢了，往后还如何护她周全？

终于，他咬了咬牙，吃力地抬手捧住她的脸，想要求她同自己欢好。

谁知还未开口，傅兰芽已经将心一横，闭着眼睛，将整个身子压到他身上，嘴对着他的嘴，结结巴巴道："是不是……是不是这样就可以了？"

平煜虽然身上煎熬得几乎要炸开，仍怔了一下。

奇怪的是，她丰盈的胸部一贴住自己的胸膛，身上那种气息四处乱窜的状况就有了平复的迹象，而某处叫嚣的欲望却越发蠢蠢欲动。

"说啊，到底是不是这样！"傅兰芽睁开眼睛，见平煜定定地望着自己，半晌不答，气急败坏地哽咽道，"都什么时候了，难道我能眼睁睁看着你死吗？"

平煜咬了咬牙，再无顾忌，猛地一翻身，将她压在自己身下，强忍着胸口重锤猛击般的不适，红着脸吻住她，低喘道："傻丫头，该是这样才对。"

平煜一将傅兰芽压在身下，便迫不及待探手到她胸前解她衣裳。

她身上披着一件烟紫色的披风，本是为了御寒之用，此时却正好可以垫在她身子底下，用来隔绝冰凉的地面。

解开披风之后，他又喘着气解她前胸的系带。

因着秋日的缘故，她身上穿了好几件衣裳，除却外头的湖蓝色褚子，里面是件鸭蛋青中衣。

脱下中衣，便剩一件藕荷色的亵衣。

他耐着性子一件一件地解。每件衣裳看着都极为眼熟，全都是这一路他亲自替她添置的。

一想到这些衣裳此刻又由他亲手剥下，他胸膛里蓦地腾起奇异的酥麻，动作顿了一下，低眉望向她。

她似是终于意识到自己对"行房"一事的认识有误，俏丽异常的脸上满是红霞，身子绷得紧紧的，显见得甚为紧张，却因急于替他解毒，一味逆来顺受，乖乖地任他摆弄。

他看得又怜又爱，强行按捺急欲找寻出口的欲望，低下头，轻轻吻了吻她的额头，低唤道："好芽芽。"

她脑中轰然一响，羞涩慌张地偏过头。

趁傅兰芽撇头的工夫，他极快地将她身上那件薄薄的亵衣解了开来。她身上晶莹的肌肤一寸寸在他眼前绽放。

他看得目眩神迷，呼吸陡然滞了一下。等他反应过来，他的手掌已经自作主张地滑向了该去的地方。

傅兰芽哪受得了这般唐突的对待，身子一颤，不由自主地在他身下挣扎道："平煜——"

然而平煜此时已如一把燃了火的干柴，根本无法自抑，不但没有半点作罢的打算，抚弄了一会儿，竟顺势将她上身最后一块可怜的布料扯了下来。

洞穴里顿时弥漫开一种如兰似麝的香气。

她慌得不知如何是好，双臂撑在他胸膛上，急声唤道："平煜。"这声音里不止有慌张和混乱，还有明明白白的畏惧。

平煜听在耳里，残存的理智总算被唤回几分，抬起头，喘着气看她。

她正惊慌失措地望着他，眸子里泪光点点，似有幽星在闪耀。

他胸膛里蓦地涌起了浓浓的怜惜，俯身到她耳畔，低声道："好芽芽……"语气里竟破天荒地透着几分低声下气的恳求意味。

傅兰芽何曾见过平煜这副模样，想起他此时处境，心弦一颤，咬了咬唇，默默地闭上眼，勇敢地摆出一副任他宰割的模样。

平煜却停了动作，直起上身，开始满头大汗地解自己的衣裳。

傅兰芽很快便感觉一具滚烫的身躯覆到自己身上。她心中一慌，不由自主地睁开眼。

他正在上方看着她，肩膀宽阔，肌肉坚韧，紧绷的肌肤泛着淡淡的光泽，便似上好的丝缎。

她失神了一瞬，说不出是悸动或是羞涩。等他俯身吻过来时，她慌乱地一低头，却意外瞥见他结实流利的腰腹线条一直往下，消失在两人腹部相贴的那片阴影中。

…………

良久，他从令人头晕目眩的极乐滋味里醒悟过来，撑起身子往下一看，她已经被他蹂躏得瘫软成了一团，面孔因着欲念而变得越发娇媚明丽，乌发因着汗水的浸染贴在鬓边，胸膛微微起伏着，满身香汗，看得出已十分困倦和乏累。

他眼底闪过一丝窘然，忙从她身上下来。他想起刚才虽然竭力克制，最后仍有些忘了形，多半伤到她的身子，便将她搂在怀里，讪讪然道："疼不疼？"

傅兰芽竭力睁开眼睛，狠狠地瞪他一眼，还未说话，便一阵头晕眼花，昏死在他怀中。

平煜一惊，忙胡乱地用披风将傅兰芽裹好，将她抱坐在怀中，屏着气去探她的鼻息。

他并未专门研习过医术，但以过去几年在军营和锦衣卫的经验来看，她虽然暂时失去了意识，但呼吸平稳，脉搏也并不紊乱，无非因刚才被他折腾得狠了，太过疲惫，这才陷入了半昏半睡的境地。最多歇息片刻，也就能醒转了。

饶是如此，他仍愧疚得不行。低头看了她一会儿，小心翼翼地替她将额头上汗津津的发丝捋到耳后，怜惜地吻了吻她的脸颊。然后收敛心神，压抑着自己的欲念替她系好抹胸，又帮她将中衣穿好，小心翼翼地将她放回地面。

他还需替她料理她腿间残留的痕迹。虽然那地方更有着致命的诱惑，但他怕自己再遭受一回金宵丸似的煎熬，心跳得厉害，一眼也不敢往那看。

直起身子，四下里一顾，这洞穴虽然简陋，但勉强还算妥帖干净，像是偶尔有人过来打理。

洞穴深处还有一桌一榻，摆放得整整齐齐，可做坐卧之用。

看得出来，这洞穴多半是万梅山庄历代庄主闭关的地方，难怪设得这般隐蔽，外头甚至还有暗含奇门之道的梅林做遮掩。

他在祖父的耳提面命下，自小没少钻研此道，刚才也是出于本能，这才一路踩着脚下的方位，无意中摸索到了此处。

不过，文一鸣这些年多半都忙于沽名钓誉，未必有什么心思闭关修炼，此处也不知荒废多久了。怪不得洞外连个看护的下人都无。

一想到大哥不知何时便会进到林中寻他，他汗毛一竖，不敢再耽误时间，左右周围没有趁手的东西，只好用自己的亵衣替她料理。

擦拭的过程中，内心仍跃跃欲试，几次想不管不顾地将她压到身下，好好地再要她一回。

可她还未醒转，若他真这么做了，简直跟禽兽一般无二。被她知道，难保不会怨他乘人之危，甚至又会哭得梨花带雨。

毕竟，刚才那么做是为了替他解毒，是情非得已。再来第二次，又以什么名义？

他绷着脸思索。

等他惊觉自己竟真的在认真想借口时，他的脸可耻地红了。贪得无厌、想入非非，大抵不过如此。不能再心猿意马了，他须尽快帮她整理妥当，带她离开此处。

正低头擦拭着，就听低低的一声娇哼，傅兰芽身子微微一动，醒转了过来。

她似乎还有些茫然，眸光迟钝地转了转，不经意一低眉，就看见跪在她腿间的平煜。这才发现腿间似是又凉又腻，且因她刚才试图坐起来，又有什么东西自她的腿间流出。

她虽然于此事懵懂无知，但毕竟聪明通透，结合刚才两人情状及以往书上偶然见过的只言片语，她眼下已对男女之事重新有了认识。

当下又羞又窘地想，难道这东西便是所谓"精元"？毕竟这两个字她以前是在书上见过的，只是不知具体该是什么情状，经过刚才那番，她算是彻底领教了。

见他没有停手的打算，她知道拗不过他，羞恼地咬了咬唇，捂住脸，任他低声下气地伺候。可因心里没着没落，身子轻轻地抖个不停。

平煜自然察觉出她情绪低落。她心思敏感透亮，虽然刚才为了救他，义无反顾地付出了一切，可到底是闺阁女子，经过刚才一事，怎能泰然处之？眼下还不知有多煎熬，正是要哄着宠着的时候，他可不想惹她伤心。

于是用最快的速度替她擦拭好，帮她穿上亵裤、系上裙子，搂她在怀，想好好抚慰她一番。至少，该给她再吃一回定心丸。

傅兰芽外柔内刚，从不会无故伤春悲秋，但在平煜面前，情绪却时常受他牵引，到了眼下，自然也不例外。也不知为何，反正就是觉得万分委屈。

她见他搂住自己，反抗心骤起，扭动了几下，到底还是被他固在了怀中。她越发委屈，噙着泪睨他一眼，撇过头，眼泪啪嗒啪嗒落下。

平煜看得心都绞了起来，慌忙替她拭泪，又握住她的手放在唇边吻了吻，郑重道："好芽芽，你别怕，别难过，我会打点好一切，断不会让你受半点委屈。"

他的气息喷在她耳畔，热热的，撩得她心尖微颤。他的承诺清晰而坚定，一字一句传入耳中，令人分外踏实。

她繁杂无根的情绪骤然沉淀了不少。只是，她对床第之事懵然无知，想起他刚才让她那般疼痛，虽然明知他并非存心，仍十分气恼，拒绝跟他搭话。

他见她半晌不答，吻了吻她脸蛋上挂着的一颗清泪，哄道："你放心，万事都有我，一等回京，我便着手安排娶你之事，一日也不会耽误。"

仍未得到她的回应，他纳闷地细看了一晌傅兰芽的神色，顿时明白过来，低声道："还很疼吗？"

傅兰芽眼圈蓦地一红，泪珠儿涌得更凶了。

平煜这才知道她除了为日后担忧，也为着刚才他弄疼她之事羞恼。

心里有些哭笑不得，厚着脸皮开导她道："我听说女子第一次都会疼痛难当——"

"你还说！"傅兰芽狠狠瞪他一眼，羞得忘了哭，急忙捂住脸。

"好好，我不说了。"他无奈地笑了笑，搂她在怀，轻轻地拍抚了她一会儿，见她啜泣，又低头将她的手掰开，满心愧疚地替她拭泪，"莫再难过了，好吗？"

她闭着眼睛任他拭泪，只觉那处疼得火烧火燎，身上关节更是如同散架了一般，说不出地难挨。猛地想起两人处境，扭了扭身子，仍不肯睁开眼，不情不愿地开口道："你……你快穿上衣裳。"

平煜见她较前多少踏实了些，心头微松，笑道："好。"

捡了刚才胡乱丢在地上的衣裳，站起身，一一穿上，除了那件已弄污的亵衣。

傅兰芽悄悄往他瞥去，刚好在他穿上中衣之前，望见了他宽阔的肩膀及精瘦的腰身。她虽然不懂品鉴男子的外貌，但眼见肌肉线条随着他的动作时隐时现，也觉眼前这副身躯矫健漂亮得惊人。

只看了一眼，她心中便是一热，慌忙收回目光，不敢再看。

穿上外袍后，平煜捡了绣春刀在手，又将那件亵衣放入怀中，这才蹲在傅兰芽身边，替她将披风系上。随后，便吻了吻她的额头，让她替他拿着绣春刀，将她打横抱起，往洞外走去。

她身子疲乏，处处不舒服，手臂环着他的脖颈，头埋在他怀里，安静得出奇，仿佛一只昏昏欲睡的小猫。

平煜经过刚才那番急风骤雨，身上再没有半点憋痛难熬的滋味，四肢百骸无一处不妥帖，似是有用不完的精力，当真是通体舒畅。

第
三
十
章

诛
巨
恶

　　平煜一边走，一边低头看着怀中的娇美人儿。

　　他担忧地蹙了蹙眉。以傅兰芽眼下的状态，若贸然出去，落在有心人眼里，难保不会惹来非议。

　　他旁的不怕，就怕坏了傅兰芽的闺誉，故而沿着来时的路走了一段，便停下脚步，凝神辨认方位，未几，又转而朝另一个方向走去。

　　这林中布置了两个古老的奇门阵法，一名天贵阵，一名地隐阵，分布呈潮汐之势，除了进林的那个入口，在末端势必另有出口。这两个阵法于他而言，并不算多难解。

　　他将她搂得更紧，盯着脚下方位，快步往外走。

　　金如归不好应付，他担心大哥和李攸，只想尽快出林，也好早些施以援手。

　　走了不知多久，听见前面人声喧腾，不远处一座华厦浓烟滚滚，场面十分混乱。

　　来此之前，平煜曾令人找来万梅山庄的地形图细看过，单从这华厦的位置来看，多半是那座主殿后头的另一座名唤月华殿的偏殿。

　　他眯了眯眼，没想到火势蔓延得这么快。

　　大火当前，人人自危，谁还有心思理会旁事？他略放了心，不再担心有人留意到他和傅兰芽的不妥。便停下脚步，低头看向傅兰芽道："好芽芽，快出林子了，你身上还疼不疼？"

傅兰芽睁开眼，在他怀中转动脑袋往外一看，见已到了树林另一个出口，眼看再走一段便能出林了，心知平煜这是为了不引人注目，想放她下来。

她身上自然是不舒服的，但也没到不能行走的地步，想起二人处境，在他怀中扭了扭，轻声道："让我自己走。"

平煜从她手中接过绣春刀，小心翼翼将她放下，动作轻得仿佛她正身患重病。

傅兰芽心里正七上八下，见他如此俯首帖耳，又觉有些好笑，下地后，搂着他的脖颈立稳。

她的双腿仍在微微打战，一来是因为紧张和后怕，二来想是先前被他架在臂弯里胡来的缘故。腿间也是万般不适。

只是她惯来分得清轻重，知道此时便是身子再不舒服，为免引来无穷无尽的麻烦，也不能露出半点痕迹，只得硬生生忍着。

调整了一会儿后，便松开胳膊，由着平煜握着自己的手，一步一挪地往外走。

平煜眼见要走出梅林，停下脚步，担忧地望着傅兰芽，问："好芽芽，你自己能走？"

傅兰芽知他急于到外头察看众属下的情形，睨他一眼，咬了咬唇道："有什么走不得的。"

平煜这才放了心，松开傅兰芽的手，领着她，一前一后往外走。

到了林外，平煜左右一顾，就见月华殿旁边的小径上来来往往全是人，地上零零落落躺着好些尸体，有的尸体上还插着刀，一眼望去，怕是有二三十人，不是昭月教的教徒便是万梅山庄的下人，间或也有旁的武林人士。

尸体流出的鲜血被杂乱的脚印踩出去老远，一片狼藉，空气里的焦灼味道夹杂着淡淡的血腥气。

平煜立在原地，屈指成环，呼哨一声。

少顷，就见李珉、陈尔升等人悄无声息地从四面八方拥来。

到了跟前，李珉和陈尔升顾不上多看傅兰芽，只是仓皇地看着平煜道："平大人！"

他们找了许久都未见平煜人影，正心急得不行，谁知平煜冷不丁冒了出来。

鹿门歌

239

几人都是未成亲的愣头青，心又粗，一点也没发觉平煜和傅兰芽的神情有什么不对。

平煜先问李珉："我大哥和李攸呢？"

李珉忙道："世子和我二哥正跟洪掌门他们对付金如归呢。"

平煜听他二人无事，放了心，故作不经意地看一眼傅兰芽，见她安静地立在一旁，脸色平静，站姿也极稳，分明是在强撑。知她断不肯让旁人看出端倪，一阵心疼。咳了一声，尽力放缓脚步，往先前那个树林入口处走，道："一会儿见到金如归，我会想办法将他引开。到那时，你知会你二哥一声，由你二哥带着你们护住傅小姐，防着邓安宜和王世钊。"

李珉和陈尔升纳闷地对视一眼。平大人为什么要单独将金如归引开？难道合众人之力，一道对付这魔头不好吗？

平煜耳根微烫，怎敢让他们知道金宵丸之事，只顾着往前走，道："你们谁身上带着漆粉？"

"漆粉？"李珉茫然地眨眨眼睛。漆粉可使人嘴巴麻痹，中毒者舌头发木，一个字都说不出。本朝文官当道，御史素以直言不讳为荣，连皇帝的日常起居都能滔滔不绝数落个不停，即便到了诏狱中，也绝不善罢甘休，依旧聒噪得厉害。故而锦衣卫夜值时，为免遇到这等上刑时仍不闭嘴的犯官，时常会备着此物，半包漆粉下去，保管叫这些人安静下来。可是，平大人这时候要漆粉做什么？

李珉还未接话，陈尔升闷声不响地从怀中掏出一包药粉，呈给平煜。

"平大人是想让谁闭嘴吗？"他一本正经道。

平煜本就心虚，听见此话，连脖子都红了，盯着陈尔升，半天未接过那药粉。

陈尔升纳闷地抬头看向平煜，不知死活地提醒他道："平大人，您要的漆粉。"

傅兰芽虽然不知漆粉是何物，但听到平煜跟陈尔升几个的对话，大致也能猜出这东西是做什么用的。

她心里一阵发虚，唯恐叫陈尔升他们想到旁的上去。

可是，她显然高估了陈尔升和李珉几个的心劲。别说他们没那么精于世故，就算心细如发，又怎能想到在如此紧迫的情况下，平大人还能逮着机会胡天胡地……

平煜冷着脸接过漆粉后，陈尔升便闷声退到一旁，李珉也未多想，只跟在平煜身后道："着火后，我们到梅林旁找寻平大人，见邓安宜也被永安侯府的护卫拥着撤到了梅林旁，但却迟迟没有离去的打算，看样子，是打定主意要混水摸鱼了。

"至于王同知，倒是时不时跟着秦当家几个跟金如归比画比画，架势摆得颇足。但过不了几招，便瞅准机会抽身出来，四处张望，几回想往梅林深处走。只是那梅林里头似乎布置了什么机关，王同知在那条小溪旁转了好几回，始终未得其径而入。"

平煜心中冷笑。王世钊大字都不识几个，能找到进林的路就怪了。邓安宜嘛……

他脸色阴了几分。刚才邓安宜跟金如归交手那几招，武功之高，远远出乎他的意料。印象中，永安侯府虽历来注重弟子的培养，但更重视兵书、骑射乃至沙场校阅等方面的素养，并不一意让弟子苦练偏门功夫，故而邓家几兄弟武功虽不差，却无一个像邓安宜这般出挑。更别提邓安宜出招还那般古怪。

也不知这五年，邓安宜身上到底发生了什么……

白长老和秦勇似是从邓安宜的招式里看出了些端倪，一会儿定要仔细问问。

思忖着走了一段，听到前方传来呼喝声，只见林间人影飞纵不断，正斗得激烈。

从人数上看，怕有数十人。除了洪震霆等几个，连少林派、峨眉派的几个掌门人似乎也在。

他收回目光，回头看了看傅兰芽，见她正缓缓跟在他们身后，神态安静从容，光从外表来说，看不出半点不对劲。

她越是如此坚忍，越是叫他心疼。

他敛眉想了想，将她交给旁人断不放心，李珉和陈尔升几个又少了历练和机变，需得先将李攸引出来才行。

便拔刀出鞘，握在手中，仍像刚才那样屈指成环，三长一短呼哨了几声。

他跟李攸素有默契，这哨声一出，李攸自然知道他来了。

少顷，果见李攸从林中纵了出来，满头大汗，喘着粗气，显见得未在金如归手底下讨到好。

李攸四处张望一番，见到平煜，他眼睛一亮，几步掠到他跟前，拭了拭汗，骂道："刚才你跑哪去了！"忽然瞥见平煜衣领有些歪，怔了一下。

傅兰芽虽在众人身后，却时刻留意这边的动静，见李攸盯着平煜的衣领瞧，背上便是一凉，紧张地想，难道……刚才平煜衣裳未系好吗？

所幸的是，李攸眼下实在没工夫多想，平煜也根本未给他机会乱问。未等他开口，平煜便道："有些话当着洪掌门等人的面不大方便说，我需单独审问金如归，我打算一会儿先将他引出来再说。傅小姐就交给你了。"

这话滴水不漏，哪怕精明如李攸，也未往旁处想，错愕了一下，道："金如归刚才已挨了洪掌门一掌，内力有了折损，不像先前那么难对付。不过他从刚才起，便一直在找你，狂躁得很，你悠着点。"

平煜听了这话，哪还立得住，不等李攸说完，一提气，只觉丹田间有用不完的真气，轻轻一纵，便跃至了树梢。

此招一出，不光李攸等人看傻了眼，连平煜自己都是一惊。单就轻功来看，平煜已经不在林之诚、金如归之下。

李攸这几日从白长老处听说了赤云丹的效用，只当平煜在赤云丹的滋养下，功力又有了进益。平煜自己却知道除了赤云丹之外，这其中恐怕还有金宵丸的助力。

到了林中，他立于树顶往下一看，果见金如归与平烁和洪震霆几个缠斗得正欢。白长老及峨眉派刘玉子等人则率领徒弟对付那几名奉召和昭月教的众教徒。

梅林另一角，可见永安侯府的护卫正忙于对付不时杀到一旁的昭月教的人，邓安宜自己却坐在一方石桌旁，神情淡然，旁观众人打斗。陆子谦则被八卦门的几个高手所环绕，心不在焉地不时四处张望。

平煜扯扯嘴角，回眸看向金如归。见金如归的招式不如之前凌厉，已有了些滞缓的迹象，若是再一味强撑下去，迟早会落败。在那之前，须得防他将金宵丸的事嚷出来。

这时，洪震霆一掌劈向金如归的后背，秦勇和秦晏殊则一左一右挥剑刺向金如归的肋间。金如归运足内力笼住全身，以金钟罩功夫与众人相抗。

机不可失，时不再来。平煜看准时机，从树梢上一跃而下，俯冲到金如归头顶，作势要垂直刺向金如归的颈椎骨，口里道："金如归，拿命来。"

金如归本以为平煜早已毒发身亡，正觉无趣，听得他的声音，便是一喜。可下一刻，发觉平煜声音清澈沉稳，没有半点被欲念操控的模样，目光又陡然大盛。难道平煜竟用旁人解了毒？

他心里腾地冒起一阵无名火。金宵丸药材极贵，价值万金，整个昭月教藏有不到十粒，本想用来降伏平煜，没想到竟白忙活一场。

知道平煜来势汹汹，他避无可避，忙又催动一股真气，沿着脊椎堪堪运至头顶，只等硬挺着接他这一招。

谁知眼看平煜刀风已掠到头顶，却忽然变了方向，一个筋斗从他脸前翻身跃下，手中捏着不知何物，对着他的脸，扬手便是一撒。

金如归一贯机变极快，岂肯任由这等毒粉暗算自己，忙紧闭双眼，敛了呼吸。

谁知那粉末竟仿佛有黏性，不奔着他的眼鼻而去，反牢牢粘在他唇上。他只觉嘴上一麻，忙啐一口，试图将那粉末啐开。谁知还未啐几口，一阵麻木感已沿着整个口腔蔓延开来。很快，不只嘴唇，连舌头都麻得如同木头一般，张嘴也变得极困难。

他心知着了平煜的道，脸色阴得要滴水，恶狠狠地盯着平煜，想要厉声斥骂，却难以出声。

当真是气得要死。

平煜冷冷一笑，跃到一旁。托赖金宵丸催动了赤云丹的药性，他的内力又暴涨了许多，出招极快，一击得中。

漆粉时效可持续一天一夜，既已成功种下，倒不必再费尽心思将金如归引至旁处。

金如归自杀掉前任尊主继位后，二十年来，还是头一回被人用这种法子给暗算。他胸膛里燃起熊熊怒火，额上青筋直跳，一怒之下，真气暴涨，竟将身边几人弹开。随后便屈爪成钩，如射出的箭一般，直朝平煜杀去。

平煜掉转刀柄，横刀一挡，将金如归的攻势阻住。

他只觉身上一股暖融融的真气四处乱窜，无论内力还是速度都大异从前，应对起金如归来，再不像从前那般吃力。

洪震霆及少林寺方丈难得遇到金如归这种绝顶高手，打得正兴起，见状，纷纷长啸一声，加入战局。平烁也长剑一挥，刺向金如归的后背。

秦勇立在一旁喘了一会儿，见平煜应付自如，倒也不再勉强加入战局。转头无意中一望，就见傅兰芽不知何时也进了林中。她的身旁围着李佽等人，她自己则如邓安宜一般走到桌旁，坐于春凳上，步态略有些迟缓别扭，看得出十分疲惫。

秦勇迟疑了一下，走到近前。见傅兰芽乌发有些湿意，粘在鬓边，显见得刚才出了不少汗，可脸色透着桃花般的粉红，嘴唇也嫣红如樱，浑然不像生病的模样。

她心底掠过一丝困惑，正要说话，身后便传来一阵急促的脚步声，却是陆子谦见傅兰芽出现，急匆匆走了过来。到了跟前，却被李珉等人拦住，只得停步，满脸关切地望着傅兰芽。

秦勇收回目光，温声道："傅小姐，你身子不适吗？"

陆子谦紧紧盯着傅兰芽。

傅兰芽无视陆子谦，起了身，对秦勇一礼，微微笑道："刚才骤见这么大的火，甚为惊惶，跑得略急了些，眼下已然无事。"

她养在深闺，从未见过大火，难免会有些惊慌，这话说出来，在情在理。

秦勇便不再多想，可是，目光在傅兰芽略有些蓬松的鬓发上扫了扫，又顿住。跟早上比起来，傅兰芽的头发有些歪斜，凌乱了许多，像是在何处睡了一觉似的。

傅兰芽察觉秦勇目光里的疑惑，面色不变，赧然笑道："让秦当家见笑了，刚才跑得急，不小心摔了一跤，摔得头晕眼花的，到现在膝盖还有些疼呢。"

秦勇恍然大悟，怪不得头发散了，步态也奇怪，披风也有些皱巴巴的。心中生出几分怜意，本是娇养着长大的千金，却因家逢巨变，无端受了这么多罪。

正想着，忽听平煜讥笑道："金如归，你不是想要坦儿珠吗？你怎么不想想，那个故意泄漏风声，引你到我府中去之人，到底为何要这么做？今日累你昭月教死伤无数的，不是旁人，正是此人。我要是你，第一个先要了此人的性命。"句句意有所指。

秦勇见平煜身如蛟龙，功力又比从前长进许多，全神贯注地盯着他的一招一式。

观看一晌，瞥见他腰间玉佩，忽觉不对。平煜早上出府时，穿着一件玄色长袍，因她从未见平煜穿过这等深色衣裳，只觉分外英伟，忍不住多看了两眼。记得他当时腰间系了一个荷包和一块玉麒麟，全系在左侧，可此时，那玉麒麟却到了右边。腰间佩饰若要改动位置，需得将腰带解下。

她心突突一跳，难道平煜方才进林中一趟，还解了衣裳不成？仍要细看，金如归突然从怀中取出一个流火弹，出其不意地朝一旁冷眼旁观的邓安宜掷去。

诸护卫忙护着邓安宜往后退，可那流火弹一沾即着，一眨眼的工夫，便将一干永安侯府的人淹没在火海中。

秦勇抬眼朝平煜一看，就见他正与金如归掌力相抵，侧脸却露出一点笑意，显见得乐见其成。

邓安宜及一众护卫都算得武艺高强，然而当一个燃烧起来足可吞没整座宫殿的流火弹扔到脚下时，再高强的武艺也是徒劳，只能狼狈地躲闪和退避。

能吞没一切的火龙沿着众人的身躯蜿蜒而上，将永安侯府每一个人都紧裹其中。

衣料被烧灼的焦味随风送到众人鼻端，刺鼻又惊心，以火势在众人身体上蔓延的速度来看，过不了多久，这味道里多半还会掺杂皮肉烧焦的臭味。

邓安宜眼看火势蔓延到了腰腹上，二话不说，使出内力，只听"嗞啦"一声，外袍被内力瞬间震碎。紧接着，又用最快速度脱下了亵衣和中衣，急奔几步，矫健地跳入林间那条溪流中。

其他护卫见状，也如法炮制，纷纷将着了火的衣裳震碎，跳到溪流中，借着冰凉的溪水平复被火灼得滚烫的肌肤。

一眨眼的工夫，一干原本衣着光鲜的护卫全身上下通通只剩一条亵裤。

尤其是邓安宜，以往出现在人前时，从来是风度翩翩、贵不可言，何曾这般狼狈不堪过？

平煜一边跟金如归过招，一边不忘往邓安宜身上扫。等看清邓安宜裸背上那纵横交错的伤疤时，眸光凝了一下。

以为自己眼睛看花，他急忙屈肘顶开金如归逼到腰间的掌力，回身，重新凝神往邓安宜身上看。

没错，邓安宜背上满是经年累月留下的伤疤，重重叠叠，狰狞骇人，少说也有十年以上的痕迹，且数量之多，远超过了他的想象。哪怕他在宣府充军三年，身上所受的伤也远不及这一半。

他惊疑不定。据他所知，邓安宜至今只随军出征过一次，不过两个月便回了京，根本没怎么上过战场杀过敌，哪来的机会受这么多伤？

联想到邓安宜身上的种种不合理之处，脑子里忽然如闪电划过夜空，骤然间变得亮堂无比。

难道说……

李攸和秦勇几个也注意到了这怪异之处，忆起之前邓安宜与金如归过招时那熟悉无比的招式，脸色都沉了几分。

一时间，除了正在打斗的众人，其他人都目光沉沉地望着邓安宜。

可邓安宜的城府显然远在众人的预期之上，在平复了身上的灼痛后，他仿佛根本未察觉旁人目光里的审视，自如地蹚着水从溪流中出来，立在岸边，任由身旁护卫从地上捡起破破烂烂的外袍披到肩上，将背上的伤疤遮挡住。随后，便迈步往林外走，湿漉漉的裤腿在地面上滴落下一串痕迹。

金如归心性狠戾，既已迁怒于邓安宜，怎肯让他全身而退？不等他走远，便一掌将身边对手震飞，好突围去找邓安宜的麻烦。

平煜原本可拦阻金如归，却借机侧身一避，顺利助金如归突围。

邓安宜刚走了两步，察觉身后杀气迫人，心知身边护卫未必拦得住金如归，不得不回身应战。

两人武功本来稍有差距，但金如归受了伤，邓安宜身边有护卫相助，勉强打了个平手。

秦勇将平煜的算计看得一清二楚，见他不费吹灰之力便将战火引到了邓安宜身上，唇角勾了勾，忍不住钦佩地多看了他几眼。

在秦勇注目平煜的一举一动时，傅兰芽却在静静地打量她。见此情形，心底一些早已种下的疑惑如同出土的笋尖一般，有越发明朗之势。

其实，傅兰芽虽然聪慧，在情事上却算得迟钝。若在从前，这些细节她是断然发现不了的。她如今心系平煜，因着少女情窦初开时固有的敏感和直觉，一些以前注意不到，或者说就算注意到也不去深想的东西，到了此刻，全看得无比真切。

秦勇素来敏锐，察觉到身后的注视，回头一望，正好对上傅兰芽若有所思的目光。刹那间，一种隐秘心事被人发现的恐慌感不期而至。

多年的历练和城府到了此刻派上了用场，她很快镇定下来，正要开口，傅兰芽却先她一步道："秦当家，我对武功之事一窍不通，能否请教秦当家，昭月教的金教主为何这般难缠？"

秦勇望着傅兰芽，不漏过她脸上的每一个细微变化，见她目光透着些困惑，语气也极认真，似乎真的在思索金如归的身手。

她多多少少释然了一些，笑了笑，斟酌了一番词句，红着脸道："怎么说呢，金如归身子与旁人不同，既可算作男人，也可算女子。而昭月教有一门独门功夫名唤摧心掌，刚柔相济，是名动天下的绝顶功夫。常人若习练摧心掌，最多练到第九层，便已经穷尽所能了，连历来的昭月教教主，也少有人能练至第十层。

"但金如归因着天生的优势，二十岁便已练至摧心掌最后一层，加之他悟性极高，融会贯通，继承教主之位后，又习练了不少旁门功夫，所以才会纵横江湖数十载，无人能敌。"

"原来如此。"傅兰芽恍悟，点了点头。

李攸瞥了瞥邓安宜，问秦勇道："秦当家，你们秦门通晓天下江湖之事，在你看来，邓公子的功夫有什么不妥？"

秦勇一贯谨慎，并不急于作答。她目光紧紧盯着邓安宜，一晌过后，见邓安宜为了阻挡金如归劈到肋下的摧心掌，情急之下，左胳膊竟仿佛化作了灵蛇，硬生生往后一扭，反手搭到金如归的肩膀上，把他往侧边猛地一推。

出于本能，人在情急之下总会第一时间以自己惯用的招式来御敌。

秦勇神色极为凝重，道："邓公子刚才那一招，叫……御蛇分骨手，若没记错，正是镇摩教当年与左护法齐名的右护法的当家本领。右护法素喜御蛇，所研习的功夫和秘术都与蛇离不开关系。"

气氛凝滞了片刻。不止李攸，连傅兰芽都面露惊讶之色。

这时，好不容易扑灭了大火的文一鸣带领众弟子赶到林边，一见金如归，新仇旧恨通通涌上心头。今夜万梅山庄被大火烧得面目全非，全拜此人所赐。当即厉啸一声，率领众人将金如归团团围住。

平煜借金如归之手对付邓安宜的打算落空，最后一块坦儿珠的下落依然没有头绪，只得上前再添一把火，边打边对邓安宜道："子恒，金教主说因你身上有两块坦儿珠，所以他才和你合谋，一道闯入我府中掳人。今日你又跟他一先一后前来武林大会，为的就是将其余的坦儿珠收罗齐全。可惜啊，金教主恨你关键时刻只顾在一旁乘凉，致使他昭月教死伤了大半，他现在恨你入骨，怎能不找你算账？"

这话一出，不只文一鸣愣住，连一旁假借受伤稍歇的王世钊都迅速将目光投向邓安宜。

邓安宜不紧不慢回道："则熠此言差矣。我之所以来武林大会，无非是因去年拜了东蛟帮的刘帮主为师，学了一套灵蛇拳，听说武林大会高手云集，特地来见识见识。"

他回答得似乎颇为在理，顺便还将御蛇分骨手混赖成灵蛇拳，可是，怀疑的种子一旦种下，岂能轻易除去？王世钊冷眼看了一会儿邓安宜，再也沉不住气，也跟着加入战局。

陆子谦看着邓安宜，齿冷地想，怪不得此人如此处心积虑接近自己，原来是想拐弯抹角打探他身上的那块坦儿珠。

傅兰芽见已打到最为关键之处，连秦勇也上前施以援手，虽然疲惫至极，却仍强撑着注目平煜。

陆子谦在一旁望见，口中发苦，忽道："为了集齐坦儿珠，个个打着堂而皇之的旗号，其实说白了，不过就是为了一己私欲。我若是有一块坦儿珠，直接将其丢弃于深渊，叫旁人再也找不着，省得为了一块破铜烂铁，搅得天下不宁，尤其是——"他看看傅兰芽，"尤其是坦儿珠的药引竟还是一个弱女子，这帮人当真丧心病狂。"一番话将平煜收集坦儿珠的目的划为单纯的争权夺利。

李攸讶异地看了看陆子谦，挑眉笑道："陆公子，说得好像你真有坦儿珠似的。陆公子饱读诗书，该知道这宝贝落在好人手中也就罢了，若落在坏人手中，难保不会天下大乱。为了避免坦儿珠被坏人所用，抢先一步将其集齐又有何不可？"

陆子谦微微一笑，有意无意地看向傅兰芽，接话道："好人还是坏人，界线太过模糊，不好界定，全凭自我标榜罢了。"

傅兰芽目不斜视，想起之前平煜在殿中拿出坦儿珠时，陆子谦委实太过平静，加之听了他刚才那番言论，不禁暗忖：难道陆子谦见过坦儿珠？

可是，他一介世家公子，跟江湖中人从无往来，又是在何处见过坦儿珠呢？

她努力思索了一番，倒是模模糊糊记起了一事。

金如归虽然口不能言，但自负狂妄的心性一点也没有转变，明知再斗下去只能全军覆没，却怎么也不肯落败而逃。

斗到后半夜，他身边那几名奉召死的死、伤的伤，只余两三名武艺最出众的奉召在苦苦支撑，而底下一干教徒，更是折损了大半。

正狂躁不已，忽然瞥见远远坐在林边被众锦衣卫所环绕的傅兰芽，想起平煜先前不顾一切于火海中将她救出，刚才又带了她在林中解毒，可见平煜对这女子极为珍视。

暗想，眼见坦儿珠是无论如何也集不齐了，何不在平煜眼皮子底下将这花一般的女子毁掉，好叫他尝尝摧肝断肠的滋味。

他自小经历异于常人，最喜摧毁旁人心爱之物。当下心念一动，硬生生逼开秦勇，又不管不顾地身受了洪震霆一掌，借势越过众人，往傅兰芽纵来。

李攸见状，飞起一剑，瞪起眼睛骂道："金如归，你找死！"

金如归却不闪不避，一掌握住那锋利至极的剑刃，另一掌却拍向李攸的胸骨，状若癫狂，显见得不达目的誓不罢休。

他全身上下金钟罩的功夫已破，那利刃在手中割出一个极深的伤口，鲜红的血沿着手掌涌出，一路滴落下来。

李攸怎敢硬接摧心掌，忙侧身一躲，腿下却一扫，踢向金如归的膝盖。许赫及李珉几个也忙挥刀拦阻金如归。

金如归身子一耸，将许赫等人远远震开。

傅兰芽吓得花容失色，扶着桌沿仓皇往后退去。

这时，陆子谦忽然从斜刺里冲出，挡在金如归跟前，大喝道："金如归，枉你一代枭雄，难为一个弱女子算什么！"

李攸已跟金如归过了几招，金如归两手无暇，索性抬起一脚踢向陆子谦。谁知刚踢上陆子谦的胸口，就觉什么硬硬的东西抵在脚底，极为坚硬，将他脚上的力道卸去了一多半。

李攸在一旁看得仔细，也跟着怔了一下。

因着这一愣神的工夫，金如归身后一柄利刃破空而至，噗的一声没入了他的脊背。

平煜的心险些脱腔而出，面色煞白如纸，流星一般飞纵而来，握住那刀柄又狠狠往前刺进了几寸。

金如归直挺挺立在原地，眼睛却不甘心地望着傅兰芽，仍要往前行走，只觉那透胸而出的刀锋又在胸膛里搅动了好几下，心先是受到压榨般一缩，随后便听到几不可闻的爆裂之声，血如瀑布一般沿着刀尖喷涌而出。

从前为了练功，他曾用这残忍的法子伤害过无数无辜的人，没想到有朝一日，自己竟也活活遭受了一遭剜心之苦。

傅兰芽满面骇然地望着眼前的情景，胸膛剧烈地起伏着，忽觉脸上一热，有什么腥浓至极的东西喷洒到自己脸上，只觉连日来的惊骇已到了承受的边缘，含泪惊呼一声，身子一软，倒了下去。